胖子（代序）

任芙康

　　朋友一上来，就介绍此君叫胖子。"胖子"顺口，又亲热。之后见面、通电话，张嘴闭嘴，就全是"胖子胖子"了。以致长达数年，竟不晓得他的真名。胖子在纽约、北京、天津，均有至爱亲朋，皆可随意长住。端的是，浪迹天涯好儿郎，处处无家处处家。

　　我与胖子的口感，所见略同，便相约下了几趟馆子；我与胖子的腿脚，完好无碍，却共同做了几回足疗。于是，两个都讨厌无端沉默的人，话就多了起来。

　　胖子听说我籍贯蜀地达州，先是瞳仁一亮，跟着双眼眯缝，似在一点点启开尘封的记忆。"你的老家要得哟！"迎着胖子脱口而出的川语，我大感意外："你去过？"胖子告诉我，像是告诉一个外地人——达州建于东汉，已近两千高龄，城郭三分之二被大河环绕，另余部分倚托拔地而起一尊高山。胖子旋即唁叹，府上老城如同佳肴一盘，要色有色，要味有味，要形有形，证明古时的官人，设郡造

1

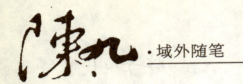

邑，多有章法，并不胡来。

胖子突然问我："一中毕业的？"得我肯定回答，他又感慨起来，百年老校哟，你晓得不，你的学长中有张爱萍，就是人民海军的创始人。我赶紧回应，后学忝列校友，实属巧合，怎敢拿先贤炫耀。又一边纳闷，眼前胖子，纯种冀人，长于北国，何以对川东北一小码头了如指掌？

接下去，话题转向，聊起胖子的纽约生涯，市政府上班一族，家居长岛南端云云。我便说我去过长岛，并歌颂景观独有，令人回味。胖子并不理会我的恭维，劈头问道："走的哪条线？""可男女裸泳的海滩。"胖子光头轻摇，微微一笑："那是东线。东线无非看稀奇，中线则能看历史。等你下次来，带你游中线。"

胖子话音刚落，我又凑巧远涉重洋。先至迈阿密，再折返纽约，选了个春鸟啁啾的日子，走进长岛南端胖子家中。

与胖子一家异域重逢，彼此都生出内心的愉快。胖子的妻子莉珠，典雅而又真诚（这两种优长往往相克，融会出色者甚少），属于上海女人堆中，遴选出来的好女人。莉珠的生意一度颇具规模，当今多位画界翘楚，20余年前于纽约奔波时，在她公司设计室开过工资。衣着素朴、现已归于散淡的莉珠，奉上茶点，建议我们稍事停歇，不妨转转家中胖子的领地。进得书斋，文房四宝，样样质地上乘。想不到胖子的字，自成一格；胖子的画，画中有话。更出人意料的是，地下室"家伙"齐全，俨然书画装裱的作坊。胖子自嘲，我这人有一毛病，玩啥就玩他个有来道去。

长岛中线，乃昔日国道，弯来拐去，林木繁茂，步步有景，果是奇特。跑出个二三英里，路旁便静卧一座小镇。许多房舍墙上，钉有铁牌，标明构建于上世纪初、乃至上上世纪末某年某月。临街小店五花八门，出售的笑脸与货品，曼哈顿绝然难遇。胖子一边驾车，一边导游。衡量一个镇子昔日盛衰，鉴别十分简单，就看有无邮政、消防。谈及类似"常识"，胖子笑曰，美国年轻一代，也未必个个明白。就像弄清"西点军校"的来历，无须别人指教，他独自沿哈德逊河，溯流而上，实地观察、考证，随后悟出"西"为方位，"点"即要塞之意。

驱车跑着跑着，常会见路生岔，侧目百米开外，横着气度非凡的铁门。杂树花影之中，似有黑衣家丁出没。胖子解说，这便是中线的鬼魅，你搞不清某座有湖有岛的宅子，盘踞着哪位显要。比方说，再过一会儿，就可瞧见宋美龄的故居啦。

长岛中线游之后，不足两年，我再去美国。因未曾逗留纽约，憾与胖子失之交臂。寻常日月，朋友居间传递，我与胖子，倒时时互有消息。

前些天，朋友递我一叠文稿，嘱我务必翻阅。"谁的？""陈九。"对这位陈九，我真还略知一二，在多家报章及选刊，见过其人诗歌、散文、小说，似为写虫一条。"翻阅可以，为何务必？"朋友一乐："陈九就是胖子的笔名呀！"什么、什么，胖子竟然等于陈九？文墨之徒露相，通常俗如土财显富，初次见面，来言去语三句之内，必让你明白，你对面不是水货，活生生一位"作家"，不止"著名"，且已量化为"国家一级"之类。而熟稔的胖子，竟在我眼皮

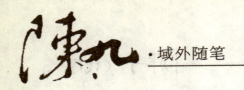

子底下，成功潜伏，含而不露，再忽地变脸，现身为"旅美华人作家"中的名将，简直是对我视觉、嗅觉的嘲弄。

往日读陈九，随意又潦草，无关痛与痒。此番读陈九，却总有胖子的模样，在眼前晃动；总有胖子的声音，在脑海荡漾。他的叙述可靠，区别于"放洋三日，成书一册"的浅薄之徒；他的观照真切，迥异于久居异邦，思维狭隘的偏激之辈。胖子啊胖子，我的好兄弟，早早结识，是咱的缘分；相见恨晚，是你的文章。你的文章是面镜，映出半生苦乐。你的文章是杆秤，称出做人质量。你的文章是把尺，量出为文气象。"你说美食，我想饺子。你说女人，我想贤惠。你说喝酒，我想高粱。你说吃肉，我想红烧。你说中国穷，我想流泪。你说中国坏，我想抽你。"如此句子，就是你人生的自白，细腻至极，同时又粗犷至极、深情至极，同时又简洁至极。于你而言，大到魂牵梦绕的故国，小到本不相干的达州，细到其风物、掌故、轶闻，只要住过、去过，无不入眼入心，经久不忘。倘若忽略境界、情怀，用轻飘飘的"记忆超群"来夸你，无异混淆智者与凡夫，以为龙蛇之差别，只在长短和粗细。

这两日念叨胖子，突生疑问，胖子笔名陈九，他的真名呢？"陈志军。"朋友一字一顿地回答我。陈九、陈志军，都好，都不错。但是，但是，都不如"胖子"响，都不如"胖子"亲。

2010 年 9 月 16 日

目录

目录

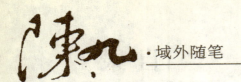

目录

上篇

聊聊回家那些事儿

哭泣的老母亲

　　回家那些事儿先从最近的事说起，返回美国的那个早上。

　　第二天就要回美，三周的中国之行的确短了些，很多老朋友新朋友才知道我来，刚要表示表示，人却要离开了。这几天的电话格外多。到北京后朋友借给我一部手机，说，敞开打，国内国际，别管结账的事。他这么一说我倒小心，总怕给他添麻烦，可最后这几天的电话我必须接，告别，告别是人生中的一件大事，说实在的，它比久别重逢还重要，告别是一种仪式。

　　很多人都要送我去机场，可我坚持自己走。虽说我这个人感情兮兮的，有点儿疯疯癫癫，可不知为何，我不喜欢临别时缠缠绵绵的场景。怕看到别人湿润的眼睛，也怕别人看到我哭泣的面容。这么大岁数了，把一份似水柔情隐藏得越深越好，像当今人类苦苦寻觅的石油和天然气，那一定是亿万年前神仙们生离死别的泪水凝聚而成。深藏

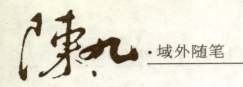

方可传世，轻易挥洒倒不值钱了。

可绕来绕去，还是绕不过朋友的一片热忱。离开的那天早上，手机响起。一位在中央戏剧学院任教的老朋友说，他就在楼下等着呢，已经两小时了，估计我快要下楼才打个电话。我心头一热，忙说，好好，我这就下去。

行李装上车，年近八十的老母亲非要与我同行，送我去机场。她二话不说打开一扇车门上了车，坐在那里一动不动。我坐在她身边，握起她一只手，我感到那只手有些冰冷，有些颤抖。出国几十年，来来往往，还很少看到母亲这个姿态。

机场大厅人影纷乱。朋友在外面等候，他对我母亲说，伯母，您进去吧，别急，我就在这儿等您。我问他，会被警察罚款吗？他推了推我说，这又不是美国，你就放心吧。走了几步我回头，他还在那里向我挥手。我笑笑，算是告别。

在走进安检门前的瞬间，我对母亲说，妈，我走了，您快回去吧，他们不让您进去的。以前我回美时，在这个时刻这个地点，都会对母亲说同样的话。每次说，她都默默地望着我，望着我走远，消失在人海之中。这次我想她还会一样，默默地望着我远行。可是，当我转身刚要跨入安检门，只见母亲扑上来一把抱住我，呜呜地哭出声来。我一惊，紧接着也抱住母亲矮小的身体。妈妈，我才意识到，我已经多久，多久多久没拥抱过您了。母亲断续地说，妈妈老了，常回来看看我。

安检门很窄，等待的队很长。没人吵我们，直到我们彼此松开手。

壮士远行须伴酒

国人喝酒令我震惊，无语凝噎地震惊。任你多有才，有多少文墨，都无法表达我看着朋友们喝酒时的心境。我相信应该是这样，如果我是电影导演，"对对，别动，就这样，半张着嘴，别让哈喇子流出来，凝聚眉头，目光一半是困惑一半是恐惧，像见到外星人，好，来个Pose（姿势），开始！"

其实我做的肯定比导演要求的更好，我的惊讶完全发自内心。每次和亲朋好友下馆子吃饭，都为他们喝酒喝得如此之凶，昏过去八百多回。出国前，当然那是二十多年前的事儿，我也好饮，年轻倜傥，每遇知己总会狂饮宿醉。可再怎么狂饮，四两、半斤，我说的是白酒，到头了，不会再多。仅仅二十来年，经济发展了，人的酒量怎么也发展了，我真闹不懂这两者间的线性关系。你知道他们怎么喝吗？论瓶喝，每人起码喝一瓶，否则无地自容。我算客人，给予特殊照顾，可喝可不喝，否则用他们的话，根本不带你玩儿。

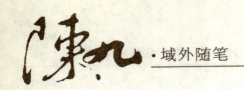

　　有一次在北京甘家口附近的"大连海鲜酒楼"吃海味，喝得是白酒"水井坊"。人家问，上几瓶？先来四瓶吧。总共十多个人，还包括女眷，怎么会要这么多白酒？我抗议道。他们向我摆摆手，歇菜吧你，又没让你喝。结果酒瓶打开，满屋子香。他们用啤酒杯喝白酒，几口一干，带着各式各样的说辞，什么多日未见喝一个，乔迁之喜喝一个，孩子上大学喝一个，跟他喝过还得跟我喝一个。就看酒瓶一只只地空，大家的话也越说越放松。照这个喝法，每个夜晚每家餐馆，成年累月，十三亿人口的大国，这酒还不得像流水似地流成波涛大河吗？人们像泡温泉一般把这个国家泡进酒里，仿佛她是一只浮在酒上的船。在美国时，常对国人制造假烟假酒嗤之以鼻，现在才明白，真酒根本造不过来，根本不够他们喝的。喝酒的人只追求快感，不在乎真假，他们即使喝出是假的，还是会一醉方休。

　　了解一个人必须走进他的生活，了解国人喝酒亦如是。喝酒不利健康，但喝酒时那副轻死易发的豪放，看着就让人热血升腾。别轻易用冷静的头脑去评判他们，别简单地用医学名词搅乱他们壮士远行的激情。一个充满梦想和欲望的民族，难免会冲动一点儿，就像一个朝气蓬勃的小伙子，难免会荒唐一点儿一样。你放心，喝多少他们也不会真糊涂。用我朋友的话说，丧权辱国的条约一个都不会签。

　　酒与情，一男一女，怎么分得开少得了，少了还有什么劲啊。

102 国道奇观

　　出京东，就是通往河北唐山的 102 国道。国道与高速公路的区别是，国道有十字路口红绿灯，高速没有。

　　这条路我三十年前常走，那时在河北玉田县当兵，到北京探亲购物必须走这条路。那时叫京唐公路，比现在的 102 国道窄很多，路上没什么车，两侧无边的田野一片连一片，袒露出北方农村的贫瘠与坚韧。

　　这次回国，有个老战友说，明天带你去玉田，看看咱们当年住过的营房。我们清晨出发，日上三竿才离开北京地面，北京的交通那叫一个堵，真是急死人不偿命。出了北京我就急着寻找往日的印记，可除了一个个熟悉的地名，燕郊、香河、大厂、三河，已找不出任何从前的痕迹。

　　公路两侧很难再看到开阔的田野，取而代之的是鼎沸的喧嚣，从来往的车辆和鳞次栉比的各式商店中传出。开始我还觉得，这大概是县城，所以才这么热闹，过去了就

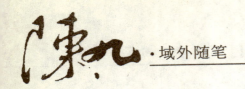

会安静起来。我一直等待车鸣和熙攘的人影会突然消失，被乡土的空旷与恬静取代，像几十年前我所经历的一样。可是我错了，令我惊讶不已的是，在我们行进的近百公里路程中，这种繁忙的"商业文明"就从未中断过。也就是说，102国道始终是被各式商业包裹起来的，很难看到田地，很难看到乡村的样子。这一带的农村，已经或正在迅速城镇化起来。

以国道为纽带的城镇化趋势，可以说是中国经济起飞的一大看点。这种现象除102国道外，其他地区都有类似现象。这些地区大都出产初级产品，农业原材料，沙石水泥等等，高速公路不让上，因为车速太慢，又超载，只好死死依靠国道谋生。别小看这些国道经济，你想想，在我看到的近百公里的路面两旁，几乎全是商店铺面，仅租金就多少钱？需要做多少生意才能维持下来，这绝不是小数。这条国道就是小小的缩影，让你感觉到中国经济腾飞的巨大冲动和活力，正在渗透每个角落，要把整个国家彻底变个样。

我知道的年轻人

今天中国的年轻人怎样啊？如果日本人再打进来他们能顶住吗？这实际上是我父亲活着的时候常问我的问题。那时我一拍胸膛，没问题，像打狗似地把他们打回去。我父亲左看我右看我，没说话。谁承想，面对今天中国新一代年轻人，我居然像我父亲一样，对他们也有这个问题。我怀疑他们，他们太自我，太娇纵了。

可这次回国，有件事让我不得不重新审视自己和今天中国的年轻人。是这样，我的一位老同学，大家聚会那天，我问她，你儿子怎么没来？她儿子一小我就见过，大眼睛，浓密的头发，很是帅气。老同学轻声一叹，哎。接着几乎带着哭腔对我说，快别提了。他已经大学三年级，明明学理工科，偏喜欢历史。这么厚的二十四史翻得都差不多了。你随便跟他提哪个朝代，他都像说姥姥家的事一样没完没了。好，你喜欢历史，这也没啥。可昨天突然打来电话告

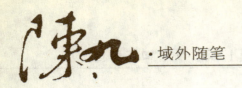

我说，他要和几个同学一块儿，骑自行车去西藏。

什么？骑车去西藏？我惊呼。

是啊，骑车去。

为什么他要骑车去西藏呢？我十分不解。老同学接着说，儿子说了，他要一寸寸地走一下自己的祖国，看看他属于的国度到底是什么样子，这样他才知道今后毕业了应该做些什么。我急忙对儿子说，中国什么样关你啥事？你毕业找个工作养活自己就行了。儿子沉默了半天，电话里不说话。我喂喂地叫他，他终于说了一句：

妈，你怎能这么说呢？

说到这儿老同学已泪流满面。她不住地对我解释：我是母亲，我是母亲呀。我走过去握住她的手，问，你儿子何时启程？就这个暑假。他还需要什么吗？比如，要不要买一辆质量好些的新自行车？你问这个干嘛？老同学疑惑地看着我。我停了一下，让自己平静下来，说：我要送他一辆最好的自行车。

是的，最好的。

北京的公交车

　　这次回国我特意乘了多次公共汽车，现在叫公交车，因为公交车既有汽车也有无轨电车，这么说比较准确简捷。北京这些年变化巨大，城市面积成倍扩展。我原来住在人民大学一带，过去算西郊，就一趟 32 路汽车从动物园到颐和园，孤苦伶仃地打此路过。现在这里成市区了，再提西郊已无人知晓。城市膨胀了，公共交通跟得上吗？乘公交车的大都是普通老百姓，他们出门还会像从前那么方便吗？

　　经过亲身体验我发现，不是还像从前那么方便，而是比从前还要方便。一是公交车的路线多了，无所不在无处不达。一个新社区尚未建好，新的公交路线就开进去了。望京、亦庄、西三旗，过去从没听说过，现在都通车好多年了。另一重要特点是，北京公交车的线路长，不受行政区划限制，这是纽约公交车比不了的。纽约的公共汽车基本以区为界，从皇后区去布鲁克林就很不方便。而北京的

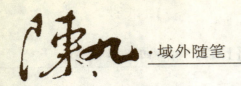

公交车都是跨区的，我乘车从海淀区的世纪城去永定门外马家堡，远得像出国，相当于从纽约的布朗士到布鲁克林，可一趟车，连车都不用换，一个多小时就到，真是快捷方便，而且单程车资仅一元钱，如果买月票才四毛钱。

北京人口比纽约多，但公交车比纽约的方便。你会说，纽约的公交主要靠地铁。话是不错，但地铁毕竟不像公交车那么温柔细腻，通到生活各个角落里。北京也在大力发展地铁和轻轨交通，但代替不了公交车，老百姓更依赖公交车。

中国不是美国，也不该是美国。中国是个初级阶段的社会主义国家。怎样体现这个社会主义呢？就是要大力发展和健全公共事业。公共事业是人人平等的事业，没有特权的事业，是让社会和谐发展的大事业。

魔幻般的浙江沿海

　　这么说有点儿大，其实这次回国我只去了浙江的海宁和湖州，并未走遍整个浙江沿海。不过带我去的朋友说，都差不多，有的比这儿还好。

　　海宁我25年前去过，那时在上海搞毕业实习，因喜爱新月派诗人徐志摩，便偷偷乘长途汽车到海宁，访徐的故居。当时海宁是一小镇，河湖港汊小桥流水，典型江南风光。这次重游整个惊呆，一座新兴城市矗立眼前。这是海宁？我问。对呀，可不就是海宁吗？整齐宽阔的街道，簇新的混凝土散发着永恒的气息，现代化高楼林立，到处是纺织厂服装厂。朋友告诉我，海宁已是中国纺织服装重镇，这里有亚洲最大的皮衣皮件批发市场。说着他把我带进一座美丽现代的宏大建筑，就是这儿，你一天走不完。我逛了一层就不逛了，太大了，真得要一整天。

　　对湖州的感觉是柔软的，因为这里是丝绸和湖笔的故

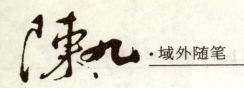

乡，还有元朝诗人戴表元的那句"行遍江南清丽地，人生只合住湖州"，当然更有让我对湖州另眼相看的赵孟頫，中国古代著名艺术家，他是皇室后裔，算是湖州人。

对这个地方我还有桑基鱼田的幻想，种桑养蚕，蚕粪养鱼，鱼泥肥田，田可种禾，一个自给自足的农耕社会屹立几千年。可此刻真到了湖州，才明白何谓沧海桑田，沧海可以变桑田，桑田则可以变工厂，变楼房，变汽车，变女人的风情，变孩子的自信，变一座走向未来的现代化城市。找不到南宋遗风，找不到浣纱女的背影，甚至找不到"大跃进"和"文革"的流波，湖州人喜养蚕，他们自己就是破茧而出的蝴蝶，翩翩飞翔。

顺便说一句，沪杭高速两侧的所谓浙江农村，已是小楼林立的新村镇，其住房条件比很多城市人还好。这些楼宇的色彩就像浙江姑娘的脸庞一样，娇美闪亮。我朋友说，他要在这里弄块地，盖几栋房子，退休后咱们住在一起，喝茶打牌，如何？

再温上一壶绍兴花雕，几枚兰花豆儿，咱就成孔乙己了。我说。

年年都是坎儿

　　那天我乘 425 公交车去双安市场购物，一上车就有个座儿，我刚要坐下，觉得身边有位女士好像有想坐的意思，连忙让给她，你坐吧，坐。女士处处优先，海外生活别的没学会，净学这虚头滑脑的事儿。有段天津快板怎么说来着，来到天津卫，嘛也没学会，学会开汽车，压死二百多。反正就这么个意思。

　　过了一会儿，我感到那位女士在看我。不知道你们怎样，我反正对异性目光非常敏感，刷地就被我的雷达发现。我喜欢异性看我，虽长得难看也喜欢，我不想这么快就老下去。正犹疑，她突然开口，你是陈九吧？我一惊，怎么连我名字都知道？还没等我说话，她又说，我是叶玲玲呀，你初中同学。我定睛一看，是她，那时她有着圆润的脸庞，两条辫子一丝不苟，跳舞全校第一，还是我的初……停，差点儿说秃噜了。眼前的她还是那个样子，目光透出几许

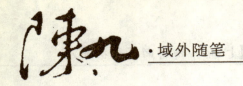

沧桑。我一下有时光倒流的错觉，会是你，你还能认出我！我知道自己相貌变化很大，洗心革面，心没洗，面革了。

聊起来才知道，初中毕业后，我当上铁道兵，她投亲靠友去新疆克拉玛依油田当了石油工人。在戈壁滩上迎风冒雨历尽劫波，走过八年的艰苦历程。听她这么一说我都不敢说自己了，铁道兵开山铺路尽管也很艰辛，但我毕竟是臭男人，臭男人做什么都应该。后来呢？后来，她接着说，挣扎着考上大学，工作、结婚、生孩子，现在，说到这儿她目光湿润了，现在是乳腺癌患者，去年做的手术。

我大吃一惊。可你一点儿也看不出来，你看上去跟初中时一样。我几乎喊出来。不是虚伪，这是我真诚的心愿。她笑笑，谢谢你。我看到人们算命，说哪年是坎儿哪年不是坎儿，对咱们这代人，还不年年都是坎儿。不过我们无怨无悔，希望，希望我们的孩子，说到这儿，她停下了。

我想拥抱她，拥抱所有跟我们有类似经历的兄弟姐妹。我们尽力了，而且我们仍在像蜡烛成灰一样把强弩之末的年华拼命泼洒出来。我的祖国，我的母亲，我的孩子们，因为我们深深，深深地爱着你们。

超市可否架张床

　　早上起来，老母亲对我说，跟我买东西去。上哪儿？易初莲花。怎么是庙？肯定净是素食，我要吃肉，不吃肉我浑身没劲儿。废话，谁说是素食，人家什么都有。易初，还莲花，不是道教就是佛教。什么呀，傻儿子，人家是超市的名字。超市？

　　跟母亲去逛庙，不，逛超市，走在她身边我觉得自己七岁不到一点儿，她领我到当年的东四七条合作社买铅笔橡皮，为第一次上小学做准备。母亲是我的天，天可以塌，母亲是永远不会没有的。可此时看着她花白的头发和缩小的背影，真无法相信时光过得这么快，我仍是七岁，母亲却老了。我们走进位于世纪金源购物中心底层的易初莲花，一进门，就被这座听着像庙一样的超市惊个大跟斗。

　　首先说它的大，我在美国住过五个州，从未见过这么大的超市，这头儿看不到那头儿，且整整齐齐干干净净，

17

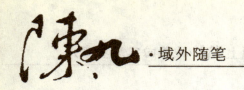

货架之间的距离宽敞舒适。我突然觉得，干嘛不在这儿设个出租车站，买什么要是找不到就打的去。太大了。什么？还有更大的。

再有是它的丰富，吃的用的什么都有。完全不像美国超市，中国超市里的货物几乎没什么限制，除了食品，什么服装鞋帽、文具书籍、居家装饰，要什么有什么，是美国超市和百货店的结合。什么叫解放生产力？什么叫自由？限制少就是解放生产力，就是自由，中国超市的管理比美国的限制少得多，信不信由你。

最主要的是人，中国超市处处可见服务员，说人话办人事，是人性服务。不像美国超市，它的"超"指的不是人。除顾客必须是人外，其他的能不是人就不是人，最近纽约的超市连收银都改成机器。不是号称人道主义吗？连人都见不到还什么人道主义，我看是机器主义、电脑主义。而中国超市的服务员态度和蔼热情，像到家一样。总说跟国际接轨，千万别把咱们民族的人气儿给接没了。

结账时我对服务员说，能在你们这儿架张床吗？我想住下来。她一愣，没明白我什么意思。老母亲上来对我就一巴掌，"臭小子，你怎么还这么淘啊你！"

让我们风花雪月

　　小时候是让我们荡起双桨，年轻时是让我们战天斗地，现在快五十岁，好，倒让我们风花雪月了。

　　回国遇到老战友，其中不乏有当年的铁汉，有能扛起两麻袋黄豆的弟兄，有一天能挖三立方土的哥们儿，还有一个，我不忍说，当年打山洞时划破了脚，被岩石撕了个三寸长的口子。我是卫生员，说，这必须缝，可我没麻药！他一笑，哈，要啥麻药，该咋缝咋缝，哥哥要是吭声算你生出来的。打开卫生箱才发现，连手术线也没有。他把上衣口袋儿里的针线包掏出来说，用这个咋样？一回事嘛。最后我就用缝衣服线，不用麻药把他的伤口缝合了。这次见面他还脱了袜子让我看，臭得要命，小陈啊，看看，看看哥哥脚上的伤疤，还是你救哥哥一命的呢。

　　这是一群英雄啊，虽比不了他们的父辈上刀山下火海，但也纯正无邪地为祖国民族的建设事业奉献了全部青春。

19

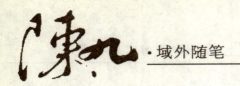

久别重逢，我突然发现他们，连同自己，迟暮了。我们需要牺牲，没人需要我们牺牲了；我们需要集体，集体变个体了；我们需要忠诚于事业，可事业不再需要忠诚了；我们需要把生命交给理想，可理想坐在门口哇哇大哭，说她迷路了。我们似星舰迷航，失落了迟暮了。

那就让我们风花雪月吧，在早不该风花雪月的年龄。我有一联儿，上联是，酒量大脾气大肚子也大，下联是，眼睛花头发花心里更花。横批，老子不老。这个横批并不好，拜托，你们谁想起好的给补一个。我发现这些当年的英雄好汉居然孤独得连周杰伦、阿牛的歌都会唱，尽管后者都是儿孙辈的。唱儿子的歌，难道就能回到儿子的年龄吗？

还有还有，不说了。我的换命兄弟，你们怎么活我都爱你们尊重你们。这不赖你们，一点儿不赖。我们命中注定是承前启后的一代，是把土和洋、阳刚与阴柔、奉献与自私，把所有相互矛盾的价值观都滚它个遍的一代。最后我们发现，我们还属于那段消逝的年华，那个激情燃烧的岁月，因为我们燃烧过。

卡拉OK最后总是那首《铁道兵战士志在四方》，志在四方最后总是拥抱和滚烫的泪水。我们手挽手走在灯红酒绿的街头，像复活的兵马俑一样。

别动"男人的乳房"

这次回国才发现，不知何时起，"隆乳"已成为女同胞们谈论的话题。有人还问我，听说美国这方面很先进，隆乳贵不贵呀？我推说毫无所知，不想跟她们讨论这个问题，因为我坚决反对女人隆乳。一听说哪位歌星影星隆乳了，立刻就对她失去好感，演得再好唱得再好也没用。人本来是自然的，不是机器不是卡通，非把不自然的什么盐水啊硅胶啊生往身体里塞，这不是拿人不当人嘛。

有人说，你个臭男人，吃饱了撑的管女人乳房干啥。话可不能这么说，作家毕飞宇说过，女人的衣服不为一件件往身上穿的，而是让男人一件件脱的。按这个道理，女人的乳房也不应由女人独有，起码也该女男共管，再怎么说，也有我们男人一份儿才对。既然如此，男人当然有权表达意见，这没什么羞耻的。相反，如果任女人由着性儿作践我们"共有的乳房"，那才是奇耻大辱，像割地赔款

21

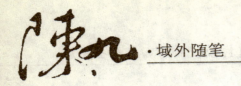

一样。

　　对于男女问题，我秉持自然即美的观点。具体到乳房，大有大的魅力，小有小的特点。只要是自然的，两情相悦的，什么大大小小，都是美的。这不是说说而已，生活就这么走过来，每个人都有过自己的幸福，谁也没落下。相反那些隆过的乳房真比自然的多一份享受吗，鬼才信。处处都得想到这个假，小心这个假，干什么都不能随意尽兴，才活受罪呢。光看着好管屁用，乳房又不是只为摆着看的。

　　我真怀疑隆乳者是否存在严重的心理障碍，是不是太不自信，惧怕竞争，或有过重的自恋情结。为打开你们的心结，咱们实话实说，告诉你们吧，男人并不真地在乎大小，而更在乎真假，感情的真假、心灵的真假、身体的真假。这个世界已经够假的了，再假到闺闱之地，还让人活不活了！一个连身体都要做假的女人，怎么能让人相信她的灵魂依旧真实。我们不喜欢假，我们其实恐惧假，我们一见到假就什么都干不成了，这么说行了吧！宁小勿假，女士们，你们好生深思。

　　有个电视剧叫《动什么别动感情》。换换词儿，动什么别动"男人的乳房"。谢谢。

"走路"的汽车

　　说汽车走路并非指它速度慢，慢归慢，那是另码事。这里是说国人的开车方式或开车规矩，基本按照两条腿走路的习惯进行。看国人开车，就觉得汽车下面不是四个轮子，而是两条腿，路怎么走，车就怎么开。

　　路怎么走呢？我发现我们走路是按照市场学最佳模式进行的。市场学要求以最小投入换最大利润，术语叫低投入高产出。走路正是这样，往往以最短路线到达目的地，因为最短付出最少。另一市场学规则是先到先得，特别对市场开发来说，进入的时机关系企业的生死存亡。走路也如此，最近永远最少，最少就谁抢到谁先走。看路上人迹匆匆，都为寻找最近的路而跃跃欲试。我们天生就是市场学家。

　　回过头来看开车，基本如此。十字路口，左转弯车可以不等直行车，绿灯一亮说转就转，根本不考虑对面直行

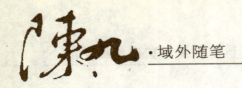

车的优先路权，而且弯子转得很死，完全符合市场学最小投入的原则。开始我以为碰到野蛮的出租车司机，可后来发现几乎每辆车均如此，好容易有个等的，还挂着"新手上路"的牌子。我车里的司机一个劲儿骂，走啊，你等嘛呀。听他一骂连我都觉得等是错的。

再说先到先得。为抢道不惜超速或走路肩几乎成了家常便饭。路肩一词来自英文的肩膀路，中文翻译比英文更简洁，十分专业。有一次在八达岭高速上，每当前边车流一慢，我这位司机就哗地转入路肩往前蹿。他是我一位老战友，当年在连队打扑克时就爱藏牌，耍小聪明。结果好，被警察逮住，他张口就说是送美国教授讲课赶时间，学生都等着呢。警察问我，你是美国教授？天呐，我怎么又成美国教授了，上次不是首席代表吗。我只好点头。有证件吗？有。我随手递过去。下不为例啊，走吧。回到车里我一个劲埋怨，你以为我是演员吗？我可不敢保证演谁像谁。这位老兄的回答比我还理直气壮，美国回来的一个赛一个傻，懂个屁呀你。

市场学规则并不坏。但市场是个体经济大本营，是个人主义温床。一个社会一个国家，除个人利益外，总还有公共或整体利益需要维护和发展，这代表了一个国家一个民族的未来和希望。从走路的汽车可以看到，我们文化中更需要一种对公共利益自觉维护的精神。多想一秒钟别人，多想一秒钟整体，只需一秒钟，我们的祖国就能呼地一下强大起来。你信吗？我信。

北京遇海归

　　海归多，特别在北京这样的都市，难免遇到。我碰到了多年老友王君，他是俄亥俄大学的博士，五六年前海归，目前在一家投资公司做资深副总。我们在国贸大厦附近的"星期五"餐厅吃饭，他非要请客，对我说，九兄，到这儿别跟我争。

　　问起家庭和生活，老婆孩子都好？他一怔说，你不知道我离婚了？不知道，怎么回事？嗨，一言难尽，她整天耷拉个脸，这些年就没笑过。你说我累一天回家就为看你脸色吗。就为这？还有，不说了。那现在呢？什么现在？现在的女人。王君有点儿尴尬，现在啊，她大概二十六岁，人不错。我看了看照片，很有父女相。

　　王君对我说，九兄，留下来跟我一起干，我需要你。原以为他是说笑，谁想第二天他来电话催我上班。我赶到办公室，秘书把名片都印好：陈九，副总裁。我只好在他

屁股后面瞎张罗，参加会议，听他们谈贷款项目，几天下来，有了一些体会。

说不清这家公司生意怎样，从进行的项目看，顺利的似乎不多。两件事我印象颇深，一是王君跟谁说话都爱中英文混杂。本来中文说得好好的，突然冒出英文，且公司上下凡会说些英文者，都爱用英文交流，特别当着客户的面，说得更来劲。客户大都来自基层，不一定懂英文，听他们说只好应付，装出懂的样子。只一次，有个深圳来的老板，湖南人，他急躁地问，王总，咱不说英文行吗？这才做罢。

还有，他们总爱向客户提一些无关的要求。比如有个湖北来的客户，他们急需资金收购当地的棉花，晚一天棉花就少收很多。谈来谈去总算差不多。大家很高兴，中午由客户请吃饭，清蒸鲥鱼。饭桌上王君突然向人家提出，他正组织一场高尔夫球比赛，能否为比赛捐二十万块钱。客人脸色一下木了，说不清话。我连忙说，王总跟你开玩笑呐，千万别当真。一顿饭总算吃个囫囵。

几天后我托故离开。王君浑身遗憾和我拥抱告别。我拒绝了他给我的红包，王兄，这事儿别跟我争，只取一张自己的名片留作纪念。步出国贸大厦我不断问自己，如有一天我真的海归，能保证不中英文混说，不打高尔夫球吗？

相声不止在官家

话说那一天，我到天津串亲戚，我大哥一家，姐姐一家，还有很多亲戚朋友，不是跟你吹，半拉天津城都是我亲戚。天津话我能说几句，还有，我爱听天津相声。

天津人喜欢相声。到了天津你最好别提侯宝林，没人答理你。嘛，侯嘛？天津有自己的一套。相声是天津特产，你跟天津人提外边的演员他认为你瞧不起他。听传统相声，还得天津，它的特点是俗，这个俗并非恶俗，是紧密联系生活，跟老百姓贴心。不像有些相声，国内国际，国内国际听你的干嘛，直接奔联合国找潘基文不完了吗？

可到天津什么地方听呢？天津东边有海北边有山，当中间儿有海河，你不能让我下河听吧，那不成鱼了吗？还别说，天津人爱吃鱼，小黄花儿、大拐子，拐子就是鲤鱼。要说听相声，记住了，就得大胡同。大胡同里有个小剧场，原来谦祥益布店改的。楼上楼下，一百年前嘛样儿，今天

27

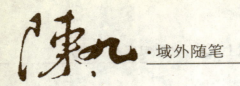

还是嘛样儿。小方桌，茶水管够，天津人不好绿茶，就喝花茶。再来两碟瓜子，往下你就听吧，天津相声越听越有。

有个现象，天津相声演员常到外埠演出，李伯祥、魏文亮、苏文茂，我数不全，满世界跑，可外埠演员很少到天津来。据说 1963 年，侯宝林大师到天津演出，就在当时的人民礼堂，使的第一个段子是《戏剧杂谈》，愣一泥到底！知道嘛叫一泥到底？这是行话，就是从头到尾没人鼓掌。侯先生的脸儿刷就拉了下来，直到第二个段子《醉酒》，掌声才响起来，侯先生总算全身而退。打那儿以后，不光侯先生本人，北京正统派相声大腕儿很少再到天津演出。

甭管你多有名儿，来天津都得掂量掂量。为嘛？天津人较真儿，也可以说挑剔，八百万人恨不能一半儿相声票友，个个儿都能侃一段儿。说实在的，这年头儿演员基本功好的不多，就靠唱流行歌曲、装天真烂漫娘娘腔，到了天津，有一个算一个，都哪儿凉快哪儿待着去。天津相声有自己的领军人物，像少马爷，马三立的儿子马志明，还有刚提到的李伯祥、苏文茂，还有个尹笑生，说的好，口齿清晰中规中矩。我这次就听他的专场，二十五块一张票，我和大哥坐头排，看的真，连他脸上几个麻子都看得一清二楚。但给他量活的软了点儿，量活就是捧哏，他那两下子，不是吹，比我强不了哪儿去。我是不说，我要说，他呀，满完。

相声不光是北京，好东西不都是官办的。相声是民俗艺术，离开老百姓的生活就没魂儿了。当北京相声急着赶着玩儿高雅的时候，天津相声却扎扎实实走近民众。天津大胡同的小剧场，谁都可以去说。我都想拉着大哥说一场，来个陈九专场，肯定人山人海你信吗？我有绝活儿。是嘛？倒找钱。别跟他们说去啊。

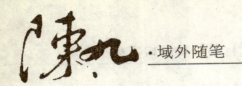

厕所比情人还重要

　　这次回国无论到哪儿，厕所都比较脏。这个比是跟发达国家比，比如美国厕所一般来说相对干净些，味道也不浓。简单的回答是，中国人缺乏良好卫生习惯，入厕不冲水。坊间曾流传泰国美国的公共厕所张贴中文提示：用后冲水。泰国没去过，美国去过不止一次，共约二十多年，至今尚未见过这种中文提示的原件。

　　细想一下，这个原因说了又没说，因为它什么问题解决不了。良好卫生习惯是需要培养的，怎么培养？存在决定意识，习惯的培养需要环境，客观条件的改善是习惯培养的前提。总一味责备国人习惯，如果条件不变，习惯还是改不了。中国人很多习惯难改变，就因为过去生产力发展不快，物质世界变化太慢，没有对生活方式提出要求，你让他怎么改变习惯。

　　据我观察，厕所脏的原因除习惯外，更与厕所的使用率过高有关。我国人口众多，谁能不上厕所？我从肯尼迪机场起飞，首都机场降落。接我的朋友因堵车而晚到，我在机场等候。或许是刚回到故乡，对任何事情都很敏感。我突然发现首都机场的厕所人来人往，没一分钟停歇，这在肯尼迪机场是难以想象的。一名清洁员守在厕所门前，几分钟进去清一下，还是不行。这么多人用，再干净的厕所也得脏，到哪儿都一样。比如纽约有个大宾州车站，它是曼哈顿一处重要交通枢纽，人山人海昼夜不绝。候车室边上有男女厕所，女的我未进去，男的可大大领教过，那股骚臭能把你熏得人仰马翻，地上湿乎乎弄不清是水是尿，不亲临其境真难相信美国也如此龌龊。其实甭管美国人中国人，方便的动作基本相同。马桶的形式决定了方便的动作，就算习惯于蹲坑儿的农民兄弟，你让他往哪儿蹲？别动不动就鄙薄自己同胞，好像外国人都光吃不拉似的，查尔斯王子方便的动作跟咱们也毫无区别。

关键是我们厕所用具的生产制造，尚未把使用率过高这个客观因素考虑进去，不是具有我国特色的设计。是否能在材料选择、水流角度、高低宽窄的尺寸、清洁起来是否方便等等因素上做些细致人性的观察，根据观察结果和统计数字重新考虑中国厕所的设计。不是单纯让人适应硬件，也通过硬件的改善去适应人们的习惯，人们觉得更方便了，好习惯的养成也自然容易得多。厕所是块温馨之地，是人性无法躲避的必经之处。你可以不要情人，但绝不能不要厕所。我们用对情人的心对待厕所，厕所的面貌就一定会大大改善。女为悦己者容。

31

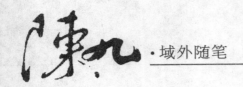

　　据说故宫有屋九千九百余间，居然没一间厕所！看来我们的文化传统里，不知何故，有光注重进不注重出的特点，这在当今我们大步跨入都市文化小康社会的物质年代，是必须更新的。出和进一样重要，其实对很多人来说，出比进甚至更重要，它几乎超出了上厕所的自然属性，而进入精神和心理层面。如果我们用这样认真的心态研究厕所制造厕所，真的，马路上吵架的都会少三分，"气"顺了嘛。

女人的美代表着时代

你小子下流胚，聊起女人了吧。别误会。我喜欢女同胞，更尊重她们，希望她们永远美丽，个个儿巩俐章子怡。只不过有些地方，不免为她们遗憾。

回国看到很多人，男人女人。我承认我对女人更敏感，因为我是男的。在纽约看尽西洋女人缺乏含蓄的装束，内心更认同女同胞们的温文尔雅，有一点儿遮掩，有一点儿距离，有一点儿灯火阑珊处。艺术正从这个奇妙的空间起飞。

今天中国女人的美丽，也起飞了。不光那些登上好莱坞舞台的明星，震得全世界一愣一愣的，我看到一张照片，一位法国名导演居然给中国女演员下跪，就是平常走在大街上的女人，也都美丽得像飞舞的彩蝶一样，浑身的回头儿率。无论是着装的款式，色彩的协调，还是得体的化妆，都喷薄着我们民族崭新的气息。我突然发现，一个时代的

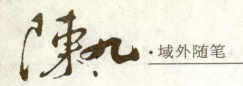

美丽是从女人开始的，女人美了，其他想不美都不成。

也可能是刚开始美的缘故，我也发现些令人啼笑皆非之处。怀着爱惜的善意坦率讲出来，女同胞们，别骂我，更别抽我耳光，偷偷改了就行，你们依然美丽。

先说短裙。膝盖之上的裙子为短裙，短裙给人青春活泼挺拔自信的感觉，是多少女人的最爱。短的危险是走光，一走光就前功尽弃，羞愧难当。因此穿短裙时两腿必须时刻靠拢或跷起二郎腿，特别是坐下的时候。就这一条，有些女同胞往往忽视。我去餐厅吃饭，躲都躲不开，对面桌边坐着位女士，楚楚动人，就是忘了把腿并拢令我晕菜。我扭过头，可过一会儿累了又扭回来，她还是那样，聊得起劲。我只好盯着她，盯得她发毛，腿哗地就并上了。不是不懂，是不习惯。在隐私问题上请多在意一点儿，你越在意自己，男人就越在意你。反之亦然。

再说乳罩。乳罩的装饰性早超过它的实用性。换句话说，今天女人戴乳罩是为了把自己装扮得更加扩展挺拔。乳罩种类繁多因人而异，每人都会找到适合自己的风格。可在这个问题上，有些女同胞却露了怯。中国女人的乳房相对比较娇小，这种特点不适合戴那种镶满蕾丝图案的乳罩。蕾丝图案拿在手里很漂亮，可戴在身上如果撑不起来，简直就像两挂牛百叶，窝囊到家。我多次看到年轻漂亮的女孩子得意洋洋走在马路上，美中不足就是皱巴巴的胸膛，让我一声轻叹。

挑选乳罩的秘诀是穿上衣服看，看整体效果而不是乳罩本身。乳罩本身仅个别同志可看，而整体效果则是广大人民群众都能欣赏的，才会让你欲擒故纵没事儿偷着乐，弄不好还能骂上句："看什么看，德行！"。你骂这句时我一点儿不生气，不是说我，我是说，我的意思是，是他，不光他一个，也包括我，但我和他不是一伙的，是这么回事儿……你看你看，女人一美，男人就全乱套了。要不然你把那个大号蕾丝再换上得了，我怕引起社会动乱。

敬爱的女同胞，你们是全世界最美的人，且越来越美，祝福你们。

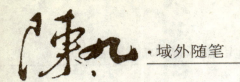

不了不了不了情

　　三个不了，打错了吧？没错，我就用三个。事不过三，三就算到头不能再大。这是指人的情感，纯真的情感就这么大，比天高比海深，太阳月亮比不过。

　　说的是两位当年的战友。女的叫李红是师医院护士，男的叫张白是团里战士。一红一白，都是化名，这样说着方便。那天战友聚会我问，咋没见李红张白？大家一叹，唉。接着讲述了他俩近况，听得我目瞪口呆上气儿不接下气儿。

　　他俩认识是因为我。那年我患痢疾在师医院住院，管我的正是李红。她高挑个儿，眼睛明亮，两个脸蛋儿红通通，透着青春旺盛。张白来医院看我，带来礼花牌香烟和西凤酒，肯定偷他爸的，他刚从北京探亲回来。正聊着，李红进来测体温，她一出现张白呼地站起来，两眼发直盯着李红不放，弄得人家不敢抬头。李红走后张白问，她叫啥？李红。我得认识她，就她了，这辈子就她了。张白说。

后来他俩相爱内情无从知晓。我给张白带过信物，一把双箭牌指甲刀。我有些嫉妒故意不交给他。过几天他突然问，指甲刀呢？啥指甲刀？别废话，给我。说着他眼泪涌出来，吓得我赶忙递上去，内疚得一塌糊涂。以后的情况不太妙，张白没提成干，更没考上大学，复员后在一家粮店卖切面。就为这，说什么不见李红。找过他多少次，就不见人家姑娘。再后来，两人各自结婚生子。

这次才知道，张白成了一家粮食集团公司的老总。李红是大学教授，几年前突患肾衰竭每天需要透析。张白得知后，非捐给李红一个肾。李红痛哭失声死活不受。张白一把安眠药吞下去，在医院睡了三天才醒。移植手术不很成功，移植的肾脏只有二分之一功能。张白当即召开双方家庭会议，要求由他来照顾李红这个病人直到最后，请允许他和李红搬在一处。两边的老公和太太最后表示理解和同意，理由很简单，谁能像张白一样捐出自己的肾，说什么呀，人家应得应分的。张白现在提前退休，天天陪着李红。他俩因身体原因，不能太激动，所以战友聚会很少露面。

我靠，有这事儿。三个不了，你们说多吗，要不咱再加几个？

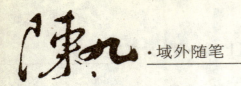

从火化到火葬

二十多年前，城里人死后主要是火化。从火葬场取回骨灰，要么放进灵堂要么放在家里，化而无葬，与土无关。我到一个同学家串门，客厅一角摆着他父亲的骨灰盒，紫檀雕刻，中间是照片。每次去我都拜一下，因为他父亲参加过湘江战役。老爷子活着时对我说，湘江整个儿红了，十万红军的尸体里三层外三层堵住流水，我们是踏着他们的遗体冲出来的。老爷子没文化，才混个科级，进不了八宝山，骨灰就供在家里。

这次回国发现情况不同了，城市周边建起很多公墓，而且往往以什么什么山庄命名。我去过天津蓟县的元宝山庄，在清东陵以西几十里地的山坳里。前面是浩瀚的于桥水库，背后是安详的元宝山，依山傍水，真是块清静自在的好地方。

山庄领班小李带我们走访了墓园，他的京东口音让我想起当年在这一带当兵修铁路的激情岁月。"我爹当年是民工，给你们送石料。"小李说。是吗，他现在干啥？死了，塌方砸死了。我一惊，话憋在胸里出不来。小李却很坦然，一挥手划破时空接着说，咱们这个山庄啊。我打断他，咱们？我们跟地下的算一回事？

据小李介绍，这些年人们越来越强调入土为安，中国的老传统改不了。原有的公墓已无法满足需求，建公墓成为方兴未艾的产业。城里人死后骨灰要下葬，找块风水宝地埋了，一是死者得安息，二是后人得护佑，连有些老干部的骨灰都从灵堂请出埋在这里。你看，小李一指，咱这儿安葬着很多市级的领导，比如这块称为"革命大家庭"的墓地，是五位老干部的合葬墓，他们生前是战友死后是邻居，子女也一块儿前来祭拜，是咱们山庄的镇山之宝。小李老爱说咱们咱们。

买块地多少钱？我问。那得看地方，"革命大家庭"那块地是政府批的，要买这么大块地怎么也得十来万，加上立碑修围栏，估计得二十万。这么贵，谁修得起？嘿，不懂了吧。小李用专家的口吻说，修墓是积德行善的好事，人们特舍得花钱。中国人花钱几大项，医疗、买房、教育，再有就是为祖宗修墓。你看到旁边那个山头了吗？看到了。咱们正在扩大，把那个山头植树造林，开成新墓区。

徜徉墓园，不由想起故去的先辈和战友，包括那位科级老红军。世事沧桑，我跟他儿子已失去联系，不知当年停泊在紫檀雕刻里的英雄灵魂，此刻已安息九泉？

谁支撑着中国

我有个在电视台工作的朋友肖君，这次回国跟他一起吃饭。闲谈中了解到，他是负责教育的，平时常到外地拍摄教育方面的电视节目。那天我喝高了，话横着就出来，听说你们这帮人净靠拍电视诈唬下边儿的钱。肖君马上点头说，有这样的事，但只是极少数，我们就更不可能了。为什么？你们是神仙，你们怎么就刀枪不入？

没想到这个问题让肖君仰天一叹，既感慨又沉重，吓我一跳。忙问，你怎么了，没事儿吧？他缓缓平静下来，九兄啊，听我给你讲两个故事，这种故事我有千千万万个，录像带堆满了我的办公室，压得我喘不过气来。

在贵州一个偏远山村，穷啊。孩子们没学上，因为上学要过一条很急的河，有几个孩子因上学丧了命，所以乡亲们视上学为畏途。有一天，学校来了个新老师，是个小伙子。当他知道这个村子的孩子都不上学时，就跨河走访了这个村子。他问孩子们，你们想上学吗？想。你们想看看外面的世界吗？想。好，老师帮你们。第二天起，他就到河边，把孩子一个个背过河，放学时再同样把孩子送过来。就这样，你知道背了多久？多久？十七年。十七年？直到今天他还在背着。肖君说。

还有个山西的贫穷村落，老书记是抗美援朝的残疾军人，一条胳膊。他总想给村里办个学校，让娃娃们读书识字，长大过好日子。办学的窑洞是他领乡亲们一起开的，可老师来一个走一个，没人愿留下来。这天又来个老师，也是个小伙子，他一见村里的条件拔腿就走。老书记拉住他，后生，你咋样才肯留？后生随口说，得有个媳妇儿。行，媳妇儿我给你找。还得有人给我做饭，娶了媳妇儿也得做。后生，这话算数儿？算！好，从今儿起我给你做饭，在部队我干过炊事员。小伙子原想他说着玩儿，没想到从那天起老书记就给他做饭，不让做都不行，一做就是二十六年，二十六年啊。现在呢？人死了，去年死的。村里给我捎了信儿，临终前他嘱咐儿子和媳妇，记着给老师做饭，咱村不能没老师呀。肖君说着又是一声长叹。

久久的沉默。大家喝着闷酒，无人吭声。肖君猛地一口干了杯中酒，热泪盈眶地说，×，我总在想，到底谁在支撑着中国？谁让老百姓的信念不倒心志不散，这么大的国家，到底靠什么凝聚在一起？你们说，什么，什么呢？

没人回答肖君的提问。我们拼命喝酒，上，上白的，直到烂醉。

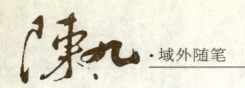

官衔官衔处处开

　　从前人们都以同志相称。后来改成先生小姐。这次回国情况不同了，同志基本没了。小姐也少了，不仅少，弄不好还闹误会，人家以为你暗指她从事不良职业呢，一句话噎你个底儿掉：你叫谁小姐呢，你才小姐呢。

　　在国内与人接触，老朋友老战友还是原样儿，小陈、老陈、陈儿、九兄，你回来了，还有叫我小名儿外号儿的，什么都有，时光顷刻倒流，让我听在耳里暖在心头。但也有人，他们喜欢用官职相称以示尊重。比如，先问我在美国做什么？我说是政府雇员。明明我说雇员，他马上接过来，噢，您是美国政府官员，大家静一静，我来介绍一下，这位是美国来的陈官员。官员二字未出口，发现不对，官员算什么职务？再说也没这么叫的啊，连忙转身再问我，您具体负责的是？数据系统的管理。噢，管理，您是主任。大家静一静了，这位是美国来的陈主任，美国政府官员。得，还是非把"政府官员"加上。

42

后来学精了，再问我干啥的不吐一个字，我不说话你横不能再叫我陈官员陈主任吧。即便我是主任又怎样？我当这个主任都当累了当烦了，逃回来就为度度假散散心接接地气，还主任主任追着我，让我喘不过气来。在海外给洋人打工的中国人，有一个算一个，甭管他什么职务，主任也好总裁也罢，都战战兢兢过日子，饱受文化和种族的压力。回国寻求的就是同胞亲情和文化认同，能和当年的换命弟兄大碗喝酒大口吃肉，唱大江东去骂他妈的，让那些王八蛋头衔滚一边儿去吧。

你不说话，人家另有高招儿。大家静一静啊，这位是，美国……您在美国做什么？我扭头儿装没听见。您在美国，我是说，您在美国，噢，明白了。静一静了，下面我来介绍，这位是美国来的陈老师。好么，找不着官衔儿又改老师了，非不肯叫我名字。老师我教什么？再说咱到这儿来也不为教书啊。

什么人都得按个官衔儿，什么董啊、总啊、局啊、处啊。没官衔儿的就叫老师，甭管你有没有学问。你说咱好容易凑一块儿，是办公上课啊，还是几个人，独立的人，心贴心地消磨一把时光？又不办外交，不举行什么仪式，咱怎么就不能松下来，逃离体系，稀里哗啦没大没小地胡闹一把？愣把全国人民套入官职系统，分三六九等，累不累啊。到处是官衔儿，人呢？人哪儿去了？还有人吗？

下回我印个名片：大熊猫。看他怎么叫我？哼，陈熊猫也比官衔强。坏了，他要问我，您在熊猫里的职务是？数据系统管理。噢，管理，您是主任。大家静一静了，这位是熊猫主任，不，主任熊猫，也不对，反正是主任，主任啦。

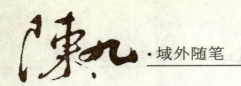

中国医疗：爱你恨你都不易

　　中国是十三亿人口的大国，穷人多，经济发展不平衡。在这样的国情下把医院改革成完全以营利为目的，是十分危险的。如果医院只为有钱人开，穷人看不起病，事情就严重了。看病吃药是人类无法免除的基本需求之一，当基本需求也不能满足时，人们就容易上火走偏锋，就不好办了。

　　我看过关于国内医院的负面报道。穷人因付不起医疗费被抬到马路上不予医治。或故意给病人开很多毫无益处的药或检验项目，诈骗牟利。这些消息让我遗憾，二十几年前我出国时不是这样，怎么改来改去把良心都改黑了。你嫌老百姓穷，可他爷爷奶奶曾支前抗日，他父母亲曾抗美援朝，他哥哥姐姐上新疆去北大荒或当铁道兵，为建设一穷二白的祖国奉献了全部青春，穷怎么了？江山就是穷人打的。你早怎么不嫌人家穷。如果明天打起仗来，你还嫌他穷吗？有钱人会冲在前面吗？

可这次回国接触了几次医院，感觉跟看报纸很不一样。与美国比，中国的医疗有很多地方更方便、更人性，颇具中国特色，也更适合国情。

首先，中国医生是在医院里看病。这句话听着费解，是这样，美国医生是在自己诊所看病。病人有病去诊所不去医院，除非急诊。在医院看病与在诊所看病的区别是，医生让你做什么，比如验血、照片子、取药等等，你马上就可以做，都在一个楼里。可美国不行，医生只开处方，你自己找地方去做检查和买药。换句话说，美国是以医生为中心的医疗体系，中国是以医院为中心的医疗体系。后者更有效率，适合大兵团作战，更符合中国人口众多的国情。

第二，中国有中医。中医最大的好处是成本低大众化。头疼脑热跌打损伤，要么你忍着，要想看，在美国就得先预约，再上诊所，再化验检查，再取药或转入其他诊所治疗。而在中国，这些小毛小病，想省事就直接奔药店，卖药的就告你该吃什么药，丸散膏贴，绝大多数情况下都有效。也可以找大夫开方子，抓几服汤药，现在药店都代客煎药，真空包装加热就喝，非常方便。中医是老百姓的保护神，说中医无用的实质是想垄断医疗市场，断咱广大人民群众的看病权，千万不能信。

还有一条更特别，陪床。绝对中国特色非常人性化。你要在美国的医院提陪床要求，说我晚上睡这儿，他能报警你信吗，想都甭想！可在中国医院就是惯例，你可以搭

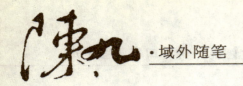

床睡在患者身边。有人指责说，看护病人是医院的职责，这也太不专业了。你想过没有，中国人多医院少，每个医院装多少病人，美国能比吗？你让美国医院也住这么多病人试试，看它还专业不专业？再说，从病人角度讲，有家人陪伴总方便些，心里也踏实，利于身体恢复。我们应看到陪床背后体现着中国人强烈的亲情纽带和忠厚的文化传统。多少美国人把老人往医院一扔，没影儿了。你问他，你母亲怎样了？就这样喽，我下班医院的探视时间也过了，我能怎么办？虚伪到家。

好坏的标准关键看具体情况看国情。跟国际接轨能接的接，不能接的别瞎接。五千年愣往两百年上接，合着四千八百多年白费了，一笔勾销重新来，老百姓能答应吗？世界是多样的，怎一根儿轨了得，谁的历史和文化传统不值得尊重啊。自家日子还得自己算计着过。

国内买玉险些被骗

　　玉不好写，须用典，它源远流长，不沾典故就乏味，像炒菜没放盐。用就用，红山文化遗址就在我朋友的家门口儿，他说当年发掘那块玉龙的就有他爹。《诗经》有："投我以木桃，报之以琼瑶。匪报也，永以为好也。"何为琼瑶？《说文》云，瑶，石之美者。玉也。子曰"君子无故，玉不去身"，周礼有"君子比德于玉"，还有完璧归赵、玉洁冰清、亭亭玉立，玉历来比喻好人好品德，从不形容坏的。

　　玉虽好，得好玉难。凡好者都不易得，好事业、好江山、好女人，引无数英雄竞折腰。腰都折了，男人没腰什么都不是。玉也同样，假玉越做越精真玉越来越少，得块好玉比登天都难。这次到国内度假险被"玉托儿"行骗，差点儿折腰。

　　那天去天津看望大哥。他嗜好养鸟，这是从老爹那儿

传来的。老爷子活着的时候也好养鸟，不光养鸟，还爱打
仗，打鬼子、打老蒋，不过这些爱好太难学，缺道具，只
有养鸟容易继承。我随大哥逛海河边的鸟市，周围停满车
挤满人，根本走不动。大哥一出现人家就招呼，"哎呀，大
哥来了。"一看就是常客。

　　鸟市旁有间专营玉石的小店，上写"玉华阁"。我喜
玉，拉着大哥往里走。他原本谈锋甚健，进店门却沉默起
来。问他这块怎样那片如何，他支支吾吾不置可否。这时
店主取出一物令我惊叫："紫云?"店主眉梢一挑，行，行
家呀。紫云为缅甸玉之珍品，极少见。这镯子温润匀畅色
泽剔亮，让我爱不释手。忙问价钱，店主矜持再三说，有
人出三万没舍得，想留给懂行的。您是行家，一万五拿
走吧。

　　我窃喜。紫云镯子一万五就成交，三万都不贵。思索
间，门外踱入一对夫妇。女的问，刚才我看的镯子呢？男
的指着我手中的镯子说，不就这只吗，紫色的。店主嘴角
微扬，什么紫色的呀，那是紫云，你刚才没说买啊。说了，
我们说了。真对不起，人家要了。说完继续跟我聊玉，噶
尔丹、吴三桂，新疆玉、云南玉的真正流行是明清以后的
事，听得我心服口服。接着他话锋一转，让我付款。我连
忙回头寻大哥，钱在他身上。天太热，我衣着简单放钱不
便，把现金全装进大哥的手提袋。他人呢，人呢？我急忙
说，我去取钱，稍待片刻。说着出门四处寻觅大哥踪影。

　　直到停车场，才在车里找到大哥。没等我开口他就厉
声说，快上车！我犹豫着钻进去，未坐稳车就开起来。等

等，你怎么走了，我要买那只镯子。我叫起来。不能买，那两个人是托儿，是雇来骗人的假顾客。大哥斩钉截铁地说。你怎么知道？我见过他们，我在这儿不是一天两天了。什么？我一愣。托儿就托儿，万一东西是真的呢？真不了，真货雇托儿干嘛，该雇保安才对，你没糊涂吧。

美玉难得，即便你有玉石俱焚的勇气。这又是典，详见《尚书·胤征》。

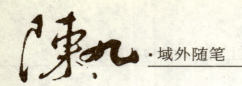

卡拉 OK，不散的宴席

　　如果我告诉你这次回国我去了卡拉 OK 你可千万别往歪处想。卡拉 OK 有色情的，但不都是，比如北京有个"钱柜"就没有色情。我去的正是这家。

　　这么说好像很做作，仿佛我特纯洁特高尚。其实大家都差不多，人所具有的我们都具有，为什么我偏没去带颜色的卡拉 OK 呢？不是没去，说真的，在国内跟战友们相聚，去什么地方我说了不算。人家问，想去哪儿？我一句说不上来，因为哪儿也不认识。突然想起当年的老莫，莫斯科餐厅，恰同学少年时常去之处，连小刘，一位服务员，都混得厮熟，每次她都给我们留桌子。在老莫我结识过不少如今仍很风云的款爷腕儿爷，看他们的身影出现在电视上，只觉岁月沧桑，恍如一梦。

　　后来没人问我了，因为老莫太落伍，据说炸猪排嚼都嚼不动。至于小刘，我刚提他们就烦，得得得，都当奶奶了，还小刘，你跟着吧，我们去哪儿你去哪儿。那晚他们开车到一酒店，车直接进了地下车库，我没看清酒店的名字。我们乘电梯直奔顶楼，一出电梯，哇，说了你们别骂人，我的确什么都没干，走道两侧站满美女，比假的都美，令人昏旋得不敢抬头。我心咚咚地跳，坏了，都说国内有色情，肯定把我带到色情了，咋办？一会儿要扑上来，咱能顶住吗？大家看我紧张的神色，哈哈大笑。领头的老何，当年我们团最棒的篮球裁判，说，算了吧，别再闹出人命，我看这小子脸色不对，咱钱柜吧。就这样，我们改去"钱柜"。

白石桥附近有"钱柜"分店。进门才晓，卡拉OK竟能办得如此宏伟巨大，简直是卡拉OK大革命。本以为唱歌之地沾艺术，应该清静典雅。不料，人家热火朝天全民上阵，愣让我们等了十多分钟才匀到房间。服务员基本为男性，每个动作每句对答都训练有素，简捷有效率。啤酒饮料香烟果盘儿像流水线般突突突呈上来。接着你就开唱，除了特犄角旮旯儿的歌儿，要啥有啥。老何问我，点歌吧？我想摆他们一道以示资深，《等待出航》有吗？这是五十年代赵丹主演的电影《赤峰号》插曲，我会唱这首歌。老何满脸自信，像面对提款机一样镇静，一手遥控器，另只手数着，一二三四，四个字。啪，出来了。搞得我仓促上阵，勉强唱下来。

我自诩歌唱得不错，当年北京高校选拔文艺骨干，到中央乐团办声乐加合唱指挥暑期培训班，就有兄弟。可殊不知国内进行多年的卡拉OK运动早已练就出千千万万个歌

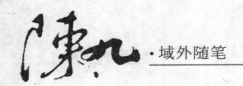

手，随便提溜一个就敢唱原调儿的《我爱你中国》，把我震得一愣一愣的。我吃亏还在点歌上，猛地想不出唱什么，毫无准备，脑子一片空白，生看他们一首一首地臭显摆，人家根本不说歌名，随口就把该歌在卡拉OK机里的代号念出来。等你好容易想起一首，那边等着唱的歌都排到姥姥家了，令人沮丧。最后总算轮到我的歌《美丽的草原我的家》，我铆足了劲儿想露一手，结果伴唱的节奏比德德玛的原唱快很多，没把我憋死，缺德不缺德啊，草原的事儿有你这么快的吗？

大家喝啊抽啊唱啊，房间无窗看不到外面世界，不知今夕是何夕。我看表，凌晨一点。忙问，这儿怎么不下班？这儿下什么班，想唱几点唱几点。不会吧，天下没有不散的宴席。谁说没有，咱中国就是不散的宴席，永远宴下去！

步出"钱柜"大堂，满街依旧灯火。今宵酒醒何处，杨柳岸，晓风残月。我想起北宋年间流行歌曲的词作者柳永同志，有水井处便有柳词，他代表了那个云蒸霞蔚骨软魂轻的年代。我们这帮曾经铁马秋风的汉子，柳词竟也唱得这般好了。

寻找我的幼儿园

　　这次回国我去朋友家串门儿。出租车从北京平安大街拐进一条胡同，有个女孩儿横穿马路险些被撞倒，司机一声大叫来个急刹车：找死啊！就这瞬间，我抬头发现墙上有个牌子，红底白字写着"蓑衣胡同"，心中一惊，难道这就是我儿时的幼儿园，据说也是道光年礼部尚书汪廷珍汪大学士的宅邸所在地蓑衣胡同？忙问司机：此地是锣鼓巷？没错。您停车，我这儿下。没到呢，不是去戏剧学院吗？我这儿下，就这儿下。司机只好停车。

　　眼前一片朦胧，喧嚣的世界顷刻消逝了。茫然中我走进渐渐清晰的记忆，古都的街道，儿童车，就是平板三轮车上加个木房子，母亲牵着我，墙上的宣传画是孙悟空翻跟斗，怎么翻也赶不上祖国"大跃进"的速度。每到这里，我就装着欣赏这幅壁画不肯前行。母亲开始和我谈判：给你买铅笔。不，我要你第一个来接我。妈妈尽量还不行。

不行，得保证。好，保证。那也不行，给我一只手套，我要拿着它去幼儿园。好，给你。我把手套放在鼻子下，闻着妈妈的味儿往前挪。哇，怎么会想起这些？多少年了，以为全忘了，连当年清早的湿润空气怎么都能感觉到。

我睁着眼却什么也看不见，完全在催眠状态下行走。蓑衣的蓑字很难写，可它是我最早认识的几个中国字之一。母亲问，你的幼儿园在哪儿啊？蓑衣胡同。知道什么是蓑衣吗？不知道。蓑衣就是古代人的雨衣。直到长大后读《诗经》，"尔牧来思，何蓑何笠"，还有《红楼梦》里，贾宝玉穿着北静王送的蓑衣访黛玉，非要二百五要送给黛玉一件，所有这些都让我想到这条蓑衣胡同。

安静，那时最大的特征就是安静，人静天也静。我们班有个安静的女生叫小娟，她喜欢用旧毛线织东西。我问，你织什么？她低头不语。你给我织件毛背心好吗？我想起母亲正在织一件毛背心。她点点头。后来说完就过去了，忘了。有一天幼儿园的医生杨阿姨穿着白大褂走进来，说小娟患了腮腺炎，传染，必须隔离。小娟拼命哭，不要去。可老师抱住她她没办法。走到门口儿小娟回头，把手中的东西朝我扔来。我捡起，是一件很小很小，小到只能给小老鼠穿的毛背心。

班里的郭小明善用京剧道白讲三国，他一讲就像排戏，每个听众都得演个角色。我老演关公，站着不动。《甘露寺》一出说刘备过江招亲，娶美人孙尚香。这回我想演刘备，因为演孙尚香的是小娟。可郭小明不同意，非让我还演关公，说下次就有我，下次他讲《千里走单骑》。我说不行，就这次。最后我俩上演了一出武生戏，从屋里打到屋外，衣服撕了脸也破了，双双在门口罚站。

五六岁的世界啊，几乎什么都有，爱美、吃醋、嫉妒、显摆，甚至爱情，不可思议，完全不可思议。齐杨说，你的怎么跟我的不一样，为什么我没有。她是将军的女儿，事事争先。我说，要么把我的给你吧。我总让着她，要什么给什么。可这次没法儿给，不知怎么给，也幸亏没给，将军腰里的家伙可不是吃素的。

您找谁？我被一句突然的问话惊醒。猛抬头，不敢相信眼前杂乱无章的院子就是汪府，我当年的幼儿园。回家。我喃喃地说。您住哪儿？就在后院儿东边的北房。北房，噢，您是老姚家的姑爷吧？喂，姚大妈，姚大妈，你们家姑爷从国外回来了！你怎么知道我从国外回来？眼神儿，发呆找不着北的都是。他说。

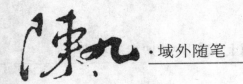

重返十渡

　　十渡是地名，在北京西南百余公里的太行山里，有拒马河蜿蜒流过，河上第十座桥就叫十渡。当年修北京到山西原平的铁路，我们团就住这里。这次回国我和同班战友刘毅故地重游，温寻旧梦。刘毅问，你还认路吗？咱还能找到原来的房子吗？我说，开你的吧，闻味儿我都能闻回去。瞎吹，三十多年了，要找不着你得背我下山。瞅你这出息，这么大个儿让我背。好好，背就背，找着了你背我。

　　车过六渡，熟悉的景色让我们热泪盈眶。三十余年光景，顷刻被记忆压缩成一片羽毛，轻轻一挥便无影无踪。当年抢锤的叮当声，爆破的硝烟味儿，还有汪班长临终的眼神，都让我们无法自拔。车轮碾过一片滩地，路边有家小饭馆儿。我说，停下吧，喝点东西。迎出来的是位中年汉子，身后一位妇女和一个年轻姑娘。有啤酒吗？有。弄两个菜吧。好。女人走了，汉子没动。我们走进屋，他却还在门口儿站着。我们坐下抽烟喝酒，这啤酒还真凉，扎嘴。这时汉子进来，盯着我们不作声。你看什么？刚想问，他却先开口，你是小陈儿不？我猛抬头，你是？我是合来，还记得那年给队伍往山上送粮，路不好走，累垮我一头驴。合来，李合来，不是你带我去挖麻梨疙瘩的吗？是是，那时候你可忒淘。我们仨抱成一团。合来大喊，她妈她妈，这是陈同志，这是刘同志。中年女人是他老婆，年轻的是女儿。

李合来的出现点燃了记忆的狂欢。下面的路走得格外精致丰满，生怕遗漏什么失去什么，尽情得令人窒息。车子闯入一条山谷，看似绝路。刘毅说，×，你不是认识吗？怎么办，倒都倒不回去。我说继续开，往前开。开个屁呀，你以为是直升飞机哪！开，岩石前边应该有条路往左拐。我坚持说。结果车子顶到头儿，果然有条窄路刚好够一辆车通过。刘毅瞪大眼睛，我×，你行啊，你怎么知道有路？健忘了不是，咱俩走过这条路，下山去会中学的何老师，她那双明亮的眸子哟！

老房子拆光了，原址现在是养路工宿舍。我围着房子打转，边转边闻。突然，我指着一段地基和一段残墙说，这就是。刘毅说，何以证明？我把他头按下，闻，什么味儿？骚味儿，像撒尿。这就对了，那时咱们总偷偷在这儿撒尿，冬天太冷，半夜起来就在这儿凑合。我被副连长抓到过一次，他说要用绳子扎住我的，哎，你知道副连长现在在哪儿吗？来，撒泡尿，一撒尿副连长准能听见咱俩。

下山经过一棵粗大的核桃树。我们走过去，一同在树

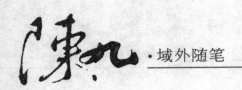

后仔细寻觅。是这儿吗？没错。汪班长死的时候你在吗？在，吊车翻了，吊钩砸在他脑袋上，一声没吭就倒了下去。可惜他的未婚妻，那两根油光水滑的大辫子。是啊，班长死时多大？二十一岁。可他的坟呢？怎么不见那个土堆？就在这棵树后，错不了，应该就在这儿。可怎么找不到呢？化了。化了？你听，听，听这风声。

青山绿水白云悠悠，我们静静聆听往事与风的合唱，没顾上谁该背谁下山。其实是刘毅该背我，不过他腰受过伤，那年在拒马河架桥，算了，放他一马喽。

女人催人老

回到国内，到处是人。人嘛，跑不出男人女人。聊女人，男人聊不完女人，就像女人聊不完男人一样。民间有"三男无好言，三女无好语"之说，"无好"指的就是谈论异性。自然本色凭什么无好？这要不好那什么好？完全正话反说。

我和战友们出去吃饭，有男有女。女的就是原先我们团那些女兵，电话员、卫生员之类，有一个算一个，当年个个儿如花似玉非同凡响。有个女兵带着她大学毕业的女儿来参加聚会。我这人也是人来疯，看着她女儿说，哟，闺女，你可没法儿跟你妈比，你妈当年像个玉人儿，吹弹可破，比你美多了。结果人家闺女气得一扭头儿不理我了。你说我夸她妈她嫉妒个啥，这孩子，不懂事。

酒过三巡。酒这东西很妙，它让人重归本性不装腔作势。有个当老总的家伙酒量欠佳，率先无好言。他举手一

59

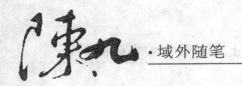
指女兵们说，"美吧，当年在玉田县城一走，满大街鸦雀无声，连狗都愣了。这是人吗，别是仙女儿下凡吧？"我们立即附和，对对对，仙女下凡。身旁那些女兵脸色哗得红润起来，做得意状。接着这位老总就口无遮拦了，"再看现在，还有人样儿吗？"此言一出女兵们哇地大叫：你放屁！你当时是怎么给张玉美写纸条儿的？我们怎么没人样儿了，告你说，走马路上照样有回头率。"谁回头儿？"这位老总看来真喝多了，倔强起来。"手里提一斤包子狗都不回头儿。人家八十二的都娶二十八的，谁稀罕你们这些老娘们儿。"

不知道为什么，在中国就觉得女人如雨后春笋，不是长起来的，是喷出来的。阿嚏，一大片。阿嚏，又一大片。一茬儿还没美完，下一茬儿唰地顶上来，且一茬儿比一茬儿洒脱，一茬儿比一茬儿能干。刚才说的那个生我气的闺女，过一会儿就好了，给我们大家发名片，说她开了家广告公司，希望长辈们捧场，给她介绍生意。还问我，陈叔，好好好，就算我没我妈漂亮行了吧，你在美国给我们弄点儿广告创意怎样？啥叫广告创意？嗨，说了您也不明白，这么着吧，您就每天给我录十分钟广告，什么广告都行，刻个光盘寄给我，这回明白了吧？我望着她挺俊的小脸儿感慨万千，不一样，真跟她妈完全不一样，比她妈成熟多了。

女人总抱怨天下是男人的，我怎么觉得中国之天下是年轻女人的。到处可见清水丽人般的女孩子们自信干练的身影。当年出国前依稀有印象的婴儿，现在早已大刀阔斧在江湖中横冲直撞。她们没有孩子气，更不像我们年轻时，很容易被感情牵着鼻子走。还以那个闺女为例，聊起正交往的男友，她一甩长发，说这不算正式的，有合适的再换。你说我们当年怎么就没想到，这种事儿还有正式非正式的区别，早知如此怎么也得弄几个非正式的试试啊。老了，这才知道什么叫老，身板儿老了咱有高科技，不碍的，可观念老了则无药可救，要吃就吃耗子药吧。

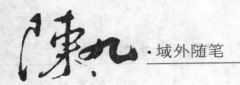
河水为什么不流动

　　从"花儿为什么这样红"想到河水为什么不流动，为什么不流动呢？我百思不得其解。这次回国我频繁往返于京津一带，吃惊地发现，河水基本不流，除形状长长的一条儿像河，其他看不出河流的迹象。

　　有人说，下游地势平缓，京津两地落差不到十米，流你也看不见。这话若对70后80后说也许管用，可对我们这帮中年妇男妇女说就可笑了。我们是这些河水滋养大的，从小泡在里面撒娇耍赖，你数吧，潮白河、温榆河、拒马河、子牙河、海河，连小点儿的长河、巴沟河，还有我家原来路边儿浇地的水沟我都游过，没一条不流的，什么叫流？哗哗见响儿叫流，看得见摸得着，死的活的我分不清吗？

　　望着不流的河水，心头涌起的是比悲哀更甚的震撼。原本浩瀚千古的大自然，我们从未怀疑过你的恒大博远。

为什么，我们，你的儿女们究竟做了什么，让你竟如此沉默寡言唯唯诺诺。天大地大河深海深，什么也大不过深不过人的欲望。发展是硬道理，我的河流啊，比起这个硬来你们太软了。

为此我特意向一位学水利的朋友请教，怎么会这样？他说，流量不足。现在的流量仅为二十年前的三分之一，更不要说咱们小时候的六七十年代。那为什么流量不足？原因很多，就华北而言，上游水源的破坏性开发，中途过量抽取地下水，是流量不足的主因。有什么办法吗？啊，啊，他只顾啊，说不出话。别啊了宝贝儿，快往下说。啊，很简单，保护水源停取地下水，做得到吗？做不到，所以我啊，说了白说嘛。

保护水源可行，但停取地下水我觉得很难。地下水关地上水什么事儿？我试图挑战他的理论。啊，啊，他又啊了，这回好像是被我的问题噎住了。啊……他一个大喘气缓过来，乖乖，什么关系，情人关系夫妻关系！接着他不像学者，倒像个诗人跟我聊起来。万物有阴阳，对山而言，背为阴首为阳。对水来说，地下为阴地上为阳。风光的是地上水，唱歌一样欢畅，什么水光潋艳、奔流不息，好词儿全让它占了，但真正托举它的是地下水。你看咱们男人，个个儿牛着呢，都想当皇上，可离开女人立马就绿。男人是火女人是炭，没炭这火还烧个屁啊。没有地下水，地上水就拼命渗漏，为啥渗漏？追地下水呗，生离死别，伸出手拼命够人家拉人家，哭着喊着不让她走。可拉不住啊，最后只好自己殉情，干了。

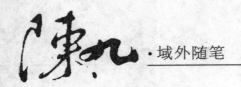

　　别说了，说得我眼泪都快出来了。

　　后来再看到那些从小熟悉的河流，无论从汽车里还是火车上，甚至走到他们身边，心底都回荡着一份刻骨铭心的孤独，默默倾听时光的脚步，任久远的温厚与浪漫一天天离我们而去，永不回头。

　　我的，河流啊。

你能不能不显摆

　　有个在外地做房地产生意的老兄，那天非拉我去看一块儿地，说让我知道知道这块黄金宝地值多少钱。他开一辆黄色悍马，没车牌儿。我好奇地问，警察不抓吗？他上眼皮往下一滑说：谁抓谁，你看他敢管我吗？

　　他慢悠悠地开车，一个个警察的身影闪过，的确没人管他。而且当前边堵车时，他竟然开上逆行道，也没人敢管他。我们相识多年，可此时此刻，如果我是警察，一定拦住他让他接受惩罚。如果他拒绝，我就用枪顶到他头上逼他就范。一个城市的秩序，一个政权的公信力，是国家的本质，比什么都重要。当一个人因为富有而膨胀疯狂到凌驾于国家之上时，应该必惩必诛之，否则国将不国，人心大乱。

　　坐在这样一部车里，而且在司机旁边，我浑身难受，忍受着一双双沉默的眼睛从窗外射向我，把我看成这部无

65

牌悍马，不，这种特权生活的一部分。我禁不住问，你为
什么非要这么干，你能不能不显摆？他咧嘴一笑，你啊，
在美国待傻了，

都这么干我凭啥不这么干？人不就是要潇洒一把嘛，
有什么呀？

我在自己身上到处摸，没带枪。

生意人到处是，美国更多，这么个造法儿的我没见过。
应该说，如此容忍这种人胡作非为的环境我更没见过。中
国富人与美国富人最大不同是，美国富人是向外扩张，到
海外，比如中国，去无法无天，压中国产品的价格到了毫
无人性的地步，根本不顾中国人的死活。而中国富人是往
里收缩，有点儿本事都使在自己同胞身上，拼命在自己人
面前抖机灵臭显摆。美国富人以欺负外国人为荣，比如在
伊拉克抢石油。中国富人则以欺负自己人为乐，开个破无
牌悍马走逆行，以表现自己的特殊。

什么时候中国富人在挣钱的时候也能挣出一份精神一
种气魄就好了。乘长风破万里浪，把世界当成自己的舞台。
自尊自重敢在老外面前，不光抖钱包，还敢抖出自己种族
文化的千秋大气，仪表堂堂。否则，你兜儿里那几个臭钱
儿有个鸟用，到底能说明什么？一辆无牌悍马走逆行就满
足了就沉醉了，就……

我说不出话，在自己身上到处摸，没有枪，连耗子药
也没带。

女人的第三只眼

　　这话不是我说的，是姚姚说的。他偏瘫在床几年了，这次回国我特意探望他，我们是多年老友，他史论写得一级棒，那本《春秋杂谈》语惊四座才气逼人，引起许多羡慕，招致多少责骂。我把鲜花果篮放在床头，他示意我坐下，坐近点儿。

　　姚妻尚氏，名家之后，也是我小学同学。她唤我小名儿，某某，快，喝茶喝茶。我见她年近五旬仍徐娘风采，再看姚姚，心里自由落了一下体。尚氏说，某某你坐啊，我正好有个会，去去就来。说完转身，姿势优雅，只缺水袖儿了。

　　靠近姚姚。他问，走了？谁走了？她。你是说尚姑奶奶？姚姚没吭声，只是声声轻叹。怎么了你？我觉出他必有话说，连忙问。姚姚终于开口，"女人都有第三只眼。"他冷不丁冒出一句。我没反应过来，想到第三只手第三条腿，最后才弄清他是说第三只眼。看什么的？看男人的，专看男人。无论这女人多傻多大大咧咧你都别信，装的，

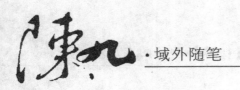

绝对装的！男女问题上，女人的第三只眼是上帝给的，她傻傻在别处，第三只眼永远不傻。你到底想说什么，到底怎么了？我越来越糊涂。

可记得庄小莲？啊，记得。这名字打开我稀弥的记忆，那是很久之事，小莲是姚姚的学生，因钦佩老师才气，一往情深投入怀抱。还有子慧。对，那位漂亮干练的女编辑，和小莲情况类似。可这些都止水微澜，早善始善终了，提她们作甚？尚奶奶全都一门儿清！什么，谁对她讲的？没人，我坚信没人，她仅凭第三只眼看穿看透了。姚姚喃喃。我听罢一身冷汗，朝大门望去，惟恐尚氏仍未走远。姚姚说，她可以按天讲述当年情景，何时开始，高潮与波折，最后曲终人散，连相貌都描述得很贴近。她雇过探子？不会，尚某不屑此种勾当，她讲述时像说自己的梦。

这么神奇，后来呢？别提了，尚姑奶奶常跟我开玩笑，说复仇时刻到了，这本《麦克白》就是她放置在床头。自那时起，起居依旧，可情没了。她望我时，眼神透一丝微笑，直逼骨髓，连瘫痪一侧都有感觉。我真可能哪天突然蹿起逃离此地不知所终，唯《九章》已无力续写，只好抱憾天涯了。我知道姚姚又上了弦儿，他一进入角色就这等面目，恍若古人。忙劝，我去跟奶奶谈谈。不，谈不得。世界最大矛盾绝非生产社会化与生产资料私人占有间的矛盾，而是女人对男人的太多了解与太不宽容间的矛盾。她们想知道的太多，能消化的太少，故鲁难未已，嗟呼哉。

步出姚家已是残云满天。感觉想撒尿，坏了，好像已经撒了。

我们需要什么样的富人

　　回国看到穷人富人。夜深人静时，删去满街喧哗和悲天悯人的浓烈情感，我像冰箱一样冷静，陷入沉思。不知为何，脑海竟扬起汉唐长安的车水马龙，十里扬州的豪奢繁华，清明上河的富足安逸，这些都是想象。可窗外气宇轩昂的都市风华，还有刚刚揽过的灯红酒绿也是想象吗？不，那是炙手可热，三度烧伤的。

　　我们这个民族啊，何曾有过今天这般强劲的崛地而起。走进人间，一切都在跃跃欲试，想着如何致富，如何有自己的产业房子车子票子，这是何等巨大的能量。古老国度走过五千年坎坷历程后，反倒青春起来，怎不说是民族之幸。

　　曾几何时的无差别制度，绝对是特定历史条件下的不得不。我们无法想象让十三亿人永远寂寞在无差别中。国家要发展，就必须给个人以施展空间，就无法回避差别。

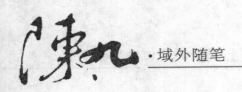

这个差别是欲望与能量交欢的洞房，是整个民族蹦迪的舞台。其结果，穷人和富人。

就说说富人。今日中国，我们需要什么样的富人？如果说昔日洋务运动的中国资产阶级，是被西方列强强暴后诞下的私生子，因而他们天生暧昧，不具有彻底的民族性，那么今日中国之富人阶层则恰恰相反，他们是独立自主的新中国孕育产生的，一出世就沐浴着祖国民族的万丈光芒，因而他们在发展自身的同时，必须自觉承担民族振兴的重任。没有国家的支持保护，没有大多数人民的痛苦牺牲并且还在牺牲着，就没有今日富人的崭新命运。不承认这一点，狂妄地认为今天拥有的只缘于个人的聪明好运，是自掘坟墓的死胡同。中国富人应坚定地站在国家民族的大立场上，一损俱损一荣俱荣，充分尊重弱势群体的尊严和公平权利，保障他们的物质利益，让他们有安全感。底线是，即便无法成为他们的朋友，也绝不能成为他们的敌人。

我们需要深怀理想而非只知摆阔的富人。美国几乎所有开国元勋，华盛顿、杰斐逊，都是农场主奴隶主。他们因理想而超越自身局限，创建了强大的国家。我们的父辈，因被侵略者奴役而产生民族独立的理想，并做到了！今日中国富人能否因自身的成功而产生富民强国的理想，让所有同胞和子孙后代像今天美国人一样扬眉吐气？理想是伟大的催生婆，你们掌握着社会资源和历史主动，何去何从将深刻影响历史的走向。是再次与穷人同归于尽还是和谐共生，历史考验着今日富人。

美国石油大王洛克菲勒曾有句名言："每项权利都必然

包含着责任，每个机遇都必然包含着义务，每种获得都必然包含着职责。"请注意，美国的资产阶级就是这样面对富有的。富有不该是堕落的起点，而应是伟大的开始。在被上苍光顾的美妙时刻，请你们把自己和伟大联系一把，人在自信时更容易建功立业，你们创造了个人的辉煌，现在请尽职尽责，创造国家民族的未来。历史上贫富争斗的死结没有赢家，想起就令人沮丧。解开它的第一步，毫无疑问，必须从富人做起。

别误会，这决不是乞求。当你放弃伟大时，就只配万劫不复。八国联军早就悔青了肠子，他们不会给我们第二次机会了。

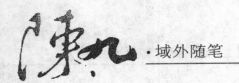

出租司机语出惊人

回国时常打的，一个重要原因是喜欢和司机聊天儿。北京司机觉悟较高，拿得起放得下，小到家长里短大到国际局势，都头头是道。尤其堵车时，我又没正经事，不急。司机当然更不急，他看我毫无抱怨，表情立马柔和起来，拿出香烟，兄弟，来一棵。他叫我兄弟，这是北京人套近乎的惯用语，往一家人拉。我也顺坡下驴接过烟就抽，一手烟总比二手烟强。

他看我接烟话就多了，嗨，这两天正生闷气呢。为啥？嗨，我都不爱说，为我媳妇儿呗，她老跟我妈过不去。我妈都七十多了，守了大半辈子寡把我和我弟带大，容易吗？她怎么跟你妈过不去？还不为了钱，就为我给我妈几百块钱看病，跟我嘟嘟囔囔没完没了。那怎么办？怎么办，顺手就给她一大嘴巴。哟，你怎么动手啊，她能跟你有完？没完就没完，有本事滚，越远越好，见她就烦。

这时收音机正放国际新闻，说美国的选举。他见我凝视倾听，想克制自己不打搅我但没忍住。我看你兄弟是外边回来的吧？甭管打哪儿来，就说这民主，**整个瞎掰！** 要搬中国来，谁花得起那钱，几亿几亿地花，**还美金**，有这钱老百姓吃多少年。穷人多的地方不能玩儿这个，**你花钱他投票，这叫"钱主"**不是民主。那你说咋办？**我说管屁用**，不说了。他突然卖起关子，急得我连忙催促他，说说，依着你怎么办？依着我，我看俄国的普京不错。一个国家要强大就得强人当家，七嘴八舌什么大事儿也干不成，这是咱老百姓的常识。民主也可能把国家由穷变富，但绝不会由弱变强，跟在人家屁股后头，比日本都不如。

我大惊失色，何等独到见解！"民主也可能把国家由穷变富，但绝不会由弱变强"，我都糊涂了，无论如何也不能把抽老婆大嘴巴和不会由弱变强联系起来。我问，你上过大学？我，上大学？您真能逗，我要上过大学还干这个。这个英文课本是你在读？我指着他身边一本书问。嗨，不是迎奥运吗，非让我们学英文，得能跟老外侃。你说他们也不想想，开出租的要都说了英文，还有人干这行吗，早上旅行社开车去了。

下车时已是深夜，北京的马路上风情逼人。我说你辛苦了。他笑笑，说他也该下班了，累了一天，回家钻媳妇儿的热被窝儿，要多舒坦有多舒坦。他倒好车刚准备离去，被我一把拦住。他愕然，兄弟，您还有事儿？我，我只是好奇，你真的抽你媳妇儿大嘴巴了？他笑笑，真诚灿烂，"哪能呢！"

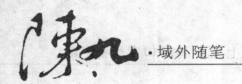

关于云彩的遐想

　　我喜欢看云，走到哪儿都看，这次回国也不例外。据说神经兮兮的人都有这个偏好。说得也是，好好的你干点儿什么不行，看云干嘛，你叫它它答应吗？

　　看着看着看出了学问。如果我问，中国云彩有何特点，跟其他国家的有何区别你怎么答？傻了吧。就以中国、法国、美国三国的云彩做点比较，这叫比较云彩学，正准备向联合国申遗呢。不对，这要是"遗"我成什么了，兵马俑？

　　你知道法国文明为什么浪漫吗？千万别跟我提雨果莫奈毕加索，这词儿太老了。想找答案就去趟法国，文明是衣裳，包裹的是陆地天空和海洋。那天我一步出戴高乐机场就被法国的云彩吸引了，首先是多姿多彩，丰富得像电影明星的面部表情，喜怒哀乐都能在它们身上找到寄托。其次是低，像多情的富家子，毫无顾忌地扑向你，惹你逗你，最后再抛弃你离你而去。天天守着这样的云彩就像天天调情一样，再正经的人也得学坏了，岂有不浪漫之理。

再说美国的云彩。以纽约地区为例，美国的云彩广阔，一盖半个天际，颇有几分霸气。但美国的云彩形状不美，很平俗单调，容易让你想到薄情寡义现实精明的商人。而且美国的云彩奔涌流走瞬息万变，给人以明显的不确定感。

那中国的云彩呢？中国是我的老家，在这里看云我看得很细很慢，一点点一丝丝地看，像新娘子洗初夜的床单，才下眉头却上心头，心里被撑得满满的。我发现家乡的云彩首先是高，真高。在其他语言里，开阔一词更注重平面扩张，望不到边。而中文的开阔不仅望不到边，更望不到顶，是三维立体的。这种高远是产生深邃哲学之地，没有神圣感就没有最初的宗教和哲学。另外，中国的云彩不大动，你盯它看几个小时它还是那样儿，纹丝不动。当然，实际上它是动的，第二天再看肯定不同。但这种动不是敲锣打鼓式的，而是潜移默化，一切尽在不言中。这让人不得不相信冥冥之上自有主宰，万物皆有定数。还有，中国的云彩热烈，无论早霞晚霞，与太阳共舞时立刻激情无限，像甩起红绸子跳大秧歌儿。中国人喜爱太阳和红色，毫不奇怪。

云彩是人类祖先睡醒觉睁开眼看到的第一物。中文有"无语问苍天"之说。为什么是问苍天而非问你问我？因为你我回答不了这些问题。回答不了的问题都在苍天云彩之中。我们总说天兵天将，他们踏云而来。日复一日年复一年，天兵天将到底长什么样儿谁也未曾得见，而蓝天白云却常驻你我心头，闭目可视，挥之不去。

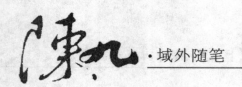
漂泊是一种难以言表的心境

　　回国与人交流，隐约间有种压力，总想试图解释海外生活如何与国内不同，不光是物质的，更是情感和心灵上的。物质的好说，吃什么喝什么容易界定。但精神上的看不见摸不着，让我欲言又止。我是个疯疯癫癫的笔者，不是哲学家，感觉在肚子里打转说不出来，令人沮丧。但那天一个巧遇，让我似乎找到诉说的支点。

　　老同学王兄来电话，请我去世贸的"苏浙酒家"吃清蒸鲥鱼。八二年我们班在上海搞毕业实习，正逢鲥鱼季节。我俩脱队偷偷乘火车去南京，再转汽车到扬州的"富春茶社"，那里的清蒸鲥鱼最地道。这次回国一见王兄他就说非要陪我再吃一次这道菜。我住北京西边的"世纪城"，他来接我。可过了一会儿他又来电话说，车子堵在二环朝阳桥上，根本挪不动。这样吧，你打的到西直门，从那儿乘地铁到朝阳门下车，我在地铁站等你，否则咱半夜也吃不上饭。

按指示我到西直门乘地铁。车行一半，突闻一股恶臭冉冉浮起，准是谁放屁了，是那种典型的蛋黄儿屁，无声无息，臭得你喘不上气浑身浮躁。当时我想，如果把这种屁收集起来经压缩变成高压气流，用它收复国土一定事半功倍。先戴好防毒面具，预备，放！哗一下熏倒一大片。这时有人高喊，靠，谁放屁了，你吃的什么呀，是让你拿奥斯卡奖还是诺贝尔奖。很多人马上随声附和，骂成一团。但说归说骂归骂，当臭味儿飘散大家也就消停了。这让我想起在纽约的一次经历，与放屁有关，就没这么简单了。

十几年前我找工作，位置不错，一家大公司的数据库主任。技术面谈顺利通过，这方面我不在乎。下一步是复试，与公司主管数据的副总裁面谈。按说这只是个形式，差不多就行了，没想到竟在这里翻了船。

面谈是上午十点，我准时到达。走进华丽的大厅，听到自己皮鞋咔咔地响，神情爽朗。我乘的电梯是从 41 层到 55 层，运行需要一点时间。当电梯刚开动不久，突闻一股恶臭冉冉浮起。没错，肯定什么人放屁了，原来美国人也放蛋黄儿屁，看来在放屁上人类没啥区别。我这么寻思着，随人们的表情四处张望，做无奈状。但望着望着，觉得人们的目光渐渐集中在我身上，我这才发现自己是电梯里唯一的华裔，其他皆为白人。被众人目指是令人尴尬的，中文有"众目睽睽"之说，就指此等心情。我感到很不愉快，因为这太荒唐，你们凭什么看我，凭什么认为屁是我放的？他们继续看我，有人摇头，甚至一个女性轻声说了句"恶

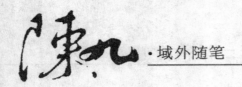

心"！让人实在难以忍受。我不满地说：看我干什么，又不是我放的。谁想此言一出，周围人立刻喃喃，没人说是你啊，我们谁也没说屁是你放的，是不是？是是，没说过。听他们如此怪腔怪调我更火大。"没说你们看我干嘛？"看你，我们看你了吗？看了吗？

步出电梯时有位先生走在我前头。你猜怎么着，他就是那位副总裁，马上跟我面谈的人。我坐在他对面不知如何开口。他说：对不起，我还有个会，我们重新约个时间吧。什么时间？说不好，我秘书会打电话给你的，再见，很高兴见到你。

你们能明白吗？不知我说清了没有？每到这个题目上我总是笨嘴拙舌。漂泊是一种难以言表的心境，你会不知不觉地流泪却哭不出声，明白我的意思吗？

美国垃圾食品为何在中国卖这么贵

　　我前面曾提到随友人去北京国贸附近的星期五连锁餐厅吃饭的事，这位朋友是高级白领，带我到那儿吃饭本是讲个小排场。他说，怎么样，你们美国的名牌，就这儿吧。客随主便，我这人很好养活，给点阳光就灿烂，吃什么都行，再说人家毕竟一番心意，没说的。

　　但实事求是讲，星期五连锁店在美国属食堂性质，是可以戴着垒球帽捋胳膊卷袖子吃的那种。它的菜式非炸即烤相当粗放，而且量大，一份烤猪排加炸虾，这是它最贵的菜，端上来就像半扇猪摆在你面前，每次我们都是两人分一份。它的饮料叫一杯可无限添加，比如橙汁，喝完再加，不另打钱。所以一家人来此吃饭纯粹为省事儿，四口人，五六十美金混个肚儿圆，挺好。

　　就这么一家餐厅在北京可了不得了。结账时吓我一跳，什么？一杯橙汁45元，快7美金，喝金子呢，而且它的杯

79

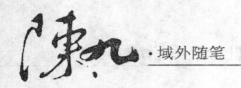

太小了，喂鸟差不多，不明抢嘛，在纽约非吃官司不可。你说这美帝国主义净耍弄咱中国人，还在咱自己的地盘上，真不是东西。原来它老让咱国际接轨，就是画圈儿让你跳，蒙咱的钱。这样吧，我随手捡几项在中国流行的美国品牌，把其在纽约的价格列出来，现现原形，你们大家伙今后消费时也好心中有数。

星期五餐厅：烤猪排加炸虾，17美元。饮料每杯2美元，无限添加。

肯德基：标准套餐（两块鸡、烤饼、小沙拉、土豆泥、饮料），6美元。

麦当劳：大麦克套餐（汉堡包、薯条、饮料），6美元。

汉堡王：特大胡佛套餐（汉堡包、薯条，饮料无限添加），6美元。

星巴克：常规咖啡（一杯相当于半岛蓝山咖啡十杯），2美元。

各式比萨饼：每角（八角一张）零卖2美元，整张12美元。

哈根达斯冰激凌：两个球（标准成人量），2.9美元。

巴斯克罗宾冰激凌（所谓31种口味冰激凌），两个球2.5美元。

以上价格为标准中值价，未包括任何促销手段。实际这些饮食店每周都推出特价品。比如汉堡王，经常半价促销外加小礼品。巴斯克罗宾冰激凌店昨天推出的促销价是，每个球三毛一分钱，合两块一毛人民币。我本人很少吃这些东西，但满天飞的广告你看也得看，不看也得看，无法错过。

　　另外，近年来纽约市大力推行健康食品，已明文将肯德基、麦当劳列为不健康食品，拒绝它们进入中小学校园。连美国人自己都不主张吃的垃圾食品却流行于中国，还卖那么贵，不光危害我们青少年的健康，还抢劫我们的血汗钱，这种现象很值得深思。我希望通过这种比较能激活同胞的自我意识，想想什么才是自身最根本的切身利益，不要盲目赶什么时髦。

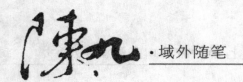

生孩子还是越早越好

　　四十岁怀头胎算不算高龄？很高龄了。回国这些天愣让我遇到俩，是朋友之妻。我说早干啥去了，人家当奶奶你们刚怀孕。她俩尴尬一笑，肯定想抽我大嘴巴。

　　两妇人情况类似，都想先混出人样儿来再说。一个要当教授，一个想做富婆。拼来拼去，教授当上了，虽是副的也凑合。富婆呢，多富算富啊，富了还要更富。我看她多年的节省习惯改不了，去餐馆儿吃饭一张纸巾还要撕两半用。富这东西不是看你银行存多少钱，而是看你花多少钱，有钱不花死了白搭。

　　我要孩子也晚，好在孩子不归我生。当时想的跟两妇人差不多，大学毕业后要建功立业，那年月的人都爱玩儿大个的。四处出差举目望河山，回来就写文章，一会儿《经济日报》发一篇，《人民日报》发一篇，《红旗》杂志发，《经济研究》发。发完给同学打电话，嘿，又一篇，对对，《经济日报》，你给提提。提个屁呀，臭显摆呗。可建功立业岂止是发几篇文章那么容易，得有一套才行。功没建成远走他乡，家山万里扁舟一叶，走出国门就懵了。先拿学位，再求生存，等把自己整利索了也快四十，这才赶紧泡妞儿成家，孩子弄出来，半辈子没了。

我替两妇人担忧不是没道理，女人生孩子越早恢复越好。我小时候住东四九条，胡同西口儿老梁家，他家三儿子是我同学，老三他妈生他大姐时十五岁。这母女俩逛隆福寺庙会，就跟姐儿俩一样。可生好生，带呢？岁数大带孩子要多辛苦有多辛苦。就说我女儿，月子里我带，为啥，这丫头非躺我肚子上才肯睡，只要抱开立马就哭。年轻还行，少睡点儿能挺住。可这把岁数，她一闹我一醒，再睡睡不着了，第二天还得给老板练活儿，差点儿没把我熬死。好容易长大了，问题又来了。我儿子让我陪他打网球，这还能对付。过些日子变了，非让我陪他玩美式足球。哇塞，这东西生冲生撞，这把老骨头还不给撞零碎了。可你不陪他他又不高兴，当爹的无法分享儿子的乐趣是人生一大缺憾，自己心里也别扭。

我给你说个体会，最好的父母子女关系，是像姐儿俩的母女关系和像哥儿俩的父子关系，你琢磨吧，分享多隔膜少，孩子的独立性责任感都强，可这绝对需要物理年龄支撑。为何人们老把事业成功和结婚生子对立起来？你给我举几个因生孩子不成功的，或因没生孩子大成功的例子看看，恐怕不易。自周朝以降，哪个朝代不是强梁们拖儿带女打下的天下。好莱坞大明星，哪个不是有的没的生一堆。

　　说远了，再拉回来。归了包堆一句话，生孩子的关键不是有没有，而是随孩子一同成长的过程，所以年龄非常重要。如果你渴望成功，千万别拿生孩子说事儿，这不像成功人说的话。孩子都不敢生，您真有魄力铁马秋风纵横天下吗？

海外华人的爱国情

海外华人越来越没得混了，回国探亲老被人家当成异己。为啥，你不敢谈爱国的事儿，一谈人家就问，是不是混不下去了，要爱回来爱，在美国爱啥国？

到底俺们海外华人能不能爱国，这事儿咱得聊聊。也不用引经据典，更别搬孙中山那句"华侨是革命之母"的名言压人，就说你我粥浆之辈的世俗生活，世俗往往更有说服力。每人都有种族，美国中国一样，填表都有种族一栏。种族是啥？我体会是两点，一是模样儿，皮肤头发瞳孔的颜色，鼻梁高矮眼睛凸凹等等。再就是文化，即生活方式和价值观的总和，各国不同。爱国情感源于对本民族文化的认同，这与自身成长过程，喝什么水吃什么食看什么景处什么人相关。

文化认同属精神层面，就像电脑，机器是硬件程序是软件。文化是软件，程序一旦定好可以调整，但很难彻底

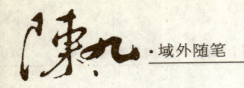

改变。微软视窗不断升级，其核心部分仍保留着最初版本的源码，这些程序已模块化，运行可靠稳定。文化亦如此，渗入骨髓无处不在，说不清为什么，但遇到事儿产生的结果永远一样。你说美食，我想饺子。你说女人，我想贤惠。你说喝酒，我想高粱。你说吃肉，我想红烧。你说中国穷，我想流泪。你说中国坏，我想抽你。完全是固定程序，与时间地点无关。

那如何解释身居海外呢？我这么觉得，任何国家都有出国讨生活的人，中国人口众多资源紧凑，古往今来，出国讨生活是生存方式之一。改革开放多年，出国已成为国人生存的一个选项，既可选择国内，也可选择国外，无高低之分。

既然生存，就必须有生存手段。华人申请所在国的绿卡或公民，其实质意义更类似一种生存必需的工具。没这些条件，生活就无法稳定，就不能享有平等的待遇，就没有养老看病的权利，就无法两头跑，照顾海外的家庭和国内的亲友。如果说这是背叛，太过偏激了。我体会，这很像当年华人留洋必须剪辫子，抹一把泪燃几炷香，朝老家的方向一拜，还是把辫子剪了。你说这里有没有个人考虑？有，肯定有，可再怎么也未到数典忘祖的地步。即便在国内生活，也难免有个人考虑吧。

心不变，道亦不变。祖国是海外华人的精神归宿和情感寄托，何况那里还有七大姑八大姨，剪不断理还乱，我们当然有理由爱祖国，这完全无可厚非。不仅如此，海外华人身居文化交流前沿，常在第一时间卷入与其他文化的交错碰撞，因此看家护院的神经格外敏感。特别当回到家乡时，紧绷的弦儿一时松不下来，无论聊什么，最后都归到国家民族的超重命题上。或许这有些神神道道，但还是恳请国内同胞们理解。华人在海外的一招一式都可能被洋人上升到民族高度，他们的生活几乎天天和民族命运连在一起，满肚子话憋坏了，你不让他说这个他说什么呀。

尽管如此，海外华人谈爱国，特别回国谈爱国，还是应当谨慎，必须照顾国内同胞的感受。在祖国统一强盛的进程中，海外华人永远是配角，因此切忌趾高气扬指手画脚。另外海内海外毕竟有别，我们的切身利益毕竟尚未完全彻底扎根在国内，千万别犯"站着说话不腰痛"的毛病。比如"台湾问题"，你希望祖国统一没错，但一味喊打就未必恰当。

鱼儿离不开水呀，瓜儿离不开秧，海外华人离不开咱家乡，祖国的昌盛，是不落的太阳。我把《大海航行靠舵手》的歌词稍加修改，更为适用。还记得咋唱吗？米导来米扫米来导米，拉导来导米西拉扫扫，导导来导拉导拉扫扫米……

我说什么来着，神神道道的吧。有一个算一个，都这么可爱。

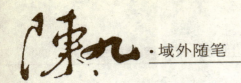

被窝儿就是天堂

　　人们爱言天堂。在一个地方住久了免不了腻烦，想换个地方试试，天堂就是人们想象的好地方。地方虽好可去了回不来，那边的车站机场只有进站没出站。我至今想不通那地方到底有多辽阔，为什么能接纳如此之众的移民。

　　有没有去了还能回来的天堂？我认为这是值得思考的课题。课题选的好就成功了一半，科学界有这样一句名言。我坚信这个课题我是选好了，一旦得出结论肯定震惊诺贝尔奖评委会。哎，他们奖金多少钱来着？我想在北京买套房还没凑够数儿，加上老诺的赞助应该就差不多，实在不行买个小点儿的呗。

　　我在美国寻找答案，很多来此打拼的同胞曾认为这里是天堂。问来问去，有钱的说压力大，没钱的说语言差，都有要进无门欲退无路的乏力感。美国这地方给中国人最大的教训是，让你铭记美国人是美国人，中国人是中国人。

无论你跟他走得多近，吃一锅饭睡一张床，他还是他你还是你，特别在骨头里。不是有些浪漫的中国知识分子曾高喊"这一夜我们是美国人"吗，你是啥人无大所谓，谁听见美国人什么时候说过"这一夜俺们是中国人"来着？

美国找不着就回国找。这次回国我特意留个心眼儿，看哪里是我梦中的天堂，是我生命的归宿。我朋友带我去浙江海宁，看徐志摩故居。他说咱在这地方圈个小院儿盖几间房，你看如何？冬天有暖气吗？没有。我顿时肝儿颤，我这个北方佬，最怕冬天没暖气的地方。有一年冬天我去上海出差，晚上睡觉没暖气，盖三床棉被戴着帽子都不行。就那次，吓尿裤了，说啥不敢冬天去南方。看来也够戗。

那就回北京找吧。可官儿多我怕，礼儿多我怕，车多我怕，东西贵更怕。我总回忆当年骑车的时光，偏腿上车的动作像跳芭蕾，尤其是女孩儿，要多美有多美，为这差点儿爱上个不该爱的人。可这次回北京我试着骑车，那些汽车们根本不在乎你，唰地擦着你身边驶过，吓得头发哗就竖起来。骑车的美丽生给破坏了。

这可怎么办？就在抬头望不见北斗星的时刻，一个修水管儿的哥们儿，一语点醒了我。在北京的一天，家里水管儿漏水，物业派来个小伙子，京东人，他边干我们边聊，聊吃聊喝聊男聊女。聊到天堂这个题目，我开始玩儿深沉，啊，天堂是灵魂的归宿，可遇不可求，人类终极命题就是寻找天堂的所在。叔本华呀，尼采呀。我正侃得来劲，只见他停下手中的活儿望着我笑。我说你笑什么？他一口京东口音地说，没笑啥，奏（就）我来说，啥本华，啥采的，

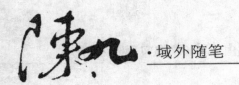

我看他们想得忒多，想多就乱套，一准儿找不着北啊。照我看吧，被窝儿里搂着媳妇儿睡觉奏（就）是天堂，有人疼有人耐（爱）它奏（就）是天堂，大哥你说是这个理儿不？

我一愣，呆呆说不出话。这时他干完活儿要走，我拉着他手说，再坐一会儿吧，咱俩喝两杯再走。"那可不中，让头儿看见了这月奖金奏（就）没了。再说楼上那家还等着呢。"说着他咣地一声撞上门，满楼道嗡嗡作响。

你说，天堂也敲钟吗？

让儿子给涮了

　　总说男女平等，可有些事儿它就平等不了。比如流氓这个坏词儿，本身就充满男性气味，"抓流氓啊……"如果有人突然高喊，满大街一亿多只眼睛，都只找男的不看女的，你说这平等吗，平等个啥啊！

　　想起小时候谈恋爱，拉手可以，搂搂抱抱也凑合，只要你手忍不住往上一挪，人家马上开骂："干啥，臭流氓。"那时不懂保护自身合法权益，人家一说你流氓，脸红了裆垮了，心虚得天旋地转，整个一强奸犯的感觉，吃不好睡不着，浑身憋得又没个去处，身体就这么弄坏的，要不怎么说个儿没长起来三等残废呢。

　　这次回国看望老战友，聊到半截儿他上高中的儿子进来。一米八的身材，耷拉着脑袋满脸沮丧，见了我勉强叫声"叔叔好"。他爸立刻纠正，什么叔叔，叫干爹。我丝毫没心理准备，正琢磨如何应对，他儿子改口说，"干爹好。"

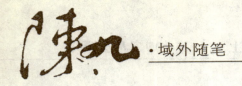

这一叫让我受宠若惊，心底真涌出爹的感觉。忙问，这是咋了，儿子？小伙子没吭声。他爸厉声说，爹问你呢。小伙子脸一红憋出一句：跟翠花儿吵架了。老战友忙解释，翠花儿是他女朋友，俩人光斗嘴。我险些问他，你们家是不是爱吃酸菜啊？

闹半天这儿子有跟我当年类似的遭遇，想干啥没干成，被翠花儿冠以流氓职称轰将出来。他爸破口大骂，"你个小兔崽子！"做扇耳光状。儿子边躲边辩解，谁让她穿那么少来着，还当我面换衣服。我拍案而起，挺身挡住老战友的巴掌，住手！要怎么说有干爹比没干爹强呢，关键时刻戳得住。我对老战友说，你凭啥打他，咱当年能比他强多少？言罢转身朝儿子肩膀"啪"地一拍：儿子，爹正式宣布，批准你加入男人行列。只有爷们儿才会被叫流氓，否则算什么汉子！挺起胸，好男人都必须经过流氓初级阶段，想成事儿的都得经过个什么初级阶段。来，精神着点儿。跟爹一块儿唱，日落西山红霞飞，战士打靶……

故事有夸张啦，可道理很明显。你说要是她翠花儿不那么着，我们儿子能这么着吗？你还别嫌我老不正经，今儿咱非较较这个劲，看如今有些人的样子，吊带儿衫下边还露个肚脐儿，想不想穿衣服啊，有本事你光着。更有甚者，新式乳罩竟故意做出俩点儿，这简直就是公然调戏！

我对儿子说，咱不找这种人做老婆，我看翠花儿就是逗你玩儿，不跟她瞎耽误这工夫。以后找对象带来让爹看看，爹帮你把关。对，爹帮你把关。老战友在一旁添油加醋。儿子面露难色，指着我对他爸说，谁是爹呀，他要是爹我妈怎么办？你个小兔崽子！老战友挥拳便打。儿子一溜烟儿跑远，透出一脸坏笑。

坏了，让儿子给涮了！咱俩这么大英雄，开山辟路，愣让这小王八蛋给涮了。我脸唰地红到脚根，差点儿吐血。你说，还愣有人骂咱俩流氓，这年头儿，咱还能流谁，咱××还懂什么呀。咣地一声，我们哥俩儿顿时昏了过去。

我眯缝着眼儿，大半天，怎么也没人打110啊！

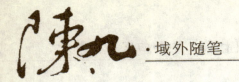

回国学雷锋遭遇尴尬

小时候赶上学雷锋，争着助人为乐做好事。我们班有个打架大王那仁清，家很穷，住在中剪子巷一个大杂院儿里。他家祖上是王爷，不知怎么混到蹬三轮儿的份儿上。我们到他家打扫卫生洗衣服，临走还把铅笔橡皮捐出来。可第二天他照样打架骂人，特让人烦。现在这小子发了，京城房地产大亨，绰号"那爷"。同学聚会他埋单，说敞开儿啊，可劲儿造，都我的。风水真是轮流转。

还有一次我们本来要偷邻院儿的向日葵，我们管这个叫"干盘儿"，向日葵的果实像个大盘子垂下来，故得名。刚爬上墙头，手搭凉棚往下瞧，心里踊跃着武工队端鬼子炮楼儿的豪情，只见一个老头儿正吃力地搬蜂窝煤。那时没液化气，都烧蜂窝煤。送煤的送到大门口，自己再往屋里挪。只见他满头大汗，颤颤巍巍哆哆嗦嗦往里搬。我们哥儿几个实在看不下去，跳下墙一窝蜂帮他把煤搬完。事后老头儿说，等等，等我剪个盘儿下来。把我们臊得，撒！跑了。

做好事的感觉真好，就觉得自己长高了，身体往上升，心里清亮亮的，比九寨沟的水都清亮。九寨沟的水光是清，可心里的感觉不仅清亮，还飘散着香气，香气袭人，让人无形中产生理想，愿所有人都相互帮助，都友爱，都幸福。

听说现在做好事不易了。南京有个女孩儿为帮助一个摔倒的老太太，反被对方诬为肇事者告到法院。不可思议的是，法官居然判女孩儿赔老太太上万块钱。你说这是什么法官！人哪，自私得连廉耻都不要，心还怎么清亮。如果心都暗淡浑浊了，我们一代代的奋斗牺牲到底为什么呢？美好太脆弱了，像梦。

这次回北京我也赶上一次做好事的尴尬。虽说只闹了场笑话，还是令人颇为感慨，萧瑟秋风今又是，换了人间。那天乘公交车去双安商场，刚坐定，见一老妇挺着大肚子上来。我见她不良于行赶紧让座，起身时不小心碰到身后一位女士，她面露愠色不依不饶。我只得边道歉边解释，对不起，你没见她，我指着眼前的胖老太太，想说"你没见她太胖行走不便吗"，可一琢磨不对，女人不能说胖，按国际接轨的说法这是骂人。忙改口，"你没见她怀孕了吗？"谁想此言一出更糟，那老妇一回头儿，你什么意思？我老头儿死了都二十年了，我怎么就怀孕了？我委屈地说，我怎么知道你老头死了？老太太更气了，不知道你说我怀孕干嘛？小子，甭玩儿这哩哏儿愣，寒碜我是吧，你见过七十多岁怀孕的吗？我安抚她说，我就这么一说，好好，没

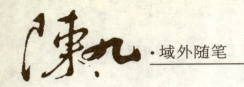

怀孕，您这是脂肪行了吧，问题是我说脂肪您干吗？老太太一听火冒三丈，噢，脂肪我不干，说我怀孕我就干哪？最后两个女人合伙儿对我一个，那叫一个乱，罪名是我不懂尊重女性。你说我让个儿座，图什么啊我。

　　难怪老战友刘毅每次带我赶饭局都先声明，小哥儿几个，我先说一句，九兄可是出土文物，别欺负他，否则我不客气。弄得大家都不敢跟我碰杯，只说"我干了您随意"。让他这么一暗示，每天早上醒来我都摸摸脸，担心自己别变成周口店猿人化石。化石就化石，这辈子不改了，我是化石我怕谁呀。

中文万岁，中国式英语万岁

　　中文万岁不必解释，这是我的祖国这是我的土地这是我的语言，这不万岁什么万岁，万岁万万岁。其实已经五千岁，再来个五千年就是一万岁。对中国来说，一万岁不算什么，去几个零我们当十岁过，还没结婚呢。

　　后一句颇为费解，什么叫中国式英语万岁。按下万岁不表，先说什么是中国式英语？中国式英语就是中国人按自己的思维方式使用的英语。语言体现思维。中国人学英语免不了带入自己的思维方式，就像外国人学中文免不了带入他们的思维方式一样。他们说中文爱倒装，叫我名字不是陈九而是九陈。这要按俺们老家的规矩就得啐他，姓是祖宗传下来的凭啥你给改了。他说他没改只换个位置。那也不中，祖宗在上，你凭啥给挪后边去了，跟我商量了吗？

　　算了，看他们老外学中文不易，多年习惯不好改，由

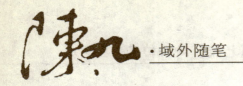

他去吧。反正语言就是交流工具，听懂就行，所以他叫我九陈我也答应了。同理，我们中国人学英语也不该太过苛刻。可这次回国听到很多人乱骂中国人说英语，指责最多的就是中国人的英语是中国式的，语序不讲究，把"去哪儿您"说成"您去哪儿"？废话，中国人说中国式英语有什么奇怪的，他祖宗八辈儿都讲中国话，冷不丁非让他学外国语，脑子能转过来吗？有个出租司机跟我抱怨：我家打宋朝就是农民，普通话都是打我这辈儿才学的，现在愣让练英文，还列入考核指标，忒狠了吧。

我跟你说，狠得下去的都是自己人。人家老外其实并没对中国式英语怎么着，比如在纽约，中国式英语、印度式英语、墨西哥式英语，见的多了没人在乎。英语打招呼的"好久没见"原本有自己的时态，现在愣让中国式英语给改了，变成中文语序的"好久没见"。语言是交流工具，为达到目的，任何语言都必须有包容性，中文就是在包容中发展壮大的。有些语言因过度傲慢而走向僵化，今日法语就是前车之鉴。你牛，我不说不用总可以吧。语言传播取决于人口，中国人口最多，经济发展迅猛，与外国交流日益频繁，中国式英语肯定是挡不住的。如果你不包容，只能画地为牢束缚自己，中国人说不说英语都要走向世界。

那些批评自己同胞英语不灵的哥们儿，你们那两句英语说得也不咋样。我这次回国在一家金融公司上了两天班儿，他们所谓的美式英语说穿了还是中国式英语，语序可能对了，整个句子结构和逻辑关系还是套中文的。美国人一句话，他说三句才绕过来，虽然很流畅，可魂儿不是那么回事，没法子。

中文灭不了，英语也灭不了。只要灭不了，中文万岁，中国式英语也就捎带跟着万岁一把。语言的本质是思维，思维的本质是文化，我们的文化源远流长，咋就不能让我们在说英语时也显摆显摆中文呢？

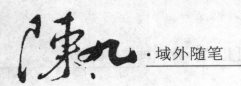

唱歌能治更年期综合征

　　这事让我沮丧，无法接受。你说说，当年那么好的女兵，常在我梦中站岗放哨的女兵，怎么就更年期了？这次回国大家一起吃饭，就坐我旁边那位，当年团宣传队的李铁梅，脸哗一下红起来，红到脖子，接着又哗地白下去。我看着不大对劲，忙问，铁梅，你不舒服？她看也不看我说，没事。我仍犯嘀咕，过一会儿又问她。没想到这第二问炸锅了，她大吼一声：你管我！接着哇地哭出来，吓我一跳。怎么了这是，我又不是鸠山，你李铁梅至于这么厉害嘛。

　　有位老大姐，当年团卫生队的护士长，比我大很多，拉我到门外。小陈儿啊，你是真不懂假不懂？懂什么呀我？女人更年期啊。噢，知道，就是不再想那事儿了。去你的，才不像你说得这么简单。老大姐解释道，铁梅正闹更年期，脾气古怪，别跟她计较，一会儿进去不提这事，听见没？

可女人如果不想那事儿多可惜啊，尤其是铁梅，当年她多……浑小子，你管人家，想也不想你呀。

从那儿我就四处打听拯救李铁梅方案，绝不容忍铁梅就这么风吹雨打去。打听来打听去不外就那几种：激素疗法、吃中药，还有练瑜伽，都有些用但都不好使。比如激素疗法，我在纽约地铁里曾看到长胡子的女人，修剪得整整齐齐有模有样。一打听，就是激素疗法没弄好，这边停药那边胡子出来了。要是换了铁梅，她那么要面子，还不得跳河。可你说就没其他招儿了？

过去流行个说法：下定决心，怎么怎么，去争取胜利。有心就能胜利。回纽约后一天，老友虞兄来电，他一口沪腔，九兄，侬得帮帮我。帮什么？侬是温可铮的学生，教我老婆唱歌好不啦，我付钞票呀？我问，你老婆咋想唱歌呢？啥您晓得，伊老早一直在屋里厢疑神疑鬼，非讲我有外遇，搞死他了。自从开始唱歌，阿不吵瞎么了，脾气阿好了。现在伊天天逼牢我叫侬教伊唱歌，只要不吵瞎么，伊要哪能就哪能。你老婆贵庚？我鬼使神差插一句。个勿好讲给侬听，不过伊老更了，更年期综合征。虞兄这句让我一震。你是说她唱歌后心情好了？好家伙，一帮老女人这家唱伊家唱，再烧些个小菜吃吃，来得开心。

后来我才知道，用歌唱缓解更年期症状由来已久。其实细想一下不难理解，更年期综合征之本质是生理混乱带来心理混乱，悔恨当年该干的没干，而唱歌是除拥抱接吻外最抒情的艺术。中医讲究因势利导，把混乱的心绪像将线头儿似地唱出来，宣泄出来，不平衡就平衡了，平衡也

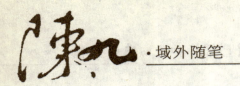

就不闹了。

　　哇，我如获至宝，抓起电话就找铁梅，她家电话我背得出来。一个男的接电话，睡眼蒙眬，说谁呀大半夜的？我找李铁梅呀。你谁呀？我陈九，她战友。噢噢，听说过。铁梅跟你们团女兵去"钱柜"唱歌去了。这钟点儿还不回家？嗨，让她唱去吧，要不然在家老疑神疑鬼，非说我有外遇，没把我整死。现在呢？这不一唱歌好多了，这帮老娘们儿这家唱那家唱，再下下小馆子，倍儿滋润。

　　扣上电话就想骂街，铁梅的事我怎么总晚一码。

谁说喝酒是坏事

我曾好酒。在美国住得越久,这个爱好就越完蛋,以致回国老友重逢,人家大口大口地饮,我却望酒兴叹,举得起咽不下,心头有刻骨铭心的虚弱感。有酒不能饮感觉糟透了。

刘毅破口大骂,好容易等你回来,回来就装孙子是吧?不怪他,一点儿不怪。当年在十渡打山洞时,一个月六块钱津贴费,我俩把钱凑一块儿,去公社的小卖铺,先来瓶二锅头,那时红星二锅头65度,随处可见,再来几盒鹅肉罐头,我也纳闷儿,当时怎么会有鹅肉罐头?外加几瓶北冰洋汽水,橘子的,底部带着沉淀,沉淀越多越好,真材实料。卖东西的女孩鸭蛋脸儿,两根黑黑的长辫子油光水滑。她问,来亲戚了?没有,就想开一顿。你俩咋吃得了这么多?吃得了,对了,要不你跟我们一块儿去?我暗中踢刘毅一脚,当兵的,别再闹个违反三大纪律八项注意第七条。没想到鸭蛋

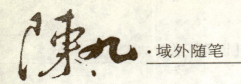

脸儿红着脸说，下次吧，上着班呢。

那年月呀，那岁月呀，你是不知道，美啊。

当年喝酒从未想过酒量如何，你几两我几两，歇菜吧您哪，就一个字：照死了喝，不见底儿谁也别走。在群山大川里，俯瞰着奔腾的拒马河，仰视着湛蓝湛蓝的天空白云，喝高就喊，野狼一样号叫，躺在草地上撒泼打滚儿，哭泣谩骂，又吐又拉。人啊，你得明白咱首先是动物，千万别小看这条，人与人之间的真情厚意必须在这个层面上才能建立，加上社会的就一定有功利和虚假，悟去吧你。

喝酒真的都是坏事吗？中国人好喝酒劝酒，有人说这是民族劣根性，去他的吧。这恰恰说明我们中国人把情看得更重。朋友来了有好酒，豺狼来了有猎枪。我把你当朋友，咱喝一个。酒精能帮我们把所有世俗伪装剥去，谁也别绷着，甭管你官大官小钱多钱少，咱喝一个，让我们一同走进本性空间。不光让你喝，我先喝，不光让你醉，我先醉，不光让你不是人，我先不是人，咱们都不是人，这就对了。人，最捉摸不定的就是人，比狐狸狡猾多了。只有一醉真诚相见，敢不？

多激烈的民族，多激情的文明，我打骨头里热爱。可何时候开始我竟不能喝酒了？看来文明是传染的，浸朱者赤浸墨者黑，离开祖国太久，孤单飘零太久，生活得太小心翼翼，太如履薄冰，酒量没了，再下一步，恐怕心都蜕化了。

刘毅长叹一声说，美国怎么把你折磨成这样？咱不去了，咱回家行吗？来，我干了，你一口。我热泪盈眶，猛地打起精神挺直腰板儿，一饮而尽。

作家的老婆

　　我要是女的绝不嫁作家，宁做他情人也不当他老婆。这是我此次回国接触作家后的体会。这次回国有幸与多位作家吃饭聊天儿，异常尽兴，即便是初次见面的也一见如故，吃啊喝啊聊啊侃啊揪成一团你中有我我中有你胡说八道没天没地没人样儿，你就看看上面这句话的造句形式，别管啥含义，就能明白我的意思，毫无常规随意流淌，作家嘛。

　　其实，真正的艺术家是作家，作家是最具首创精神的艺术家。无论电影戏剧或是其他艺术形式，大多根据作家的文学作品加工而成。你问问电影导演最发愁的是什么？没好本子。听见没有，作家要是不给他们写，他们就得改行卖煎饼果子。

　　作家的灵魂是最本质的艺术状态。一切积酿于心，关起门谁也不打扰，一杯茗几支烟，有的甚至连烟茶都免了，像一指禅功平地钻窟窿，旱地拔葱，创作出各种各样风采

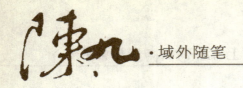

绝伦的故事来。你想，这样的人的内心是什么样子？这个问题好像太过空泛，心在肚子里谁看得见？这样吧，咱反过来想，把作家编出的故事往回塞，重新再填回他的心里，打仗的塞，偷情的塞，黑白的塞，彩色的塞，哭泣的塞，欢笑的塞，一本正经的塞，离经叛道的塞，这你就明白为何作家是最本质的艺术家了，他们的精神世界自由多姿漫无边际。如果说其他艺术形式还受制于某些条件，电影演员受制于台词，京剧演员受制于曲牌，作家则什么都不受，他们尽情沉浸在冥冥之中，超凡脱俗甚至完全不可理喻。严格地说，处在创作状态下的作家，已灵魂出窍了，说他正常又不大正常，说他是人又不说人话，真不知他算个啥。

我行我素天马行空，作家听上去很狂野，可又十分脆弱。这不难理解，天地间最大的力量是世俗，可以这么说，原子弹只要不把人类炸光，剩下一男半女，世俗力量就比原子弹大。面对世俗，作家像敌敌畏杀臭虫，立刻打蔫儿。一句话一件事，甚至一个眼神儿，信誓旦旦马上变垂头丧气，慷慨激昂顷刻成西风瘦马，刚才还说要吃大碗炸酱面，一分钟后改绝食了。作家太要面子、太过敏感，关键关键是缺乏世俗斗争的兴趣和意志，人家几个小把戏就把你打得手足无措，回到家像孩子一样哭泣。你想，他们大部分时间都沉浸在冥想中，在梦里他是王，想怎么样就怎么样，哪有精力顾及世俗的各种潜规则。世界是作家的，也是世俗的，而且归根结底是世俗的。所以作家很难活得痛快，作家的情绪也往往是起起伏伏捉摸不定，很难有平稳祥和的时候，甚至在他们自己的小圈子里都很难脱俗。

最主要的，作家的多情比演员只多不少。情感是他们创作的动力和根基，离开情感他们的生命几乎分文不值。其他情感还好说，就这儿女私情，剪不断理还乱，朝九晚五，从来扯不清。如果说政客的秘密是阴谋，作家的秘密肯定就是爱情。未婚如此，已婚依然如此，这跟结不结婚无关。他并非想欺骗谁玩弄谁，他们必须沉浸在这种海洋中，用情感滋养他们的灵性，没有灵气的作家就像更年期女人一样，一夜间女人味儿没了，你看她眼神，浪漫没了，可怕呀，揪心的可怕。作家就这样，你看他眼神，魂儿没了，一眼能看出来，可怕呀。

你说就这么一群人，你要当他老婆怎么个当法儿？按咱世俗家庭的道理还不早打起来。饭饭你不做，房房你不扫，还净整出个姐姐妹妹来，老娘我凭什么受这个气，这日子还过不过？每当跟作家聊天，我的体会是，你要嫁给作家为妻，就得拿出当妈的胸怀来，就当他是你儿子，儿子干什么为娘的都得理解宽容。他哭的时候你得鼓励他，他犯浑的时候你不能抛弃他，领着他带着他，直到生命尽头，谁让咱认准他玲珑剔透的才华，就当咱为世界大同人类美好做回贡献吧。

怎么样，你，说你呢，还敢跟作家起腻吗？

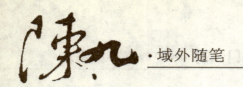
中国咖啡的贵族主义

　　这事儿令我不解，一杯咖啡，其实不到一杯，那么小的杯子像喂鸟，就要人民币三十多元，为什么？凭什么？里面百分之九十九是水，骗谁啊。美国的星巴克也跟着起哄，你在纽约卖多少钱一杯，你说，不就三美金吗，三七二十一，这还给你多算了，归了包堆也就二十块钱，怎么一到北京就变三十多了。趁火打劫拦路抢劫，美国资本家净蒙中国人钱。

　　说实在的，咖啡在美国就是大碗茶。街头巷尾是个店就卖，五毛一杯，现在改一块了，因为油价上涨导致美国通货膨胀。美国人的习惯是，上班路上买杯咖啡来个面包，坐地铁里或通勤火车上吃，就算早餐。当然也有类似中国"真锅""半岛"这样的咖啡店，但它不叫咖啡店，叫面包房"Bakery"，以卖点心为主兼有咖啡，里面也有几张桌子，可以坐下来。即便这样的店，咖啡价格也没那么邪乎，两三块钱，就这样了。当然你说有没有贵的店，有。曼哈顿西村有些面包房卖的咖啡有十几美元一杯的，可人家的咖啡不像"半岛""真锅"这些连锁店，它们的咖啡往往是独此一家别无分号，咖啡的制作有其独特配方，就靠与众不同的味感生存。比如阿拉伯咖啡、土耳其咖啡，阿拉伯人弄咖啡有传统，别看人家不大出产这玩艺儿，架不住在加工上下功夫。

中国的咖啡店大都是连锁。连锁什么意思？就是普及化。你都走普及路线了还卖那么贵干嘛，不是自己跟自己过不去吗？你又玩儿连锁又贵得惊人，本身就是自相矛盾的经营策略。我觉得这些店应该把咖啡价格降下来，而且量也应该加倍，让他们喝，喝多了喝上瘾了，你的市场就巩固了扩大了。除此外，还要把点心蛋糕这块经营好，这里的学问不比咖啡少，赚钱空间不比咖啡小，别把眼光只放在港台模式，港台都是咱中国的，那算什么国际接轨，学学其他国家如何经营咖啡店的。没有好点心，咖啡再好也白搭。我这次回国去过京津两地好几家咖啡店，只见装修陈旧，楼上角落里打牌的，哄孩子的，干什么的都有，没几个真正喝咖啡的。这就是下坡路征兆。咖啡卖不动，效益不彰，打工的也无可奈何。

咖啡贵族主义应属张爱玲笔下的十里洋场。那时人民生活水平普遍很低，有钱消费咖啡的人极少，市场小价格贵是没办法，不宰他们宰谁呀。可现在中国的情况大变，人人喝得起咖啡。这种市场形势下再搞咖啡贵族化是作茧自缚，透着犯傻。你把价格降下来，量升上去，让消费者觉得实惠，咱看有没有人来。

真的哎，我来开这么一家咖啡店怎样，有跟我合伙的吗？

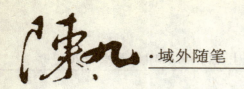

山中方七日，世上已千年

　　此话典出多家，讲的是同样的故事，某人进山，遇到童子们下棋，待棋毕归家，却发现千年已逾沧海桑田。说起对祖国三十年变迁的感受，我不觉想到这句成语。也许你问，有这么严重吗？有，对你可能没有，对我非常有。

　　我自 1986 年赴美留学，在纽约一住就是二十三年。二十三年对谁都不算短，用句俗话，人生有几个二十三年？但比起祖国发生的巨大变化，这只算山中七日。

　　出国前我在国家机关从事经济政策研究工作，到全国各地搞调查，力图在工业领域推广农村联产承包责任制的成功经验。那时的国营企业限制颇多，改革举步维艰，我们就到中小城镇的集体企业搞试点。局长和我俩人，跑到河南、四川，最后找到辽宁金县铸锅厂，一家县镇集体企业，在那里搞工业承包。一年下来成绩斐然。可没想到工人热情刚上来就被突然叫停，说违反税法。当时我们想不通呀，都是承包，怎么农业就不违法？再说如果什么都不突破还搞改革干嘛？

这种事现在听上去像不像天方夜谭？我正是那个时刻出国的。谁想这一去就跑了那么远那么久，带我去金县的局长已去世了。记得那天我心中寂寞，抄起电话就拨远在北京的老局长家号码，一个女人的声音，问我好几遍"您找谁"，生怕打错了。后来她告诉我，她父亲已去世了。我这才突感时光的分量。生命是耗不过岁月的，一切都在大踏步向前迈进，稍不留意竟错过一班班时代列车。

今天中国的宏观经济，已走上充分利用经济杠杆调节的全新格局，利率、税率、汇率，这些我们三十年前只能梦想的经济手段，如今已浸透社会经济的各个角落。那时到各地搞调研，最令人扼腕的是，有些企业明明快活不下去了，可还是什么都要等，等指示，等拨款，等红头文件，把我们急得呀，你们自己就不想法自救吗，你们搞出点名堂，我们不是更有理由为你们争政策争权益吗。再看现在，企业的经营完全是独立的，在市场面前有极大的活动空间拓展自己。正是这个机制给中国经济注满活力，连续三十年，每年平均以百分之九以上的增长速度发展，这必定是机制使然。今天中国经济就像搭好的大舞台，想不唱戏都难，想不发展都不行。形势逼人强，我们当年刻骨铭心追求的，就是今天这个形势。

出国前我是搞轻工业政策的，一天忙到晚，就是要确保人民群众日益增长的消费品需求，洗衣机、电冰箱、风扇、服装，甚至铁锅和烧酒，要有计划按比例增长。那时

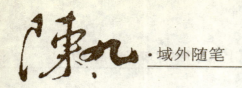

部领导常提醒我们，别小看铁锅，老百姓买不到锅就骂娘，就说共产党吃饭不留筷子，连锅都不给，所以一定要保障铁锅供应。现在想起这些我禁不住咯咯儿笑出声。每次回国探亲，我最想去的地方就是超市，不为买什么，只想在里面转，像逛博物馆似地转，看那么多的食品日用品，天女散花般在眼前奔涌，还有消费者挑东捡西的从容面庞。我真想在这里架张床，不走了，干脆就住在这儿，品尝年轻时的理想已然成真的冉冉沉醉感，把身心浸透在二十余年如一梦，此身虽在堪惊的酣畅淋漓之中。

二十多年前除了搞政策研究，我还喜欢诗歌。此刻我想起诗人朗费罗在《人生礼赞》中的两句诗："伟人的业绩昭示我们，我们能够活得高尚。"是的，祖国三十年的经济发展昭示着我们，我们能够活得高尚。从当年金县铸锅厂搞承包的未竟之业，到今天世界排名前四的经济总量，我们跨过重重坎坷，终于找到振兴中华的道路和自信。前边无疑还会有各种险阻，但有三十年改革开放的宝贵经验可借鉴，有较为雄厚的经济实力垫底，什么样的困难都无法阻挡我们走向未来的脚步。

山中七日世上千年说的不光是我的感觉，也是大环境。让那些童子只顾下他们的棋吧。我们抓紧时间搞建设图发展，把别人的七天当成我们的千年，全力以赴圆中华民族富民强国论剑天下的百年大梦，此乃正当时也。

千里堤吃梵高式馄饨

天津有红桥区，红桥有千里堤。此处确有条河堤，20世纪60年代为防子牙河发水而建，虽很长但并无千里。据说河堤修好后开庆功大会，上演红净戏《千里走单骑》。演到一半记者问"这堤叫嘛名字"？负责人没听清，以为问戏叫什么名字，随口说，《千里走单骑》。他说得太快，记者听成'千里堤'，故得名。

名字不俗，可惜没啥人知道。马路上你若拦个人，何处千里堤？保管答不上来。这地方太偏，一般人不来。但如果你要问提笼架鸟之辈没准就知道，因为此地有天津最大的鸟市。我大哥好花鸟，那天早上他带我去赶千里堤的鸟市。我说肚子很饿先吃早点如何？他说千里堤那边有卖早点的。我只得跟着他，肚子咕噜咕噜叫，我最要吃早点，不吃心慌。谁承想那天正赶上天津市奥运大检查，把所有早点摊儿都轰走，不许摆。找来找去，直到鸟市门口，才

发现个卖早点的摊位。

那是个小馄饨摊，一口白汤一个妇女。我问，人家都闪了你怎么还摆？她说不摆一家老小吃嘛，不摆您老不就没早点吃吗。我听听也对，既然遇到，赶紧来两大碗馄饨再说。还有果子呢。妇女说。好，再来两根果子。我和大哥坐在一张小桌旁等候。不一会儿，妇女就端着两碗馄饨走来。馄饨倒是很香，葱花香菜外加几滴香油一应俱全。可碗的模样令人惊魂，上面的油泥虽被擦过，但未擦净，条条痕迹颇像梵高的油画，充满激情，彰显着妇女同志对生活的热爱。她指头甚长，像筷子直入汤中。勺呢？我问。妇女同志转身从另张桌上抄起一把别人用过的勺，用围裙擦拭一下递给我，让我不知所措。我愣愣看着她，她说，看嘛，吃啊，汤要不够自己添，这儿还有醋。我再看大哥，他老先生已经开吃，哗啦哗啦低头无语。看来他是真饿了，根本顾不上我。我一咬牙一跺脚，吃！一碗馄饨顿时精光。

问题就出在这儿。原想不就一碗馄饨吗，当年打三合庄隧道时我饿疯了，半夜偷司务长藏的咸带鱼。那带鱼都臭了，管他，洗脸盆加水，在火上咕嘟几下就吃，真是香啊！第二天起床，司务长哐着鼻子直冲我来，你偷的？去去去，谁偷你带鱼了。嘿，我没说丢带鱼呀？说着他把我的被头撩起，上面白花花一层，原来吃完带鱼连嘴都没擦就睡着了，带鱼又没做熟，嘴上的鱼白全蹭到被子上，满屋都是鱼腥。你想，咱连生带鱼都敢吃，还怕梵高式馄饨吗？

可此一时彼一时呀。那年你十七岁，活牲口。三十多年过去，加上旅美多年，革命本钱早被国际接轨抽干耗尽，脆弱得竟顶不住白汤妇女的进攻。我好容易撑到家门，进屋就如厕。细节自不必说，反正充满悲剧色彩深深令人同情。抽水马桶哗哗作响，似乎也为我的不幸哭泣。我像李曼兄弟公司的股票一路狂泄，后虽经黄连素痢特灵救市，大盘稳住，但元气已伤，人像纸糊的一样不禁风雨，饭吃不下酒喝不成，想干的都没法干，伤透老战友们的心，严重影响了本次回乡的含金量。

令人不解的是，我大哥却没事。我忿忿不平问他为何？他感慨万千地说，兄弟啊，老一代留下的光荣传统可不能丢呀。帝国主义把和平演变的希望寄托在第二代第三代身上，可还没和平，你们就演变了呀。说着他眼泪都要出来，好像拉肚子的是他不是我似的，你说这。

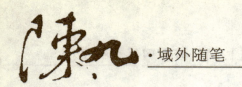
见证北京单双号上路头一天

　　单双号是指汽车牌照最后一位数，北京为迎接奥运，于7月20日实行单双号上路。新规定执行那天我正好在，亲历当天情景。现在奥运虽然结束了，单双号的规定也取消了，但作为一件破天荒事件，还是应记上一笔。说的是那天好友刘毅本来说好接我去看他新买的房，可过一会儿又来电话说，坏了，忘这茬儿了，我的车是单号不能上路，你自己打车过来吧。

　　自己打车也好，可专心看沿途风景。你们常年在北京当然无所谓，可对咱这美国来的乡下佬就不同了，什么都新鲜。一上四环路就觉得不对，车流比前两天明显减少，车速也快了。我兴奋地对司机说，单双号还真管用，一下就不堵了。可司机却很慎重，说等会儿过中关村深槽路段弄不好还得堵。正说着，只见路边一辆马自达被警车拦下，开车的是个小姑娘，一个劲儿给警察鞠躬。单号！这小娘子稀里糊涂把单号车开上路了。警察看都不看她，给她开罚单，估计是怕多看一眼心就软了。出租司机对我说，二百，原路返回，这是规矩。就是说，罚二百元，还得将车原路返回，否则抓到再二百。我这才注意到，四环路上三步一岗五步一哨到处警车。单双号上路头一天，的确动了真格的。

车过中关村，司机老兄的预言居然得到验证，依然堵车，只不过不像以往堵得昏天黑地无边无沿。车子时停时走，约十分钟才逃离该地。司机老兄说，北京有两百多万辆汽车，就是卡掉一半还有一百多万辆，也不是个小数字。在某些设计不太合理的路段，比如北四环中关村一带，堵车问题还是解决不了。

他这么一说倒提醒我，北京堵车问题不光因车辆多，更有道路设计问题。比如有些环道的入口设计得太短，进入车辆一多就不得不占用主道，严重影响主道上的车辆通行造成堵车。同样问题也发生在环道出口上，出口紧接着慢车道，没任何缓冲过程，而慢车道上有红绿灯和自行车，车子开不快，下来的车稍微多一点就不得不等在主道上，造成环道上堵车。这些问题本来在道路设计时就该想到，现在木已成舟生米做成熟饭，要想改变实在很难。也就是说，由设计造成的交通堵塞才是最根本的问题，也是北京城市交通的硬伤。

限制单双号的确改善了北京交通状况，但显而易见，这个办法是被动的有局限性的。解决北京交通问题，或者说解决中国大中城市的交通拥堵问题，任何单一办法都难

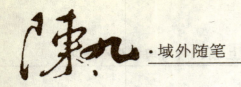
以成功。必须在提高公共交通份额、改善硬件设计、实行
更严格的交通法规等多方面入手方可奏效。在中国人口众
多车辆众多的国情面前，为什么国家不能成立一个专门机
构，研究解决城市交通问题？中国的城市都很像，面临的
问题也很类似，正好便于集中解决问题。我相信，我们完
全可以研究出一套中国城市交通管理的模式结构，推而广
之，走出一条自己的路。

　　我们总说中国特色，然而针对"中国特色"的具体关
注和研究又做了多少？空话太多行动太少，这恐怕才是中
国目前很多问题难以解决的症结所在。

北京"外地人"教训"美国外地人"

　　为方便阅读，先定义一下。北京"外地人"是那些外地来京闯生活，且工作较一般者。"美国外地人"指我自己，与大唐中土比，美国算外地，因此是"美国外地人"。

　　"美国外地人"那天吃羊蝎子，不小心把后槽牙崩掉一块，造成神经外露，痛苦难当。连忙跑到家门口儿的空指门诊所牙科，想让医生暂时补上，待回美后再彻底根治。并非不信任国内牙医，我在美国有保险，看牙不花钱。对，就为省钱。在美国挣的是辛苦钱，无依无靠上有老下有小，钱再多也得算计着花。

　　出门时我还特意拾掇拾掇。天儿热，脱去在美国穿惯的长裤，换上一条我父亲的西式短裤，上着 T 恤衫，扎得整整齐齐，皮带扣得钉是钉铆是铆，颇有几分士兵模样。走进牙科一片寂静。护士小姐操带口音的北京话，一听就是外地人。她告我说医生在吃饭，得等一会儿。既来了，

119

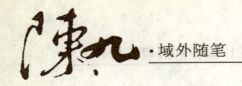

等就等。可等来等去实在闷得慌，那位护士小姐显然并无与我聊天儿之意。好你个外地小妞儿，行，你不理我我理你。我问，人家吃饭你咋不吃？她瞥了我一眼，没回答我的问题，反问道：

你哪儿的呀？

我，我玉田的。当年我们团驻防玉田县，我会说当地方言。

一看你就是外地的。

为啥？

你这身打扮就像。

嘿你个小丫头片子，老子北京生北京长，东四九条天子脚下，咋就成外地的了？我耐着性子与她周旋，想弄清到底我哪儿像外地的。这小妞儿真不含糊，估计压根儿没把"美国外地人"放在眼里，说出话来一套一套，毫无顾忌。

你看你吧，有你这么穿衣服的吗。咋了？我困惑。都什么时代了，你干嘛非把 T 恤扎起来呀。哦，我突有领悟，在美国习惯扎起来，而中国讲究放开。改革开放关键是这个放字，否则全白搭。还有你这裤子，小妞儿接着说，式样忒老了，恐怕是"文革"那会儿的吧。她这话提醒了我，这条短裤还真是家父几十年前做的，那时做比买省钱，扯块卡其布找裁缝做。尽管这小丫头未必明白"文革"是啥意思，可这俩字儿无疑已成土老帽儿的同义语。还有吗？

我惴惴地问。还有，这年头哪儿还有穿短裤扎皮带的呀？可不扎皮带裤子掉了咋办？那说明你裤腰不合适，再买条新的呗，去万通小商品市场，没几个钱。喂，我这条皮带可是保罗的，名牌儿！什么保罗呀，一看就是假的。我这块表还是江师丹顿呢，你信吗？

说话间医生到。大门口的介绍说，他还是德国"海龟"。谁是病人呀？我连忙点头，我是。坐下来让我看看。我按他说的半躺下张大嘴。他一边用勾子在我牙上划来划去，一边和那个小护士说笑。翠花儿呀，新开的那家面馆儿真不错，排骨面才九块，下次我请你。哎，不对呀，你这颗假牙哪儿做的？"海龟"突然问我。就在，我们那边儿。你们那边是哪边？他家是玉田的，跟食堂的李子应是老乡。那位护士小姐连忙补充道。玉田的，不对，玉田的怎么会用这种材料？

大爷，你真是玉田的吗？什么，叫我大爷？心中噗地升起无名火！你这小妮子啥眼神儿，刚才骂我土咱忍了，现在居然叫我大爷，真气气气死我了。

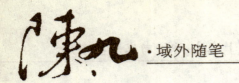

北京鸣笛与纽约鸣笛的不同含义

　　鸣笛就是开车时按喇叭，车是同样的车，喇叭当然也是同样的喇叭，但按喇叭的地点不同，按出来的声音含义更不同，甚至完全相反。

　　这次回国印象最深的是交通。北京这个车呀，海了去了，马路上有车，人行道上也有车，连小胡同里都是车。丰田汽车过去有句广告词儿："车到山前必有路，有路就有丰田车。"把它改一下，刚好适合北京车况：车到山前必有路，没路也有北京车。我把这种轰轰烈烈的景象讲给纽约的朋友听，他们不解，人行道上为什么也有车？嗨，马路上开车，人行道停车。北京有些马路太窄，路边没法儿停车，只好把车停上人行道。结果是车上人行道，人则在马路上走，换岗了。

　　那不很危险吗？朋友不禁唏嘘。我刚想随声附和，是啊，多危险哪。可细想一下不对，北京的车多是多，可没见比纽约交通事故频繁呀。纽约如果赶上北京的车流量，早不知撞多少回了，可北京的确没有，乱是乱，眼花缭乱，可每辆车都能见缝插针，噌噌噌来去如鱼得水。换句术语，空间利用率非常高。

这就产生一个问题，北京交通事故为何并未与汽车数量成正比，其中奥妙到底在哪儿？经过密切观察反复思考，我终于找到答案，原因就在鸣笛里。

细说之前先卖个关子，不是什么人都能发现这个秘密的。如果对中国文化缺乏了解，未必能体会其中绝窍。我发现，北京开车鸣笛完全是为了提醒相关车辆小心驾驶，并通告本车位置，以免擦碰。为什么这么说，因为北京式鸣笛是在会车之前，两车或数车相会，尚未起步先鸣笛，嘀嘀，我来了，或嘀嘀，你先走。实际是预防在先，彼此先沟通一下，通过鸣笛于瞬间达成协议，然后按说好的办。

纽约可不是这样。纽约太相信规则，法律规定我的路权，想都不想踩油门儿就走，根本没想跟谁沟通更无需鸣笛。但凡听到笛声，肯定是出事或差点出事，准是有人不按规则抢路，或变道不打灯突然蹿过来。倒霉的这方一脚急刹车，接着喇叭就响起来。纽约鸣笛是骂街，北京是打招呼，一后一前，含义相反。

这个区别听着简单，内涵却深远。历史社会哲学宗教，都联得上。如果说实践是检验规则的标准，真很难判定哪个优越于哪个。纽约说，我守规矩所以我比你强。可殊不知你的守规矩也是从你国情中衍生出来的，并非天生，是存在决定意识。如果把北京这么多车和相对小于纽约的市

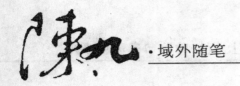

区面积搬到纽约，我看你还守规矩，车多路少都守规矩谁也别走，等吧，等到胡子白了再说，根本不现实嘛。中国有中国的国情，具体说就是，资源相对狭小，短期无法改观。在这种客观存在下，北京行车以规则为主，以相互沟通为辅，一个小小的鸣笛行为，就达到最小投入获最大收益的效果，谁比谁高明，自己琢磨吧。

规矩毕竟是死的，任何规矩都无法全天候。只有人与人之间的沟通才能适应千变万化的生动世界，才是风吹雨打五千年不坠的根本所在。总说国际接轨，国情不同轨往哪儿接，在世界范围内，纽约是国际，北京也是国际，谁跟谁接呢？

倒时差与拉肚子

此次回国不很顺，身体不大配合。先是时差，左倒右倒倒不过来，按各路专家的建议，先是喝酒，醉一下就把时差忘了。结果醉了好几下，胡话昏话说了一箩筐，老脸都丢尽了，时差还没倒过来。你们今后谁要倒时差，千万别信此说。

还有人建议吃安眠药，说睡一觉就扳过来。我按此办法，吃一片没感觉，又吃一片还没感觉。我想这药准是假的，成分不足，就再吃一片。坏了，这片下去与前两片会师，同我展开决战，让我连睡 24 小时。醒后，时差还没倒过来。

时差是一种记忆。我心里肯定有放不下的什么。

好容易时差问题初步解决，又开始闹肚子。闹也不轰轰烈烈地闹，来个翻江倒海大起大落。它像小偷似地拈着来，似有若无时隐时现，让你捉摸不定。有人说服藿香正气水，没用。还有说试试黄连素，也没用。好吧，我自己

出一招，饿他两天不吃饭，看你拉什么！两天后好多了。不过我不建议你们试这招，先说清。

以上两条基本奠定本次回乡的基调。和战友朋友见面，吃喝都无法尽兴。刘毅破口大骂，你××这次回来怎么净装孙子，让吃不吃让喝不喝。我把这杯干了，你看着办。说完他一杯二锅头咕嘟下肚，四两，喝完两眼通红，他一喝多就这样，像要吃人。吓得我四两的杯子，也干了。刚要喝，刘毅扑上来一把夺过去，你小子真喝呀，不要命了，我们这都练出来了，你不行，慢慢喝。

喝完了唱歌，我唱布仁巴雅尔的《天边》，天上有一对双星，那是我梦中的眼睛。山中有一朵晨雾，那是你昨夜的深情。刘毅说，我记得你在连里时唱歌跑调呀，什么时候练得有点儿意思了。我说我什么时候唱歌跑过调，你什么记性啊。结果他唱了首《为了谁》，祖海的，跑调。难怪说我跑调，按他的标准我肯定跑调。

当我一切恢复正常，跃跃欲试时，该回美了。时间到，去掉一个最低分，去掉一个最高分，您的得分是，二百五十分。整个一个二百五。战友老何非要送我去机场，他的司机提醒他，局长，你的车是单号，明天不能上路。不能上路？那机关还有什么车？还有一辆中巴是双号，二十五人座那辆。就开中巴送！我以为他说着玩儿，是酒话。没想到第二天一早我听楼下有人喊：陈九，陈九，你下来。伸头一看，一辆巴士停在我楼下，老何正扯脖子喊我。

回美后又得倒时差，真烦。这次我既不喝酒也不吃药，时差是一种记忆，我心里肯定有放不下的什么。

好色不淫是好德行

回国时与友人讨论到何谓好色不淫的问题。过去理解好色不淫，重点放在好色上。好色总归不好，再不淫你也好色，所以否定大于肯定。现在看来这个理解有误。孔子原话曰：吾未见好德如好色也，食色性也，好色而不淫。翻成白话是：很少见有人喜欢好道德，像喜欢美色一样积极主动。不过美食美色源自本性，只要不过分不下流就是好德行。

为何如此解释呢？

须指出，孔子把德与色相提并论绝非偶然。色是离人性最近的地方，也是最难把握之处。德是规范行为的准则，如果在最难把握之处把握好了，怎能不算好德行呢？所以孔子在比较德色时说：好色而不淫。连标准都给出来。

那何谓"不淫"呢？一般的解释是"适度"。这么说并不错，不过分，不放纵，是这么个意思。但仅仅不放纵就

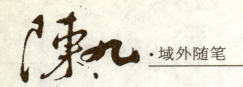

算德吗？历史上的贤人达士似乎都放纵过，杜牧的"赢得青楼薄幸名"，蒋捷的"红烛昏罗帐"，不放纵吗？如果愣把他们归入无德之辈，似乎很难讲通。历史经验和生活实践的启示是，除了不过分之外，还得不下流，这才是对好色不淫的最佳诠释。不过分容易，不下流很难，因为不下流的文化内涵太丰富，我以为，起码包含如下因素：

首先是不虚伪，敢于欣赏，装纯洁其实是最大的无德之一。这边走过去一个美女，要嘛有嘛。你说，嘿，看见没有，真漂亮。而他却装傻，什么，我什么都没看见呀？这种人就欠抽，大嘴巴扇他。世界上就是男人女人，彼此不欣赏还活什么劲呀，男人不敢表示对女人的欣赏是心理阳痿，不配当男人。

其次是珍惜尊重，要怀着真诚的心去欣赏美色。不是去玩弄和糟蹋，不是把女人当货物去占有，而是将美色当艺术品去欣赏呵护。有机会当然好，没机会也别强求，两情相悦才是最佳境界。切忌死缠滥打，鱼死网破。男女这个东西，必须美才行，不美你说图什么呢？

最后这条比较难，情调。就是把对美色的欣赏升华到艺术高度，让美好情感产生出美好的艺术品，这才是欣赏美色的最高境界。上面说的杜牧、蒋捷，还有莫扎特、毕加索，都是这方面的杰出代表。艺术是人类最值得骄傲的东西，因为人类是有美好情感的，其中一大部分来自对美色的欣赏。这种情调是大德，为什么是大德？大德属于全人类，流传千古，大就大在这里。

孔子时代是两千多年前，他那时能将德色双拼，已经是很前卫了。我相信孔子是个性情中人，实际上人类文明史基本是靠性情中人创造的。孔子的"好色不淫"不仅讲清德色的辩证关系，也点破生活的真谛是性情，而非尔虞我诈，更不是物质至上。离开真性情，我们这个世界就失去存在的价值。如果真有那么一天，有人建议放它几十颗原子弹，我肯定同意，包括我自己。

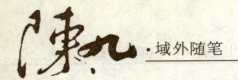

苍 凉

　　五代词人韦庄有句"陌上谁家年少，足风流"，那时风流含一个雅字，"今宵酒醒何处，杨柳岸，晓风残月。"如今不讲这个，五魁首啊，八匹马啊，只要上白的，立刻吆五喝六，至少也是感情深一口闷之类。风流抽去雅字是什么？

　　每次回国老友相逢，一种深深的羡慕从肚脐眼儿开始，直奔脑浆子。我说你们哥几个怎么过得这么滋润？夜夜歌舞升平，先是吃喝，接着卡拉，最后来个韩式烧烤，对不起，是韩式推拿，女孩儿看着也就十八九，一个背弓愣把两百来斤的老爷们儿架起来，啊地一声再放下，让你觉得骨头没了，软得像床棉被。一个小女子把一个大男人拿捏得像揉面，非亲眼所见不敢相信。老吴说，九兄，你做做？不行不行，这把老骨头还得养家糊口，别再给整零碎了。

　　成天就这么胡疯，一到傍晚电话就响。渐渐我的羡慕变了味儿，变成疲倦与慌乱。我问，你们难道都金身不坏吗？当年咱玩儿命考大学也没这么辛苦。他们不屑，这算什么，也就看你从纽约乡下来，否则非上辇的不可。大鱼大肉？不行，医生说我血脂偏高。

我如梦方醒，咣地一下找到他们生活的品位。我听过很多类似传闻，觉得是少数，不具代表性。现在才明白，这种生活方式已像空气一样弥漫于世，成为社交场所不可或缺的饭后甜点。可我们毕竟年近半百或已过半百，这把老骨头怎禁得起哟？

考虑到健康和安全，我婉拒了老友的"好意"，可心中疑惑还是借一杯水井坊说出了口。当年上学时你们干嘛去了，有本钱时你们装老实，什么什么腺都肥大了倒拼命往回找，感觉能对吗？不苍凉吗？或许苍凉二字太过夸张，大家一片寂静，顿时冷了场。我有些尴尬，连忙解释，我是说，你们想延长青春呢，还是要回光返照，老婆孩子都不顾了，图什么呀？仍是无言。我吓得酒醒，生怕有谁将我乱棍拿下。

对对，对不起哥儿几个，我自罚一杯，自罚一杯啦！

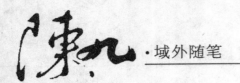

海归基本算"乡下人"

　　起先听这话我也火大，什么，老子纽约来的，怎么到国内就算"乡下人"。你不服气人家也不急，照样天天陪你玩儿。跑来跑去你不吭声了，为啥？底气不足，人家成本儿成本儿地花钱，你一张张地数，数到肾虚口臭，这才明白，原来靠工资吃饭养家糊口的都算乡下人，纽约来的也一样。

　　从前国际没接轨那会儿，比如1994年我回国，尽管人家靠工资吃饭你也靠工资吃饭，可人家总觉得你的含金量高，出门儿指望你花钱，吃人家嘴短，当然不说你是乡下人。现在接了轨，接轨啥意思？就是挣钱不靠工资，国际是有钱人的，国际接轨就是跟有钱人接轨，挣工资的在挣资本的人面前，就叫"乡下人"。

　　不光话这么说，实际运作更是胸怀激荡。就说吃，你说今天咱选个馆子，我做东，人家只微微一笑。有钱人吃饭不下馆子，讲究去会所，说出的名字你根本不懂，什么320号，红门，还有梁家港，全不懂，都是私人领地，不对外开放，服务生直接带你进包房。就这架势，你一张张数钱的主儿，花得起也找不着北啊。这花的哪儿是钱，是势力，你算不算乡下人。

吃喝还不算，说咱出去玩儿一天。你琢磨不就接接地气看看大自然，有啥了不起。第二天起床被车接走，开出市区很远。我问去哪儿？人家没接茬，只见汽车驶上一小岛，眼前烟波浩淼，上有洋房一座，更有花季女子忙前忙后。人家说，在这儿可以游泳划船敞开儿造。我说没带游泳裤。皆大笑，说没外人，不用。可那些女的？哈，谁稀罕看你。咱就当七比一的汇率，你数数试试？

再退一步，不说这些极端的。接轨之风已深入民间，成为世态炎凉的价值标准。当年在俄大的老同学，海归了，在一家公司当老总。他请我到楼下的星期五餐厅吃饭，一杯橘汁四十五块，约七美金。咱在纽约喝惯了三美元半加仑的橘汁，大惊，忙说算了，就来杯冰水吧。人家说，这还贵，我天天在这儿喝。我很困惑，明明七比一，怎么他们花钱像一比七啊，这账我算不上来，感觉很像乡下人。

后来想通了。跟国际接轨的结果是，不分国界，富人是一家，其他人又是一家。富人管其他人都叫乡下人，尽管像开玩笑，但高人一等的优越感还是令我深感疏远。往事在灯红酒绿中翩翩飘零，浮起又落下，充满惊慌和不知所措。

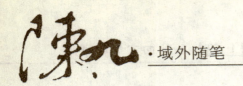

别跟女人拼酒

　　这可能是个深奥的话题，因为女人与酒之渊源远远超过男人。据《战国策》记载：昔者帝女令仪狄作酒而美，进之禹，禹饮而甘之。原来是女人发明了酒，发明者不善饮，讲不通啊。过去听女人一说不会喝酒就信了，女人嘛。可这次回国才明白，女人说不会喝酒虚多实少，为此我教训惨痛。

　　那日老友欢聚。席间一女三十许，甚靓，为老同学刘立之友。酒过三巡，我与刘立对饮，杯飞盏走不曾相让。刘不支，对女子说，上，给这假洋鬼子点厉害看看。靓女起，九兄，我们初次见面，敬您一杯。我本已微醺，大呼，来将何人？靓女不含糊，对曰：唐将秦琼，你是何人？汉将关羽，你在唐朝我在汉，扰我酒局为哪般，我一杯来你三杯，看你还敢犯边关！谁想她不慌不乱，九兄当真？当真。这样吧，我虽不会喝酒，但恭敬不如从命，就按九兄说的办。

这让我十分意外，有进退维谷之感。旁有起哄者早将酒杯排成一列，水晶般闪烁。我推说不想欺负女人，算了吧。刘立则说，九兄差矣，喝酒无老无少没男没女。有这说法？我上当就上在这里。我对刘立说，你少来啦，真以为我不敢喝？说罢一杯下肚，干净利落。靓女神情自然，只见啪啪啪，接着也干了三杯。我继续喝她继续饮，我喝三两她喝一斤，面不改色与未饮无异。坏了，这下我可高了，只觉得身轻如燕，飘然欲去。我，我要跳探探戈。好好，探戈探戈。不行，不跳跳探探戈了，我跳芭芭蕾，天鹅湖。好好，天鹅湖天鹅湖。扫抖抖抖抖西来斗，拉来来来来斗米来，人家马上为我伴奏。那天洋相出大了，丢死人。

事后与行家总结此次关公战秦琼的失败教训。据称，女人身体分泌一种特殊的酶，有助解酒。男人先天不足，再怎样拼也喝不过。我如梦初醒，突想起《战国策》中还有一句：禹饮而甘之，遂疏仪狄，绝旨酒，曰：后世必有以酒亡其国者。哇塞，女人造酒而不醉，男人醉之，故大禹说，早晚有因嗜酒而亡国的人。从帝女、卓文君，到杨贵妃及众多胡姬，女人与酒难解难分，酒是女人的心思，女人是酒的化身，女人就是酒。

我说弟兄们，跟我一起发个誓，往后咱不跟女人拼酒，行不？

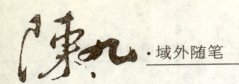

带一本书上飞机

从纽约回北京，快上飞机了，才想到路上应随身带本书看看。十几个小时不落地，僵硬的姿势，令人作呕的饭菜、噪音，还有无论如何都找不着北的感觉，想起来浑身就起鸡皮疙瘩。可带哪本儿书呢？我把书架上的书翻过来掉过去，拿不定主意。最后还是决定带上阎连科的小长篇单行本《夏日落》。阎连科这个名字早有听说，他是二炮的军旅作家，军队和农村题材是他的亮点。去年友人送给我两本他的书，一本是《坚硬如水》，再有就是这本《夏日落》。

我先看了《坚硬如水》，深感阎连科是位颇具个性的作家。就看这题目，水怎么会坚硬？可阎连科就样富于想象力，他的文字像上了弦似的，一旦开动就停不住，由着性子走，无论是议论还是抒情，非到尽兴不罢手。看得出来，他是个壮怀激烈的人。读他的作品，不论故事如何，就说语言，仿佛是激情拧成的绳子，一个疙瘩一个疙瘩往前延伸。在他的作品中，你既感觉到行云流水，更有骚动不安，你很难发现缠绵悱恻，却每每遭遇赤裸独白。他推动读者的，绝不是江南水乡的滑腻柔靡，而是关中汉子的粗犷野性。大段的倒装句排比句和形容词，就像刹不住闸的载重卡车，甭管是老词儿新词儿，《人民日报》社论还是《毛主席语录》，一股脑往上招呼。你会皱眉，你会微笑，你会为之震撼。

然而他的《夏日落》却又是一番景象。在阎的作品中，《夏日落》仅是个小家伙。它薄薄一册，像本诗集。人们叫它小长篇。这恐怕又是个新词儿，大概指那些介于中篇和长篇之间的作品。如果说阎连科的其他作品是他的儿子，《夏日落》则是他的女儿。女儿是水，阎连科在这个小册子中投入了浓厚的浪漫和柔情。

这是个讲连队生活的故事。用作者的话说，"这几天，某某连发生了两起天大的事情，先是枪丢了一支，然后兵又死了一个。"看看，阎连科呀阎连科，你有话为啥就不能好好说，不就丢了支枪死了个人，干嘛非要反过来说。接着，作者并没在死去的战士夏日落身上过多着墨，而是笔锋一转，围绕连长和指导员在处理这个事故上的利益冲突和心路历程将故事展开。

这两个人是对越反击战中生死与共的战友，命拴在一起，血凝在一块儿。可此时此刻，他们都面临着要么晋升要么退伍的"生死抉择"。夏日落的死，使表面上一团和气的关系顷刻紧张起来，把他们一下抛入人性冲突的煎熬之

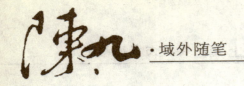

中。他们曾尝试相互忍让，却无法承受悲惨的后果。他们也曾互相拆台，然而每次面对彼此，心都在流血。其中，连长有了艳遇。他喜欢那个追求他的女孩儿，可心里又放不下老家的妻子。责任和欲望的冲突在这里百转回肠，无论是拒绝还是给予，都不等于失去或得到。冥冥之中的气数总把最该发生的事情放在最不该发生的时刻。突然，上级决定他们所在连队因裁军而被撤消。他们还能找到丢失的自我和彼此吗？

　　我无法揣摩阎连科写这个故事时的心情，但我可以感到他骨子里温情浪漫的一面。把故事编排得如此精巧，把人性描绘得如此细腻，在他的作品之中，《夏日落》堪称一绝，仿佛一双粗大的手将锦线从绣花针上轻轻穿过，或是慢慢解开女人的纽扣，不为一泻千里地占有她，而是在她起伏的肌体上抚摸，每一个毛孔，每一寸土地。连队生活在他笔下一下失去了以往读者熟悉的典型性，士兵和老百姓的界线仿佛并没有那么遥远。生活是世俗的，人性是平等的，浪漫和美好是短暂的因此也是无比珍贵的。这哪里是写作，分明是新娘子在洗初夜的床单，一点一点一片一片地揉搓，才下眉头却上心头，生怕有所遗漏。故事结尾浪漫得让我意外，那几乎是一次盛装的圆舞曲。连长指导员最后一次整队集合，向左转齐步走。路边的小河像思念一样流淌，河岸那边，连长的情人遥远地向他们挥手。连长忘情地冲进河水向她奔去。指导员犹豫了一下，接着下口令，跟着连长，齐步走！冲突没有了，荣誉结束了，生活赤裸裸了，其实赤裸就是美。

后来这本书被一个朋友借去。一个月过后，我打电话给他，他说，不是早还你了吗，瞧你这记性！我只好又翻箱倒柜地找，还是没有。阎连科把他的"夏日落"藏进书里，我的《夏日落》又在何处呢？

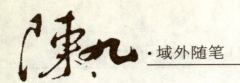
让我们随便聊聊

　　先说好的，回国后看到国内几家主流刊物发表我的散文和小说，有些文章还被选为年度优秀作品。前两天朋友来看我，带给我一大堆杂志，说里面都有我的文章。我高兴十秒钟就过去了。写东西是为了构筑生命记录情感，发表当然好，发不发该写还是要写的。我有冲动写作，却没有冲动推销自己。有些前辈给我一些杂志总编的名字和联系地址，让我寄稿子过去，就说是我推荐的，提我名字。我千谢万谢至今仍未动手。虽然想要，却提不起劲儿去争取。我知道这很矛盾，可一下改不了。

　　坏的呢，坏的就是我知道错了可不知怎么改，这让我烦恼。过去我特喜欢出名，爱臭显，怎么现在成这样了？我很怀念那个沽名钓誉的我，热气腾腾，把揉好的面团放脑袋上戴上帽子，过一会儿就成馒头。那时谁要说我写的东西不好，就会将大刀向"鬼子"们的头上砍去。有一次跟一哥们儿对诗，他一首我一首。这小子号称三岁成诗七岁就章，说九啊，你也不打听打听，跟我对诗的人还没生出来呢。我说你少废话，来。后来他非说我的诗平仄不合，不对了。诗的灵魂是情感，平仄再合写不出清灵劲儿算什么诗。

我真怀念那个时候的我。

我曾试图用唱歌的办法改善。歌儿唱得还行，特别是那首《美丽的草原我的家》，真不是吹，够味儿。牧羊姑娘放声唱，愉快的歌声满天涯。天涯之间有个颤音儿，颤得怎样全凭功夫。可歌儿唱了，木讷被动的心绪毫无改观，这一点远远不如李铁梅同志。况且李铁梅可能从此不想那事儿了，我怎么又有症状，还老想那事儿呢？如果说女人的更年期是折腾，男人的则是煎熬，是内敛自省的苦度，是清风明月的孤独，是无边无际的安静与放手。什么成功出名啊，算什么啊。

读者在我博客的留言褒贬互见。感谢之余遗憾的是，我已告别那个闻鸡起舞的年纪。我是一部蒸汽机车，所有煤炭都被填进炉膛，就这一锅了，一槽儿烂，能烧多久烧多久，能跑多远跑多远。让我再为荣辱而战，像火车头不断地鸣笛，闷闷儿，那也要费气的呀，只能耗尽自己，让幕布更快落下。所以我大多沉默，无论好心人坏心人有情人无情人，让我们像精灵一样神往，把一切滚烫的世俗抛开。

我的多情在我的心里，我的丰富在我的心里，天地悠悠长风板荡，现在我才明白为什么有人曾发出"挥挥衣袖，

141

不带走一片云彩"的天籁。

随便聊聊，其实我随便聊聊的东西比什么都好看。你们知道我最喜欢说的话是什么吗？骂街。谁骗你谁是舅舅搊的。痛快吗？你说你说你说，痛快吗？

兄弟，这就对了。

关于相貌的自卑

　　这次回国一落地就有人告诉我，九兄，你的博客已破六百万点击大关，很多读者对你很好奇，特别是你的相貌。这让我甚为紧张。我这个人什么都好，心眼儿好，洗碗好，倒垃圾好，给孩子看功课好，当然文字谈不上好，凑合事儿。可有一点不行，对不住你们老几位：模样不济。这并非推托之辞，也不是客气，真不行。这一枪算刺到九兄软肋上了，让我血压升高手冰凉，一阵冷一阵热。

　　承蒙不弃，大家喜欢我的文章，让我铭感五内。本想将心比个心，把最美的文字呈现出来，作为回报，也不枉大家的古道热肠。我是这么想也是这么做的。可如果贴出照片，把你们吓得失望而去，不回来了，那我不长恨当歌吗？给你们讲几件真事儿，让你们知道为什么我这么缺少自信。

　　认识我太太时，介绍人对她说，这是陈九同志，工作

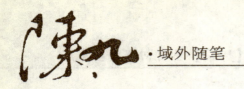

不错，爱写文章。她看我一眼扭头就走，闹我一个大红脸。介绍人马上追出去，问个究竟。回来时他拉着长脸，白眼珠大黑眼珠小，完了，人家没看上你。我就纳闷儿，一句话没说，为什么呀？人家说：有没有搞错，怎么给我介绍个秃老头子。

终于结婚有了孩子。女儿小时候有一次生病，我到药房为她配药。药剂师看过处方，往电脑里输了女儿的生辰八字。本来他是好意，看我一个人等着，怪闷得慌，就找茬儿跟我聊天儿：这位老先生，您给孙女儿抓药啊。我没反应过来，先啊了一声，半天才琢磨过来，他是说我是我女儿的爷爷。晕！告你说吧，那天忘带手枪，否则准上第二天《纽约时报》社区新闻。

还一次，我自己抓药，在另家药房。原来那家我一气之下不去了，什么眼神儿呀，愣说我是爷爷。我爸的岁数，他都不愿意当爷爷，凭什么要我当。不去，坚决不去！让他没生意，砸锅卖铁。所以我换了一家。

话说那一年，那是一个春天，我跨进店门递上药方，本想稳稳当当等着抓药，结果老板一句问话把我噎得背过气去。他也是想为我省钱，看看我说：这位老先生，本店给六十五岁以上老年人打九折，您满意吗？把我气得呀，格儿喽格儿喽地，好，很好。陈叔很生气，后果很严重。你不给我九折你是，下面的话没出口，你自己琢磨吧。结果他往电脑一输我的生日，唉，不对啊，您差得远啊。这我可不饶他了，别介，你不是指天对地说要给我九折吗？咋变卦了？老板一个大红脸，忙说，好好，不过就这一次，

144

下不为例。

　　我知道很多人开博客都贴照片，一贴好几张，穿衣的不穿衣的，人家那是有本钱，能比吗？你们说，啊，你们说说，我要给你们一个爷爷模样，天地良心，你们谁还到我这一亩三分高粱地来玩耍，谁稀罕陈爷爷啊。我我，那我还不与时俱进啊，错了错了，是五内俱焚啊。

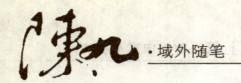

梦里不知身是客

　　我好做梦，回到北京也不例外。但我做梦很少有成章成段儿的，都是这一点儿那一点儿，小猫拉屎，怎么也连不上。说连不上也不全对，连不上愣连。比如昨夜有梦，日俄海军在我旅顺口开战，干得很凶，你一枪我一炮互不相让。开始我未觉出，被其争吵吸引，试图弄清根由。突然恍然大悟，管他为何，他是在老子地面上打仗，砸得是老子的场子，客厅那些古董被他们摔落一地，脚都下不去。这还了得，老子一气之下把他们全都撵出去。客人欢迎，喝茶吃瓜子儿，吐一地皮儿也无大所谓。打仗不行，无法容忍。有人说当年李鸿章是万般无奈，你要是他也那样。呸，我要是他早自杀了。

　　还有梦二。说是一个雨夜，我睡在当年我们人民大学图书馆楼下，屋檐雨水滴滴答答，像弹钢琴的手指，这根下去那根上来，奏出不同音阶。我围着一床被子，旁边有

146

一老者，与我交谈，说什么记不清，很悠远。我不断背咏一词，"少年听雨歌楼上，红烛昏罗帐。壮年听雨客舟中，江阔云低，断雁叫西风。而今听雨僧庐下，鬓已星星也。悲欢离合总无情，一任阶前点滴到天明。"不知是我在演绎宋词的境界呢，还是人生真有千古不变的悲怆情怀？甚为困惑。

再有梦三，不好意思说，沾女色。说的是当年我当铁道兵修铁路，最大痛苦并非危险艰苦，而是干完一天活儿没地方洗澡。梦里看到山下一所大房子，窗户全开在顶棚，玻璃好像八百多年没擦，落满尘土，因此光线昏暗。屋子中间是个大水池，冒着热气。我们一帮臭当兵的脱了衣服噼里啪啦跳下去，热情洋溢地洗起来。突然远处传来女人声响，还没弄清怎么回事，一群女兵就闯进来。她们根本视我等为无物，也脱了衣服噼里啪啦跳进池子大洗起来。我们坐在一侧，她们坐另一侧。大家面对面交谈，就像平常一样。透过水波，可以看到因光线折射而变形的躯体，恍若神话般飘逸。其中一女兵不肯脱衣，穿着军装戴着领章帽徽泡在水里。我对她说，如果我在战场上负伤，决不让你救护。她诧异，为何？因为你把个人面子看得至高无上，不会为伤员付出一切的。她脸赤红，低头不语。突然，也脱光衣服跳了进来。这时，外面传来十班长刘贵堂的喊声，"还没洗完！别人都等着哪，快点儿。"十班长是安徽舒城人，胡适的老乡，看来胡适家乡的人不都有学问，就像湘西出来的不都是沈从文一样。

沈从文也当过兵，他作品中诸多情节都与士兵有关。

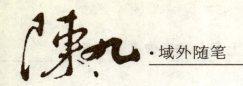

　　那时的文字只要谈到人，都会与地域紧密相连，哪省哪县，哪乡哪镇，文化连着土地和河流，其实我们最早是从土壤里像大葱一样长出来的。我的根只有往下扎，我们的精神才能向上长。没有根基就没有精神。没有精神就没有希望和尊严。我老家那个村儿原来很热闹，紧挨着大运河。来往客商会买我们村儿编的草席和烧的砖。我沿在运河奔跑，唱十八摸，冲穿红袄的小闺女儿做鬼脸。我爸带着队伍骑着马，呼啦啦扯一面大旗……

　　坏了，又做梦了，我做梦不分白天黑夜。此为梦之四吧。

假如"范跑跑"在纽约

　　这次回国听大家谈论"范跑跑事件",问我同样之事如果发生在美国,比如美国一位中学老师,在地震发生之际不管学生自己先跑掉,会怎么办?这么着,咱免去所有道德议论,就假设"范跑跑事件"发生在纽约,用国际接轨的办法跳出迷云,看该事件到底该是怎样一回事。

　　现在"范跑跑"是纽约市某公立中学的班主任。5月12日,纽约突然发生8.0级强烈地震。其时,范老师正给学生上课,讲述华盛顿的故事。一天,英军进攻联邦军阵地。当时大雪纷飞寒气逼人,有个士兵被冻得哭泣。华盛顿见状,毫不犹豫脱下大氅披在士兵身上。范老师刚讲到此,只听轰隆一声,地震了,四处墙倒屋塌一片狼藉。范老师大喊一声:地震啦!边喊边自顾自朝教室外跑去。学生们惊呆了,不知所措。瞬间,他们纯稚的思维闹不清此时是下课还是没下课,是该往外跑还是留在原地等候。这时震

149

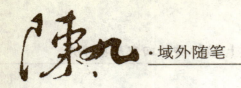

动越来越大，学生们发现范老师再没回来，也开始一窝蜂向外跑。说时迟那时快，只听咔嚓一声，房塌了，几个学生被砸在里面。

美国各主流媒体第一时间现场采访。当记者询问惊魂未定的学生当时发生的情况，学生们哭诉道，他们有几个同学被砸到了，现在还在废墟里。那你们的老师呢？他跑了。跑了？他怎么跑的？他一发现地震就跑了。你是说，他第一个跑出教室，没管你们？对，他第一个跑的，没管我们。你们老师叫什么？"范跑跑"。记者转身面对镜头用不可思议的语气报道：据公立高中学生们说，他们的班主任"范跑跑"先生，在地震发生瞬间，只顾自己逃命，把一班学生扔在教室里，没采取任何救助学生的行动。我再说一遍，没采取任何救助学生的行动。

第二天，死难学生的父母及代理律师，在他们各自选区市议员、州议员和联邦议员的带领下，在纽约市政府门前集会，抗议市政府没有尽责保护在校学生的人身安全。他们要求市教育局解雇"范跑跑"，由州检察官提起公诉，并追究市政府在学生死亡事件上的责任。参加集会的还有，纽约犹太人家长会、纽约爱尔兰裔家长会、纽约中国人家长会，以及几十个民间团体的代表。

几天后，市长布隆博格和纽约州检察官办公室召开联合记者会宣布，纽约市教育局已解雇了"范跑跑"，范已在他新泽西州的姐姐家被捕，州检察官办公室正以渎职罪、妨碍公共安全罪、藐视法律罪、潜逃罪、不配合警方调查罪等十八项罪名提起公诉。最高法院纽约南区巡回法庭已受理了该项起诉。市长还宣布，纽约市将为地震中死亡的学生举行全市公祭，市府主要机构门前将下半旗志哀。

一个月后范案开庭。"范跑跑"的律师辩护说，人本性都是自私的，"范跑跑"在灾害发生时为自身安全着想没错。纽约州检察官在对陪审团最后陈述中说，陪审团的父老乡亲们，我是一个父亲，我有一个十五岁的女儿，和"范跑跑"的学生同龄。我只想问一句：你们，有孩子吗？法庭内一片寂静，很多陪审员流下眼泪。最后陪审团宣布决定："范跑跑"有罪。法官在宣布量刑时说，别跟我说什么本性，这是对人类文明的蔑视和挑战。如果讲本性我们应回到丛林时代，如果讲本性你"范跑跑"恐怕活不到今天，更别说受教育成为一名教师。在这种时刻用本性推脱是怯弱的表现，是无耻的象征。我宣布，"范跑跑"将得到法律许可的最严厉惩罚，他必须在监狱服刑满十五年后方可保释。退庭。

紧接着，纽约市教育局长宣布辞职。"范跑跑"所在高中校长宣布辞职。死难学生家属的律师团提起对纽约市政府的集体民事诉讼，索赔超过一亿美元。最后达成庭外和解，以对每位死难学生赔偿五百万美元达成协议。此案终结。

以上假设均按纽约市实情考量，欢迎各专业人士提出挑战或补充。

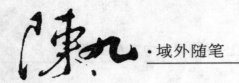

再看《卖花姑娘》

　　这次回国赶上件巧事。时隔三十多年，朝鲜歌剧《卖花姑娘》再度赴华演出并引发极大反响。这让我感慨良多，在温饱之后的今天重温这部歌剧，心情是复杂的。

　　我们这代人是唱着《卖花姑娘》长大的。1972 年我在部队第一次看以歌剧改编的电影《卖花姑娘》，当时很多战友包括我自己，电影没演完就会唱里面的歌了，回到营房已是歌声一片。副连长说，小陈，上次让你背毛主席著作《愚公移山》你说背不下来，怎么《卖花姑娘》一学就会？不行，你要不把《愚公移山》背下来就不许唱《卖花姑娘》。没辙，为唱歌我只得咬牙跺脚给背了出来。

　　本以为很遥远了，几乎可与春秋战国并列。那时的生活与今天完全不同，我们拿着最低的津贴费，却从事着最艰苦最危险的工作。我们可以用一百天打通近千米长的隧道；可以光着身子在深秋的河水里连续工作两小时抢修桥梁；为救战友，我们可以两个人轮番背他，徒步跑二十里地，把他从死神手中夺回来。我们做过的太多了，可上九天揽月可下五洋捉鳖，那时我们就不信还有什么我们不能做的，因为我们心中有个梦想，有种精神，要把青春溶入到为更多人幸福的事业中去。

有人会问我为什么那么傻？为什么做这赔本的买卖？你那时沾过女人开过大奔吗，如果没，要就这么死了多亏呀。我要有你当年的劲儿，早成大款了，起码也是外企部门主管，超女也行。你们那时的青春呀，嗨，糟蹋了。

当朝鲜的《卖花姑娘》再度来华公演，我不由想起这些往事。这不仅是怀旧，更充满恍如隔世的感慨。说真的，那时看这部戏，印象最深的是戏中美妙的音乐，至于剧中一个阶级压迫另一个阶级，富人不择手段欺负穷人，反倒感觉一般。因为那时生活完全没有与此相联的参照物，什么地主什么压迫，大家生活都差不多，当官儿的又怎样，危险来临还不是班长排长抢先上，牺牲也先牺牲他们。

今天当《卖花姑娘》再次扑面而来，看着这部戏，观众心里的感觉或许不仅停留在艺术层面，还会向更广的想象空间延伸。新闻报道中用了"掌声雷动"，"潸然泪下"，"宣泄情感的机会"这样的词汇，只有强烈共鸣才有这样的效果，何况观众中老中青皆有，绝非怀旧二字能说清的。历史在回旋中前进，没人想让时光倒流回到老路上去。可此时此刻，面对《卖花姑娘》中被地主逼得走投无路揭竿而起的花妮，她的瞎妹妹，她哥哥，伴着优美伤感的旋律，我们就不该对未来的路深思片刻，细想三分吗？

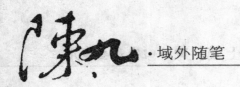

扫拉扫扫，斗来米米，斗米扫，扫米来。卖花来哟，卖花来哟，花儿好，红又香。我那时要用这个记忆力背英文单词儿，如今就能，就能，就能怎样，就能比美国人还美国人吗？如果真是如此，那才真是"嗨，糟蹋了"。我记住的何止是几首动听的歌曲，还有一双历史的眼睛，这里的坚韧丰厚之感，岂止是几枚轻飘飘的英文单词儿比得了的。

祝你新年快乐

　　回国正赶上过元旦。每当新年来临之际，我都强烈感到时光飞逝。一年光阴这么不经过，说完就完了。时光一快就难免怀旧，浮想联翩。有人说没有回忆就没有美好，就像没有共产党就没有新中国一样。美好是被回忆打下的江山，回忆只赢不输。

　　本来只想过去一年的事，上班路上曾遇到个乞丐，他的微笑让我痴迷。为什么如此祥和的微笑会来自乞丐而不是我？我对着镜子使劲儿照，希望找到线索，我做出很多笑，都不够祥和。回国探亲看到老朋友，特别那些女的，年轻时多美啊，怎么嫁的老公一个比一个傻，早知这样我怎么当时没追呢。对故土的回忆离不开女人，没有女人回忆就飘了，扎不下根。

　　回忆是上瘾的。一旦开启就停不下。从去年到前年到公元前500年，那时我在北京府学胡同小学上学。错了，没

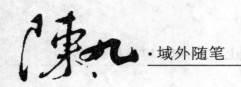

到公元前 500 年，是公元后 500 年，也不对，那我就快和李杜拜把子了，甭管多少年，反正从前有座山，山里有个庙，庙里有个老头讲故事，我就是那个老头儿。

我仍记得当年胡同里的泥土湿润得泛着绿苔。很多现在称为古迹的，那时都不算古迹。比如文天祥祠堂，还有他亲手所植的向南槐，就像自己家一样随便出入攀爬。那时的生活和历史没界线，是历史的连续，我的感觉也是连续的，我抓到过历史的尾巴，感觉过梅兰芳老舍那个年代的气息。据父亲讲，我两岁那年，随他在天津的中国大戏院看梅兰芳演出，他在台上唱我在台下跑，跑着跑着把脚卡在坐椅里，大哭起来。台上梅老板不得不停戏，据说当时他来了几句新词儿：先把孩子弄好，他的脚没事吧？我父亲抱起我就往外跑，怕搅了梅局。那时看梅老板的戏不像今天这么神圣，时光荏苒，美好的东西离我们越来越远，远到几乎神话的地步。

镜头一拉，又回到美国，俄亥俄州的雅典镇，小得像枚纽扣儿。我为英文发愁，坐在教室门前哇哇大哭。有个老美女生问，你哭啥？我说你怎么说中文？她说她会一点儿，你哭啥呢？后来我俩常见面，在图书馆看书，在语音室听磁带，我听英文她听中文。一次我们一块儿看一本画册，里面有好多女人的裸体，我说这很下流，愣把女人奶头画成粉红的，哪有粉红的奶头！她吃惊地望着我，你怎能这样说呢，女人奶头为何不能是粉红的？当然不是，比粉红深多了。她哗一把撩起上衣，看，是不是粉红的？我整个傻了，只出气没进气。可不真是粉红的……

　　我们连的副指导员，再回到铁道兵年代，平时老对一个叫王太宾的湖北兵不好，嫌他什么都不会，总把最脏最重的活儿给他干。王太宾寡言，口头语是"你好灵活呀"。这是湖北蕲春话，他一赞赏别人就说这句。有一次塌方，副指导员被堵在落石后面。如果落石滑动，副指导员就没命。王太宾提一根撬杠上去，哇一声把落石撬起一道缝儿，副指导员从里边爬出来。刚出来，正和外边的人打招呼，只听啊一声，转身看，王太宾一口鲜血喷出来，死了。我们上山安葬他，被副指导员用手枪顶着脑袋逼下来。他说他要一个人安葬王太宾，别人不许插手。他在山上三天三夜，打出一块石碑。我们上去时，他已昏迷，左手大拇指只剩下白骨，砸烂了。

　　对不起，大过年的，我怎么像发神经病一样。写作者和神经病的区别是后者吃药前者写作，目的一样，试图活得正常，不用人照顾。我以真诚面对自己，也以真诚祝福大家，让我们来年愉快，分享更多美好时光。

我对北京奥运会的两点遗憾

    一是吉祥物，二是歌曲。

    先说这一。本届奥运会的吉祥物为五福娃，五个小孩儿，名字分别来自"北京欢迎你"这句问候语。首先说他们的造型风格，太陈旧了，取材似乎来源于中国民间的剪纸艺术，但因缺乏想象力，五个孩子模样太过雷同，造型太过匠气，以致到呆板的地步。看去虽可爱，可是太甜腻了，完全缺乏活力和动感，极大背离了奥林匹克运动的竞赛精神，也体现不出走向崛起的新一代中国年轻人舍我其谁的大气魄。实际上，这种充满装饰性的造型风格，可从20世纪70年代很多工艺美术设计中找到身影。简单地说，从整体风格上说，创作者没有掌握好时代的脉搏，创作理念太过老化，并且缺少激情。

    还有，奥运吉祥物是标志性艺术。标志性图案的要求是简练概括。就像某些产品既有商标，又有标志物。比如日立电子产品除日立固有商标外，还有个日立宝宝。米其林轮胎除商标外，还有米其林娃娃。奥运会也差不多，有"北京印"作为"商标"外，再加福娃，一静一动相得益彰。令人不解的是，有什么必要非弄出一群娃娃来做标志物呢？这个吉祥物要的就是浓缩概括，一出现就把北京奥运会的本质精神带出来。结果你哗地冒出一群，幼儿园小班登场，怎么能概括呢？没有概括就没有感染力和代表性，就无法达到吉祥物本身所要求的艺术效果。最主要的，这一群孩子，往哪儿摆往哪儿放？放一个不完整，放五个又太占地方。不知大家注意到没有，在北京奥运会开闭幕式上，基本没怎么看到福娃的倩影。有是有，并没把他们放在突出位置。道理很简单，艺术上不洗练，杂乱无章，所以实际运用上就很不方便。

再说歌曲。我们大家等待奥运歌曲很久了，从2001年中国得到奥运申办权那天就开始等待，可等来等去等到的结果远非令人满意。就以开幕式主题歌《我和你》为例，为什么要采用四拍子节奏的缓慢风格呢？这种风格悠扬平稳，常用于组曲，"雪皑皑，夜茫茫，高原寒，炊断粮"，《长征组歌》中很多带有咏叹成分的曲调都是这个格式。这种风格还常被用于宗教唱诗，天主教基督教的祈祷日上，经常可以听到这种和缓深远的歌声。不是说四拍子不好，歌曲本身无所谓好坏，关键是合适不合适。奥运会是激情迸发的时刻，是青春洋溢的天堂，这是一场各种文化尽情交融的嘉年华，一次狂欢、一场热恋、一部石破天惊百舸争流的大动荡，人们的心都被奥运之火烧热了、着火了、

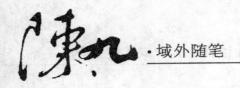

冒烟儿了，马上就爆炸了，要把一切肮脏政治种族纷争踢它个底儿朝天，怎么茬儿，在这紧关截要时刻，你突然玩儿假深沉，唱起赞美诗，这不是给大家头上浇一盆凉水吗？

我估计曲作者一定把奥运理解为一种神圣得近乎宗教的仪式，所以才在四拍子上做文章。奥运恰恰不是宗教，奥运本质是世俗的，是用人类最基本的世俗价值暂时取代所有宗教偏见的时刻，可以说，是无宗教的。奥运奥运，大家来此就为在公认的游戏法则下争名逐利，奥运的精髓正在这里：只要尊重规则服从规则，我们永远可以找到共同语言，可以相互理解，不必付诸战争。和平交流，凭本事混脸面争排名，这就是奥运精神。这是再世俗不过的价值观，跟超凡脱俗的任何宗教教义不搭界。奥运要展示的就是人性的原始冲动和善良初衷，是人的热情和欲望，在这个时刻放赞美诗唱咏叹调，真不合适。

那该放什么呢？圆舞曲，就得是三拍子的圆舞曲。砰嚓嚓，砰嚓嚓，听着你就想跳就想转，就想走近谁搂住谁，跳啊唱呀，尽情表示你的美好意愿。大家今宵相聚就为狂欢而来，今夜无眠，长醉不醒，让朴实本能的人性光辉与天同在。谁说世俗不能永恒，世间永恒的东西都是美好的世俗。我们想象一下，如果开幕式上刘欢和那个洋妞儿唱起圆舞曲会是什么景象？全场沸腾！大家一定会情不自禁地蹦呀跳呀，扭啊唱啊，不分性别不分种族不分老幼，那，那，那是什么劲头！

唉，我的两点遗憾，两点遗憾呀！

跨过女人河的男人

　　一说跨过什么河就不得了了。德军当年跨过第聂伯河，斯大林格勒就危在旦夕了。后来苏军又跨过多瑙河，柏林干脆就投降了。长征时红军四渡赤水，渡就是跨，来回跨了四次，国民党军就愣没追上。前些日子有部电视剧，《趟过男人河的女人》，趟跟跨差不多，主角叫杏儿，一趟过去就成功了。

　　最近回国与老友重逢，欢聚一堂龙飞凤舞。每次回国印象最深的就是，一切都变化太快。平常总说"物是人非"，这里是人非物也非。就说喝酒吧，去年回来还喝白酒，烈性酒，这次却没人喝了。我正酝酿情绪准备大干一场，上次他们几个要诡计将我灌倒，这次非报一醉之仇，这回咱男对男，不跟女人拼酒，否则毫无可比性，不算真本事。

　　当我跃跃欲试，发现端上来的净是红酒。我说这怎么

回事，白的呢，谁怕谁呀，茅台五粮液呢？人家将我扶回座位，九兄九兄，稍安毋躁，我们现在都"三高"，医生不让喝白的。"三高"？就是血压高、血脂高、血糖高，医生说再喝白酒小命儿就没了。骗人，少来这套，去年你们灌我时怎么不三高呀？去年是去年今年是今年，中国的事一年等于二十年，好事坏事都一样。最后没办法，只好按他们的规矩喝红酒，长城红葡萄酒，味道干涩，有些像纽约长岛的酒。

酒终归是酒，几杯落肚话还是多的。与以往不同的是，谈国是的少了，聊养生的多了。过去老说北京人喜政治，比如外地人在北京问路，王府井咋走？北京人说，往前走就到了。好好，谢谢。等一下，北京人一把拦住他，您打哪来？俺打山东来。山东呀，山东人民的生活还好吧？你说山东人民好不好关你屁事，你管得着吗？现在不同了，人们更理性更现实，跟他们聊天，虽然也在酒后，但觉得不那么浮躁了。他们更关心自身生活，像我这些朋友，聊起养生一套一套的，什么芹菜是降血脂的，南瓜是降血糖的，还有协助竞走，什么是协助竞走？就是撑一对好像滑雪用的撑杆走路，说这样可以减轻腿部压力不伤关节，因为人到中年骨头变脆，需要保护。真搞得我一句话都插不上，像个白痴。

我借着三分酒意问，你们还那么胡疯乱造吗？你是指女人？人家丝毫都不回避。对对，刘立不是正为上次那个女孩儿离婚吗，怎么样了？刘立，离婚？那家伙比猴都精，能离婚？九兄呀，你太落伍了，都什么年代了，谁还打算离婚呀，中国男人的这一页翻过去了，玩儿归玩儿闹归闹，打死不离婚。你想想，一辈子挣下的家业，凭啥为个小女子糟蹋了，女人还不都一样，值得吗？

那如果人家真爱上你呢？我问。

快拉倒吧，她怎么不爱捡垃圾的呀？只有老夫老妻经过考验，最可信，也是老来最能依靠的，这是中国男人用多年惨痛教训得出的结论。老妻似母，只有跟你一起养过孩子走过坎坷的结发妻子，才能像母亲一样包容你疼爱你，就是当着那些小妞儿的面也敢这么说，逢场作戏可以，离婚不行，这是底线，没有这个共识就赶紧打住，千万别表错情，瞎耽误工夫。

我呆住了，无言以对，缓了片刻才冒出一句：终于跨过去了。什么，九兄你说什么？我是说，你们跨过去了。跨过什么了？女人对男人来说是一条河，有些男人沉在里面，而你们跨过去了。对对，跨过去了，我们绝对是跨过女人河的男人，来来，为跨过女人河干一杯。

酒净杯空。朦胧中，我突然觉得眼前晃动的人影好恐怖、好遥远。

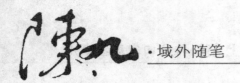

"京本丧"与"离无累"

　　看懂啥意思了吗？何谓"京本丧"或"离无类"？反正一开始我没看懂。回国期间每日读北京的报纸，两页间的夹缝必刊广告数则。有治性病的，比如花柳白浊一针见效，不见效不收费。废话，人都快不行了，不收费管屁用。还有就是本文题目涉及的一类，"京本丧"或"离无累"。

　　开始以为是谁故意拽文，弄几句文言在此卖弄。可细细琢磨，怎么也找不到这些文言的出处。京，一般指都城，比如北京、南京、东京，北宋国都汴梁也称东京，宋人笔记《东京梦华录》，作者为孟元老，说的就是汴梁之事。本，文言常用作基础，民为邦本，民众是国家之基础。丧字最容易解释，就是死了。那京本丧应该就是"京城的基础死了"，什么意思，京城的基础凭什么就死了？没看懂。

　　再说这"离无累"。离字古今差异不大，都表示分开。诸葛亮在《出师表》中有"当今远离"之句，即此意。无，指没有。荀子在《法行》一文中有"无内人之疏而外人之亲"句，就是这个用法。累字稍微复杂，有疲劳、连及、重叠等意。例句甚多，容不赘述。这仨字放在一起听上去是"离开没有负担"，既然没负担你登广告所为何来？还是没闹懂。我不禁感慨，年年都回国探亲访友，还是追不上中国的变化步伐，连中国字都看不懂了。

我带着这个"伤感"的问题继续读下去，一字字地读广告内容，非弄清到底说的是什么。经反复比较，加上请教老同学，老同学听了我的问题哈哈大笑，说广告里不是有电话号码吗，你打个试试就知道了。我说这好像是征婚广告，不好瞎打电话。你猜对了，正是征婚广告。哇，果然如此，幸好没打。

最后总算像破译密码似的搞清楚了。"京本丧"、"离无累"均为征婚广告的标题。京指北京，本指大学本科文化，丧是丧偶。加在一起就是：一个具有北京户籍，大学本科学历，并且配偶已故的男人或女人，寻找伴侣。同理，"离无累"的意思是：一个离婚的，但并无子女拖累的男人或女人，征求另一半。这么一大串文字，愣用三个字表达出来，若无人指点，很难准确理解其中奥妙。比如这个"本"字，怎么就知道代表大学本科学历呢？

弄清之后我的心情不免有些复杂。一方面深感中国语文之奇妙，三个字能代表千军万马，这是所有人类文字中所独有的，起码英文就不行。英文简写是靠大写字母，但由于每个字母本身无意义，所以这种简写需要重新界定，以免重义。西方文字靠的是逻辑，而逻辑并不能解决所有

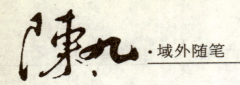

表达问题。另方面我亦感到，市场经济对效益的追求，使丰富的中国文字正走向简单的标签化。征婚本多情之事，"君家居何处，妾住在横塘，停船且借问，或许是同乡"，当年怀春女子，连调情都五言四句，而"京本丧"、"离无累"则体现着物质交换的明码实价，中国文字的浪漫风情正被金钱挤得无地自容，几成末路绝响。

有趣的是，当我将这些看法与老同学分享，他们很不以为然。说，你不觉得"京本丧"、"离无累"既合辙又押韵，颇具《三字经》神采吗？不必担心浪漫呀多情呀，浪漫大多数是市俗的，没有市俗就没有浪漫，这才是文明进化的动力所在。

回忆参加国庆十五周年游行

　　这次回国朋友对我说，能帮我搞到票，让我参加中华人民共和国六十周年华诞的庆祝活动。我说算了，别麻烦了，这是国家活动，谁参加不参加都有规定，怎么连这都能走后门了？在我看来，参加国庆活动，什么都比不过跻身于游行队伍或乘坐彩车，从天安门前通过。可这事咱愣干过，那是 1964 年，我参加了国庆十五周年的游行，当时我在北京府学胡同小学上学，有幸被选中乘彩车通过天安门广场，接受毛主席、周总理等领导人的检阅。

　　我被选中并非因走后门，那年月可不兴这一套。府学胡同小学一直是欢迎外宾的主要力量之一。就在十五周年国庆的那年早春，我就被选中参加在首都机场欢迎罗马尼亚共产党总书记乔治乌—德治的欢迎仪式。我估计与此背景有关，选游行的和选欢迎外宾的是同一机构，他们觉得我们保险可靠，所以捷足先登了。

167

　　暑假前我们接到通知要参加国庆游行，到底参加何种活动并未讲明。被选中的有五男五女，第一件事就是学校开证明，购置服装。那时买衣服要布票，开证明就不要，因为是因公。男同学需穿白衬衣蓝裤子，我买了一件出口转内销的府绸白衬衣，很洋气，尺寸偏大，还拿到裁缝店改小。裤子我没买，是用我母亲一条藏蓝纯毛哔叽的旧裤子改的，特气派，裤线熨得能拉手，加上黑皮鞋，还有一条纯丝的红领巾，风一吹哗哗地飘，绝对帅哥。就因为太帅，后来吃了亏。

　　最后能上彩车的，我们学校两名，我和另一女生，其他同学都参加在广场上队列组字。彩车中间是花篮，上写"好好学习，天天向上"，同学们站在四周，手举花朵向天安门示意。就因为我穿着比较特殊，太帅了，老师非说我脱离群众，排位置时把我排在花篮背面，我被挡住，既看不到天安门城楼，天安门城楼上的人也很难看到我。我不干，闹脾气。可他们说再闹就回家，把我吓得马上老实了。

　　"十一"那天北京好天气。早上很凉，我们五点钟就在北京站那边等待。每人发一个圆面包，里面有果脯那种。有个同学要撒尿，老师只好带他到附近胡同里的公共厕所解决。天大亮后大家归队，不吃不喝更不许上厕所。这时远方传来音乐和口号声，"我们走在大路上，意气风发斗志昂扬，毛主席领导革命的队伍，披荆斩棘奔向前方"。接着游行开始，虽然还没轮到我们，但已经可以感到跃跃欲试的冲动了。什么冷啊热啊，吃喝撒尿呀，都忘了，感觉不到了，我们热血沸腾心潮澎湃，心里荡漾着万丈豪情，就等通过天安门广场。

通过广场大概是在十点快十一点的样子。天气大晴，秋高气爽，广场上人山人海，汇成蓬勃的海洋。尽管那时我才九岁，但心底油然升起强烈的自豪感，感到作为一个中国人特光荣，特了不起。我虽然被挡住，但彩车进入广场之际，还是能看到天安门城楼。我看到一排人，分不清谁是谁，我只盯着主席看。他好像穿着灰衣服，个头最高，两边的都比他矮。还没看够，彩车已到天安门城楼前，我的视线被挡住，看不见了，好郁闷，眼泪一下流出来。

那时国庆游行，没什么戒严管制之类，也很难看到警察。生活尽管不富有，但人性坏的一面很收敛，阳光的一面很宣泄。当天游完行，我们大家在礼士路一带就地解散，一帮孩子蹦啊跳呀自己往家走，有公车也不坐。我家那时住在铁一号，挺远的。路上不断有人告诉我们该怎么走，哪里能抄近道。到家已是下午，我换了衣服就和几个小子疯去了。

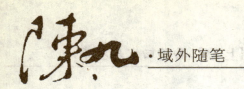
回国交流三大累

　　过去有古曲《梅花三弄》，传说源于东晋的桓伊，一弄如何，再弄如何，三弄又如何。《金瓶梅》时代还唱过，后来竟失传了，潘金莲能名垂千古，名曲却烟消云散。由《梅花三弄》想到我这次回国的感受，也应了这个"三"字，不知是国内变化太快还是我变化太慢，在与人交流方面，多有迷惑之感，略括有三。

　　一曰反话正说。常听正话反说，喜欢的说不喜欢。黛玉看宝玉进门，带来北靖王的蕶衣，心中欢喜嘴上却说，什么臭男人用过的，拿走。老婆事后对老公开玩笑，给你个二奶名额要不啦？明明想要也得说，不要，只爱侬一个。这种趣事司空见惯，是生活点缀。但此次回国遇到的反话正说却让我尴尬万分。

　　那日，刘立带我赴一饭局。席间有一袁姓者，此君虽说身价数亿，言谈举止却儒雅有加，颇似学者。他说他曾在纽约的森林小丘住过，就在奥斯汀街那家著名的比萨店对面。这让我顿生他乡遇故之感。分手时袁君又说，九兄，过两天请你吃饭，咱再聚。我喜出望外，连声称诺。两天后没动静，再两天仍无消息。我问刘立何故？刘笑翻，哈哈哈，你太傻了。说过两天请你吃饭，只要没定时间地点就是人走茶凉，跟您拜拜哪，您还真等呀？我面红耳赤，恨不得找个地缝儿钻进去。

二曰说了不算。明明定好的事，说变就变。刘立的妻弟小许据说神通广大无所不能。刘立托他找找关系，带我到当时尚未开放的鸟巢体育场和水立方游泳馆参观。小许满口应承，这算什么，明早九点我去接你们。

转天一早，我特意打扮得挺酷，虽说人到中年，其实最要打扮的正是上不上下不下的中年人，男女皆然。眼看九点已过，我打刘立的手机，他竟说，今天恐怕不行了，小许刚来电话，说他车坏了。既然如此为何不早告诉我呢？好吧，车坏了可以理解，我们又定在两天后的同时间，还是小许来接。不料两天后故曲重弹，又是我打电话给他们，这次的理由更绝：小许出差了。我一听甚为不悦，如果做不到为何要许诺呢？就算计划赶不上变化，可变化也太多了吧，还有可靠的吗？刘立劝我，九兄，为这点小事生气你就甭在国内待了，中国的事情都是在翻来覆去中前行的。我大呼吃不消，索性彻底取消了所谓参观计划。

三曰，这个三曰我找不着词，跟女人有关。刘立带我到梁女士家吃饭。这个梁女士拥有一处大四合院，中外西内，还带一间歌房。吃完饭大家唱歌跳舞，闲聊间，梁女

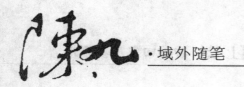

士对我说，九兄啊，你特像我认识的某某某，特像。我一时语塞，没作声。事后刘立质问我，你什么意思，你为何不给人家梁女士面子？我，我没有啊。废话，你不知她说的某某某是她以前的男朋友吗？我怎么会知道？行了吧你，她这么说是对你有好感，你怎能不理不睬愣把她晾着，真让我里外不是人呐。刘立还说，他本想替我拉拉场子，多认识几个京城的名人，这下倒好，认识的不如得罪的多，九兄，你幸亏没回来混，否则连粥都喝不上。

是啊，我也深有同感。总说叶落归根，叶欲落，恐怕根不在了。

男人是在女人"诱惑"下长大的

回国遇到中学同学，免不了提起当年那些好玩儿的事。你追她她追你，下乡割麦子时，谁谁谁趁机摸谁的手。大家笑红了脸，把天角的云彩都染红了。现在想起来，我们这帮小男生还不是在女生的诱惑下长大的，就像亚当是在夏娃的诱惑下长大一样。我们成熟晚，你们懂的我们不懂，天天看着你们女大十八变，哗一下这儿起来了，哗一下那儿起来了，看得我们昏昏悠悠，昏昏悠悠地长大了。

初三班里有个姓武的女生，人高马大，比我们高一头，要啥有啥，不像一代人。我们不敢跟她说话，觉得自己太渺小。她跟老师关系好，老管我们，我们叫她二老师、二姐，还有叫二婶儿的。你听这意思就能感到发育上的差距。那天上着半截儿课，她突然起身往外跑，手里攥一叠长形手纸。下课后我们几个傻小子凑一起郑重讨论，为什么她的手纸跟我们的不同？我们用方形草纸，她却用长的，还

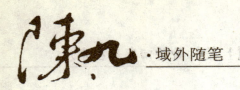

是白色的，凭什么？最后结论是，她能用咱也能用，对，现在咱就去买长的。售货员顺手拿出方的。不，我们要长的。长的，长的也是你用的！凭什么我们不能用？回家问你妈去！售货员们哈哈大笑，来个满堂彩，把我们羞出来。

后来我们终于弄清为何不该用长的，也明白了长与方的差别有其深刻的结构原因。当然，功夫不负有心人，我们还研究出长与方的依存关系，彻底开启了对男女认知的崭新领域。从此再看女生感觉不同了，再看二婶儿眼光也不同了。二婶儿看我们的表情也不同了，再也不当众亮出长形武器了。历史地看，二婶儿亮剑为的就是给你们傻小子上一课，没收学费就不错。

如果说二婶儿的诱惑属技术层面，王大凤的诱惑则是情感的。这个王大凤原先是个小柴火妞儿，没觉出她是女的。跟她打球，挨挨碰碰毫无感觉。可一个暑假回来不对了，她哗了，直线变曲线了，而且打扮也不同，头发又黑又长，原来的小辫子变成大辫子，还遮住耳朵。遮耳朵与不遮耳朵性质不同，遮耳朵叫云鬓，不遮叫傻妞儿。《木兰辞》里有：当窗理云鬓，对镜贴花黄，说明云鬓是情窦初开之象征。外表的变化还不算，王大凤的表情也变了，不跟我们说话，见我们头一低脸一红，眉目间一股那个劲儿，现在才知道叫柔情，蜜一般把我们哥儿几个腌起来。我们开始吃不好睡不着，在路口儿等她劫她，为她打架开瓢儿见血，为她骑自行车跑遍四九城买编头绳儿用的玻璃丝，有些男生为她到现在还谁不理谁，我们至今都不知道谁第一个吻了她，谁把她的长发盘起，谁为她做的嫁衣。

我们终于在诱惑下长大。就那几年，王大凤之流把我们的肩膀急宽了，个子急高了，胸肌腹肌急成青铜状，胡子和那个都冒出来，有的男生还是落腮胡子，可好看了，一副堂堂样。

虽然我们被诱惑了，可我们丝毫不怪她们。今天，当我们远离诱惑，安全多了，却也可怜得不禁声声轻叹：夏娃老去，亚当孤单。

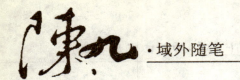

我是"太原兵马俑"

　　这次在回国的飞机上，坐我旁边的是位从太原来美旅游的先生。他问我：你去过太原吗？就这句话勾起我太多回忆。那是 1975 年，我们铁道兵四师师部设在太原市解放路，当时我们开始修建由太原至岚县的铁路，我所在的十八团就驻在太原市古交区的河口村。

　　那时的河口村是个小村庄，汾河边上，我们在河西岸，它在河东岸。中间有座木桥，我们过桥到河口村的小卖铺买烟。河西岸是平缓的滩地，碎石如毯，非常匀称，是天然的露天电影院，我们团常在那里放电影，《春苗》、《决裂》、《红雨》，还有《海霞》，都在哪儿看的。《决裂》里有山西人郭兰英唱的插曲，啊呀嘞，啊呀嘞，千里雷声哟，万里闪喽喂，解放拔了咱，穷命根喽喂。那些安静的夜晚，山西女人的歌声在河谷中回荡，两岸是起伏的群山，像大型合唱团似的为她伴唱。我被这情景震撼，深感这是块人杰地灵的好地方。

太原女人美。对不起，我总忘不了说女人。请你原谅，那时我是十九岁的小伙子，不看女人看什么，你十九岁时看啥来着？我们营房隔壁有家化肥厂，他们食堂离我们很近，中午男工女工都来此打饭，我们专在这时看女孩子。一是白净，二是辫子长，三是体形好，最动人的是她们的笑脸，那才是真正中国女人的脸，鹅蛋形，长而不坠圆而不张，绝对符合黄金分割法，什么是完美？这才叫完美。化肥厂有个叫双双的女工，是太原知青，哎呀，简直天人，每次都重点看她，看得她不好意思，可她从不绕行，偏从我们眼前走过，准时准点，像欧米茄手表一样。别笑我们没出息，女人会让士兵心里产生家的感觉，想起河口村和化肥厂，就想起那些女工的笑脸，就有想家的感觉。

太原也是我们流血流汗奋力拼搏的地方。你以为我们光看女孩子呀，你到那里看看，群山环绕汾水迢迢，原先只有一条盘山公路，出太原西山通古交。我们愣是逢山开路遇水架桥，用肩膀扛出一条铁路来。铁道兵是啥人，天兵天将，什么困难能吓倒我们。所有机器设备最早都是我们用双肩扛上去的。打混凝土时，搅拌机不够就来人海战术，抢王八拳，我们昼夜不停搅拌混凝土，因为前方的工程决不能停。休息时，每个战士从头到脚都被混凝土的浆液覆盖，像一座座兵马俑，当兵马俑第一次问世时，我一看照片，哇，这不是我们铁道兵吗！汪班长、夏教导员牺牲了，很多人受过伤，我亲眼看到一个小战士，跟我差不多大，他去河边提水，回来路上因下雨路滑摔倒在铁轨上，

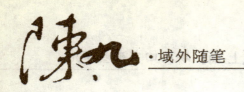
正好一辆轨道车打此通过，把他一只脚齐刷刷切下来。我抱着他哭啊，几十年过去了，什么时候想起他我都会流泪，他是湖北人，很帅，他现在在哪儿，在干什么呢？尽管如此，我们从不后悔在汾河边度过的艰难岁月。当祖国召唤我们的时候，我们毫不犹豫献出自己的青春年华甚至生命，也把火热的深情厚意扎根在那片土地上。我有个愿望，想在河口村的铁路边修一座铁道兵雕像，让我们永远聆听汾河的流水声。

或许你说，你讲的都不是太原啊。别忙，太原我们也常去。可记得老作家慕湘？其代表作是长篇小说《晋阳秋》，写抗战时发生在太原的生活。他有个儿子当时也在太原当兵，是我们连老董的中学同学。我和老董常去找他。我们一起逛钟楼街庙会，到湖滨公园的湖面上滑冰，还有海子边，靠水处有个三角亭子，我们三人一人一边儿抽烟聊天。《晋阳秋》里记载，主人公郭松，就是慕湘的化身，和女同学兰蓉在海子边搞对象，并在这个三角亭子里亲吻了兰蓉。我们开玩笑说，你爸当年就在这儿吻你妈的，这儿是你生命的发祥地，还不跪下来磕头。慕湘的儿子真跪下来磕了个头，把我们笑得啊，这傻小子。还有柳巷、五一广场，那时迎泽大厦还没封顶，太原火车站则刚刚投入使用，反正太原都让我们跑遍了，在这座城市里我们留下欢歌笑语战友情谊，也感到人间烟火的温暖诱惑。

当然也有遗憾，我们几次路过五一广场南端的晋阳饭店，很想进去撮一顿，可囊中羞涩，那时每月只有六块钱津贴费，抽烟都不够，别说下馆子了。下次回国我要故地重游，到晋阳饭店吃顿饭，完成年轻时的夙愿。我想吃面条、面片儿、面疙瘩，我是面食主义者，山西的面食是我的最爱。还要喝酒，喝汾酒，往高了喝，那时我们去清徐拉砖，特意跑到汾酒厂买酒。我还去过交城，"交城的大山里有咱游击队"。还有云周西村，我们在刘胡兰的雕像前致敬。说起太原说起山西，我有说不完的话，毕竟我在那里度过了宝贵的青春岁月。

我最想看的还是那条通往岚县的铁路。我要站在它的身边，当列车轰鸣驶过时，看我的肩膀还会不会感到那份往日的沉重。

下篇

说说纽约那点儿事儿

窜红曼哈顿的华裔女性修鞋匠

真没想到修鞋的也能红，大照片儿登在版面中央，呜嚷呜嚷上了美国主流媒体《每日新闻》。更没想到的是，主人公是位中年妇女，还是华裔。另外一点让我倍感亲切的是，这位华裔女性修鞋匠姓陈，是俺们老陈家的人。

纽约曼哈顿的五大道以繁华著称，五大道的洛克菲勒中心更是繁华之中的繁华。就在洛克菲勒中心夹 53 街地铁站旁，陈女士开的"天使"修鞋店，长长的一溜儿，占据了不少地盘。

我经常在该站乘车，对这家修鞋店颇有印象。但老实说，从未进去过。因为纽约地铁里有很多修鞋店，绝大多数为希腊移民、土耳其移民，或是中南美洲移民所开，中国人开的极少，陈女士这家恐怕是独一份。此外中国人修鞋的并不多，我在纽约住了二十多年，不记得进过几次修鞋店。皮鞋脏了自己擦，皮鞋坏了，一般不会坏，坏了也

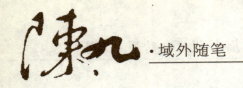

就该扔了。但老美不同，对曼哈顿的白领绅士而言，擦皮鞋是一种必需，跟理发修指甲差不多。他们往高高的座椅上一坐，手持报纸，享受被人伺候的乐趣。当然，皮鞋也亮了，但这是第二位的，因为皮鞋压根儿就不很脏。

在这种背景下，陈女士怎么会开修鞋店呢？万事皆有机遇。十年前她的一位希腊裔朋友想开修鞋店，向陈女士融资。陈说，你也别借了，我反正也没事干，咱俩合伙如何？从此陈女士步入修鞋这一行。后来这位希腊裔合伙人因事回国，陈女士成为了该店的真正拥有者。她把生意做得有声有色。其实甭管是不是中国人习惯的行当，只要中国人干，就能非同凡响。

"天使"修鞋店不仅擦鞋修鞋，还有绝活儿，能将不合脚的鞋改成合脚，同时不破坏鞋的风格。纽约有不少人非常肯在鞋上花钱，脚底没鞋穷半截，一双鞋七八百上千块毫不新鲜。漂亮鞋子难免不合脚，越漂亮越可能会不合脚。正是针对这项需求，陈女士琢磨出一套绝门工艺，至今仍独领风骚。纽约著名时尚杂志专栏作家贝斯兰女士说，她买的一双鞋很漂亮，非常喜欢，就是什么地方不合脚一直无法穿。后来找到陈女士，没想到经过她调整的鞋，漂亮如初非常舒适，简直像定做的一样。于是贝斯兰女士极力推荐宣传，让陈女士名声大噪。现在纽约很多时尚人士都把她当作神，说有了陈女士，就再没有不敢买的鞋子了。

千万别小看陈女士的修鞋生意，您知她一年营业额多少？说了您别不信，将近百万美金，修鞋愣修出百万的流水，服气吗？咱为她算算账，每天擦鞋平均两百双，每双八美元。修一双鞋的价格从十元到一百元不等，平均按三十元算，每天约五十双。再加上乱七八糟，报纸杂志汽水糖果，还有雨伞钥匙链儿等等，这是多少钱了，一年三百六十五天每天营业，您给乘乘，我没忽悠您吧。

那天我跟老婆聊了"天使"修鞋店，再转眼人没了。我楼上楼下找，发现她正在地下室翻箱倒柜，身后堆了一堆鞋，新多旧少。我看后吓一跳，这要每双都修还不得上千块呀。咱这么着，赶明儿问问陈女士雇不雇人，干脆我给人家打工去得了。后来我把这个故事当面讲给陈女士听。人家真爽快，说凡是九兄介绍的一律三七折。听见没有，听见没有，是一律呀，偷着乐去吧你。

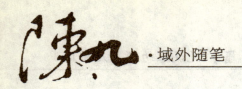
新式午睡流行纽约

　　一提中国特色总忘不了睡午觉，过去在部机关工作时，每当吃完午饭，有几个老处长就把椅子一拼，取出备好的毯子枕头，大睡起来。我们几个小年轻的只好跑到楼道里打扑克聊大天儿，或骑车出去兜风。

　　很长时间我一直认为午睡是坏习惯，是萎靡不振的象征，甚至一想到午睡就莫名其妙地想到抽大烟和甲午战争，把午睡上升到国家命运高度。可谁知风水轮流转，我曾听说上海大众汽车的德国专家也习惯了睡午觉，当时并不以为然，觉得这仅是孤例，不足为凭。现在好了，最近《纽约晨报》报道，一种新式午睡正在纽约流行。何谓新式？新式午睡严格地说是商业午睡，要付钱的。

　　报道说，最近一种叫"城市放松站"的服务形式开始在纽约出现，且有愈演愈烈的趋势。比如一家叫"伊罗"的放松站，在中央公园附近开设第一家店后，因生意火爆，马上要再开第二家第三家。它的服务说起来没什么大不了的，就是建立一个易于入睡的小环境，用"伊罗"发明人和拥有者尼古拉斯的话说，让客人感到自己像个婴儿。每人有封闭的小房间，有柔软的开士米毛毯和摇篮般的睡椅，客人可选择喜欢的音乐，从中世纪的唱诗到北欧摇篮曲，再加上由时间调节的光色，可模仿日出到日落的情景，真是就怕你不睡。

不仅如此，光睡觉还不够，还可加上足底按摩，全凭客人选择。睡觉的收费是20分钟15美元，如果来个全套，一小时睡觉加按摩收115美元。据说这项服务深受白领阶层青睐，尤其那些常坐飞机出差的雇员或生意人更是趋之若鹜，下了飞机先来个全套，既可舒舒筋骨又能调整时差，何乐不为，难怪供不应求。尼古拉斯说，他准备在全球几大金融中心城市，比如伦敦、东京、悉尼等，开同样的分店，因为这些城市的金融业工作性质相同，肯定有同样的需求。

我不能不感慨尼古拉斯的精明与独到，睡个午觉都成了他赚钱的机器。但细想起来又觉得无奈，这种行业是我们华人可想而不可做的。纽约一般的服务业，比如餐馆、零售、洗衣、冲洗等等，华人还可经营。但服务到人身体的生意，如果没有社会背景，说白了，没有特殊势力或政客的支撑，任何人是干不了干不长的。这种太隐私化的服务业华人还是离得越远越好，不出事则好，出事就不是小事。

不过无论如何，睡午觉的问题，美国已开始和我们接轨了。收费服务仅是现象，它体现的是不同人种的共同生理需求。我们再次明白，并非什么都是别人的好自己的差，不必再想这些，快快乐乐地活着，多好。

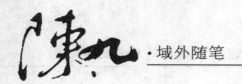

纽约有群"机场串子"

　　经济不好什么都会发生，但无论如何我也想不到会出现"机场串子"。"机场串子"是指一些失业或没有稳定收入的人，他们租不起房子，竟然以机场的候机厅为家。我朋友老张在一家航空公司当部门经理，就在肯尼迪机场上班。他跟我提起这事时起初我还不信，直到那天他指给我看，这个，正走过来这个就是。

　　若不是老张指着，我绝不相信眼前这位三十来岁的绅士竟是所谓的"机场串子"。他从我眼前走过，一身整齐的西装，领带打得十分入时，上面的小三角部分翘起来，丰满得像他坚挺的鼻梁。这种领带式样不是谁都能打好的，我打了一辈子领带就打不好，总软遢遢的，不帅气。我望着他挺拔的身影，嘴角的一丝微笑不像是装的，他拉着一只带轮的行李箱，颇像刚下飞机的生意人。

　　百闻不如一见，真见到了我倒糊涂起来。我问，他们真住在这里？老张笑笑说，开始他也没在意，见多了就好奇起来，这些人总在差不多的时间出现在候机大厅，如果是乘客怎么会这么频繁？渐渐才发现，原来他们晚上就睡在候机厅的座椅上，第二天早上乘公交车离开，晚上又回来，周而复始日日月月。

你看到多久了？大约有半年了。你跟他们接触过吗？接触过，比如刚过去的那位叫马克，在曼哈顿一家非营利组织做临时工，这小子是搞电脑的，我们有任何这方面的问题都可以问他。上次我想给女儿买台手提电脑，他告诉我一家网站又好又便宜。那他为什么非这么生活？我不解地问。咳，马克这人就是一根筋，美国这样的人不少。他失业后无意中发现这个省钱的办法，于是就不再租房住，他说他有钱也不租，现在房市低迷，留着钱一定找机会置个产。

可，有很多具体问题都不好解决，比如银行开户，人家需要固定地址呀。我还是想不通。老张说，这个问题他也问过，这些人都是用父母家的地址作为永久地址，他们无奈地像幽灵一样漂浮在社会边缘，孤独着自由着……那幸福吗？我打断老张。不知道，不过他们之间也有男欢女爱，比如马克，就和一个叫雪丽的女人关系密切。这个雪丽也是"机场串子"，他们隔一段时间会去小旅馆开房，洗洗弄弄收拾收拾，再那个一下，我看他们有说有笑，莫非年轻人不知愁哟。

那警察不管吗？怎么管，不杀人不放火也没妨碍谁，有的警察也跟他们聊天儿，只是临走前警告一句，哥儿几

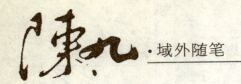

个，悠着点啊，别给我找麻烦。就这样。

马克的背影消失了，我等了一会儿并未见到雪丽。远处的月亮爬上来，哗啦啦地照耀着光怪陆离的大纽约，一片璀璨。

纽约出租车可以搭载啦

　　经济不好就得想办法，纽约的出租车为招揽客人，最近竟想出分段计价的主意。据报道，纽约市交通局已批准了出租车协会的申请，同意今秋开始，出租车在曼哈顿中城堤段实行搭载分享计划。就是说，每辆车可载三到四人，他们去相同的方向，但可在不同地点上下车，每人只为自己乘坐的那段路程付费，而且因为有重叠，收费比单人乘坐低很多。此举并不排斥客人单独乘坐的选择。

　　但问题产生了，如何计价？别急，纽约出租车正在更换一种能多重计价的计价器。这种计价器最多有四个计价区，每个客人一个，上一个客人开一个，谁跟谁都不搭界。计价方式基于计算公式，把乘车人数、每人乘车里程等等因素都考虑进去，最后得出一个价格。下车时，计价器自动将你的付费报出，并打出收据。

　　这种计价方式主要针对每天经固定路线上下班的人，

因为他们实际上是出租车业的最大客户群。经济萧条使这些人收入减少，为防止他们改乘地铁，搭载分享计划无疑可帮助他们保持原有生活方式，同时避免了出租车的产业链断裂。

此举还方便那些AA制出行的伙伴们，大家虽一起出去玩儿但费用自理。过去最难算的就是出租车，都是一人先付，事后大家再算账还他，这中间可能等一两天，也可能等一辈子。现在好了，自付自，谁也别等谁。

那如果有人不愿意跟陌生人搭车怎么办？这还不好办，就让司机把四个计价区全打开，像跑道上的运动员，哗地都冲出去，计你个天昏地暗，让你一人付四个人的钱，谁让你烧包，我最讨厌吃独食不爱分享的人，该！开个玩笑，很简单，不喜欢陌生人搭车您一个人付自己那份钱就好了，这原本就不是问题嘛。

纽约女人省钱有绝招

　　美国经济到底如何光听联储主席伯南克的没用，这小子只报喜不报忧，不到经济快垮台绝不松口。其实老百姓才不拿政府公布的指标当回事，这些数字是给玩儿钱的人看的，日子该怎么过还得跟着感觉走，各想各的办法。

　　比如，政府最近公布的除汽油外的通货膨胀率为2.85％，可百姓却发现，一打鸡蛋去年是＄2.09元，现为＄2.59元；一夸脱牛奶去年是＄0.99元，现为＄1.29元；还有大米，20磅一袋的加州大米去年是＄8.99元，此时价格为＄12.99元。甭管政府怎么说，人们手里的钱越来越紧，这种感觉是滚烫的，无法用冰冷的数字浇灭。再说你公布的通膨率干嘛要除去汽油，要命的就是油价，去年是＄2.85一加仑，现在是＄4.15一加仑，去年加一箱油40美元，现在加一箱油要60多美元，你干脆把牛奶鸡蛋都除去算了，来个通膨率等于零咋样？

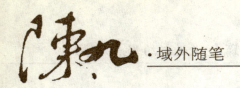

　　美国的通货膨胀正改变着人们的生活方式。为渡难关，人们不得不想方设法节省开支。都说纽约是美国经济的心脏，纽约人的门槛最精。其实话不能这么说，纽约生活费用昂贵，尤其住房，付完房租或月供后所剩无几，不精怎么过？特别是纽约女人，她们是最现实的一群，为节省开支啥鬼点子都想得出来。

　　据《纽约晨报》记者麦休斯威尼报道，纽约女人最近发明了"少购物多约会"的绝招来省钱又不至于过得太寒酸。报道举一个叫阿曼达·格琳的二十四岁女子为例，她就职于一家市场调研公司，年薪五万美元，住在曼哈顿上西城一间筒仓公寓。为开源节流，她不得不兼职做推销员，每月有一千元额外收入。即便如此，这点钱扣除昂贵的房租还是捉襟见肘。于是她想出个办法：少购物多约会。反正她是女人，约会由男人出钱，无论看电影吃饭或其他活动，跟着去享受就行，埋单自有男人出面。这样不仅省钱，还好吃好喝，何乐不为。她还介绍经验说，她专挑那些既有钱又颇具骑士风度的男人下手，这样的男人能把她带到很多十分典雅舒适的地方。她还说，她现在几乎把经济不好这档子事给忘了。

　　哇塞，男士们小心了，今后约会女人得多留个心眼儿，千万别上阿曼达·格琳这种经济女人的当，除花你的钱她们根本没真心。类似事件华人社区也有发生，有个单身汉朋友对我说，几天前他去华人超市购物，有个年轻女子问他，大哥，你衣服这么脏也不洗，想必身边没女人吧？他说你别管。不是，那女子不放弃地说，男人身边不能没女人，这么着，你要不嫌弃，我来侍候你咋样？我朋友迷惑地答道，我可没钱雇你。没关系，有地儿住有饭吃就行。依我看这小女子比阿曼达·格琳强多了，够痛快不骗人，也不傍大款。我朋友叙述这事时，眼睛眨吧眨吧，表情挺复杂。

纽约人的日子越来越不好过了。《纽约晨报》最近对不同收入的家庭进行调查，看他们如何应对通货膨胀。结论是，所有家庭都在想方设法节省开支，或减少社交生活，或压缩日常开销，甚至大幅削减长期投资，比如对退休保险、教育基金等项目的投入，以图收支相抵。可以说，一旦人们的消费方式因通膨而发生根本变化，这才是经济基本面，那影响就不仅是今年明年，而一定是十分长远的了。

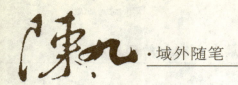

假如"宝马戏警车"发生在纽约

　　最近网上有个报道，说河南巩义市高速路上，一辆宝马车戏弄交警的巡逻车，最终被罚款四百元，记十二分了事。看到这则消息先是好笑，警车居然被宝马戏弄，警察开的是驴车吗？再想想不免担忧，如果宝马都能戏弄警车，警察还有什么用，警察若没用，法律还有什么用？

　　这让我自然想到纽约的警察警车。据我所知，纽约的警车，我估计所有美国警车，都是向三大车厂（通用、福特、克莱斯勒）定制的。美国执勤警车全部为美国国产，无一例外。这些警车外形虽与相同品牌类似，但制作上十分不同。首先，双电池，民用车只有一个电池，而警车是两个。再有，油箱大，警车油箱是民用车的一倍半。民用车油箱不大于二十加仑，警车是三十加仑。此外，在马力和速度上都高于民用车，警车必须保证能追赶任何民用车，包括跑车。还有，在车身重量和悬挂系统上也均比民用车牢固，保证警车在凸凹路面仍能高速行驶，保证警车在冲撞时有较高的人身安全保障。这都是警车特殊于民用车之处。

必须明确，警车不是车，是法，是国家权力的象征。如果警车软弱，这无疑暗示所有人，国家执法的意志是软弱的。之所以这样说，因为国家意志是抽象无形的，它必须通过执法手段体现出来，警车就是手段之一。首先来说，采用外国车做警车就不合适。假如咱是特立尼达和多巴哥、柬埔寨，自己造不出警车，那没辙。中国造得出车，我们连世界先进的99式坦克都造得出来，何况警车乎。为什么不向本国厂商订货，采用国产特制警车呢。这样既扩大内需，又肥水不流外人田，把纳税人的钱用在扶植民族企业上，两全其美，何乐而不为？有什么必要把大笔外汇去买外国车，既不可靠又不实惠呢？

执法在某种意义上讲是一场战争。起码作为警察来说，你随时要做好采用暴力的准备。没有暴力就没有国家权威，这在任何一个国家都一样，特别是在所谓的民主国家。国人把美国称为民主国家，就是这个所谓民主国家，警察执法之严厉世界闻名。像巩义市这个案例，如果换在纽约，这样吧，咱讲个实例，做个比较：去年9月在长岛高速路，一辆保时捷跑车飞速行驶。警车越追它跑得越快。纽约高速路的巡警为州警，直属州警察厅，配有清一色的福特维多利亚皇冠牌警车。这辆保时捷对法律的无视极大激怒了巡警。警车立刻飞快冲上去，把保时捷撞下高速，车毁人未亡。随后几辆警车赶到，将驾驶者从毁坏的车中拉出，

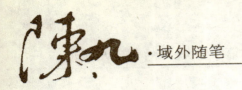

铐手铐关进监狱，并以藐视法律罪、危害执法安全罪等几项联邦罪起诉。联邦罪是最重的罪。

这才叫法，法比天大，是不可抗拒的。还什么罚四百块、记十二分，这个量刑毫无道理。超速可以罚款记分，无视法律戏弄警车呢？合着就不论了，戏弄了白戏弄，警察都没尊严，法律都没尊严，国家权威也没尊严，都不要维护，都不要脸了，都不管不顾了。还有国家秩序、人民的平安生活保障怎么办，他连警车都敢戏弄，还在乎普通老百姓的利益吗？这种将自己凌驾于法律之上的恶劣行径，如果不当头砸上他一板儿砖，请问，这个国家是谁的？难道是他们家，或他们这种人集体合开的私家店吗？

宝马居然敢戏弄警车，简直笑话，该好好刹刹这股歪风邪气了。中国警察应从警车开始重新装备，用硬件的绝对优势先声夺人，把什么宝马、奔驰、保时捷等一色名车通通震住。你超速，我警告，你如果敢戏弄警车，没得说，先撞残你个王八蛋车，再算车主的账。法只有与威严同时发生时才有效，否则就是个可以这样可以那样的摆设，像女人头上的发型似的。

纽约女人爱把"我老公"挂在嘴边

　　只要你跟纽约女人聊大天儿，出不了三句她肯定得带出一句"我老公如何如何"。开始时有些不习惯，咱俩聊天儿关你老公屁事儿，用得着吗，我又没想勾引你。时间长了就见多不怪了，其实这是一种文化，文化是长期积累的生活习惯。我发现，女人常把"我老公"挂在嘴边并不坏，很有实用价值。

　　凡世间饮食男女，欲莫大焉。人的自然属性是第一位的，因此男女间最基本的关系是两性关系。这么说您别不高兴，没什么羞耻的，人类如果都男不男女不女那倒真麻烦了。我们遇到一个人，第一反应就是性别，这是男的，那是女的，如此等等，离开这个基本点，人们之间交往的方式就全乱套，天下就大乱了。你跟小二吵架急了可以动手，如果换翠花，你要也动手就没劲了，忒现眼。

　　纽约女人这个习惯，说到家，是在第一时间确定与周

边人们交往的规则，而确定规则最有效方式是把自己的状态说清，即，我是结了婚的女人。彼此状态都清楚之后，自然人就开始按社会规则交往，状态不混沌，利益也就不会混沌，什么都不混沌，误解就会被降低到最小程度。什么叫社会效率？这就是。

比如，一女人看那个男人不地道，贼眉鼠眼瞎寻摸，一句"我老公"有可能就将他的色胆破了。你要不这么说，一个劲绷着，装嫩，含含糊糊，那坏了，这男的肯定给鼻子上脸，弄不好就出事。既然如此，不如一开始，甭管是男是女有意无意，先来一句"我老公"，全省了。打住，嘿，说你呢，打住。

当然也不全为这个，哪有那么多坏人呀。纽约女人这么说恐怕还有另一层意思，那就是：我有家，我在过正常生活。这句话的潜台词是表明她对家庭价值的追求，她不是自由主义者，不是野路子，是正派人。没错，甭管你把纽约想得多前卫多混乱，真实纽约人的生活还是比较保守的，推崇家庭，关爱子女，夫唱妇随，这仍然是纽约人的生活写照。凡与此相反的，还是上不了台面。她有老公她敢满世界喊，你同性恋，同性恋无罪，但你不敢喊，在纽约还是难登大雅之堂。

还有一种意思，特别在女人之间，要是也说"我老公"，你最好离她们远点儿，这一准是比老公呢。女人好比，哪儿都一样。这么说绝不包括不同意此说的女性，不包括你们，千万别跟我玩儿命。女人什么都比，耳环、项链、汽车、住房，也包括老公，起码纽约女人是这样。妻以夫贵，先来一句"我老公"垫底，接着再把俄老公是干什么的，哪工作，挣多少钱带出来。好像马三立的相声，介个，你有嘛？什么叫庸俗，世上缺少庸俗就没意思了，饭不香炕不热，没劲。

但是，文章都在但是之后。纽约女人虽把"我老公"挂在嘴边，但如果真要那什么，一句话是挡不住的。原因不多说，你们都经过，比我懂。我在俄亥俄大学的室友迈尔森，他追求一个有夫之妇，属"我老公"一类。这小子每天下课后开着摩托车，赶到两百多英里外的匹茨堡幽会，下半夜再赶回来，第二天接着上课，每天不断。我惊斥：你疯了！他说：不疯，能有爱情吗？

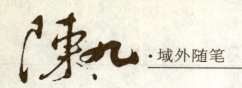

纽约雪夜加班记

纽约真冷，出门一阵风，把我又推回来了。

天冷不说，最近还特忙，昨晚加班到九点，因为纽约市近年来开通一条311热狗，对不起，热线，拨打该号码可以问各种问题，学校的联系电话、今天扫不扫街、邻居家的狗咬了我家的猫、怎样抓后院儿的浣熊、怎样申请社会福利、警察把我车拖走了到哪儿去找，等等。这条热线背后连着数不清的数据库，我忙活的就是把更多数据库连到311热线上，不光连上，还得保证连上不断。前者容易后者难，结婚容易不离婚难。咱介绍了对象还得保证人家不离婚，你说我容易吗我。

最近是关键时刻，连是连上了，老断。新娘子动不动就往娘家跑，弄得婆家三天两头找上门。昨晚又断了，不连上不能下班，连饭都没时间吃。311的一个主任之类的，在电话里跟我喊：怎么又断了，让我跟市长怎么交代？我面带蒙娜丽莎的微笑，心说你少来这套，市长才没空儿听你白话。我对他说，没错，今天白瑞德先生还来电话提这事儿。白瑞德是谁？他问。市长秘书啊，你连白瑞德都不知道？噢，对对，我是说市长办公室打电话问这件事。他把市长调整为市长办公室，我暗暗发笑，其实白瑞德我也只知道个名字而已。

现在终于连上了，看样子暂时不会往娘家跑。过日子就这样，要忍住，适应适应就好了。连上之后那个主任又来电话，九啊，你这活儿干得地道。什么时候咱们一块儿吃午饭。我说好好好，你在哪儿？布鲁克林。妈的，你在布鲁克林我在曼哈顿，隔这么远愣让我跟你一块儿吃午饭，你没喝多吧？没敢说。

《侨报周刊》又催稿。谢谢关心我的文字，文字是一个个码出来的，不像撒尿一撒一大片。我不愿把未成熟的文字拿出来伤大家的心。手中一篇正在改，另一篇正在写。希望再宽限几天。不过说真的，我还是觉得挺温暖的，有你们参与，包括赞美和批评，让我觉得和谐社会马上就建成了，国际马上就接轨了，全球马上就一体化了，地球村马上就开村了，矿工不再死了，孩子们都能上学了，病人都能看病了，我呢，也涨工资了，在纽约吃上猪肉炖粉条了。

这时，电话响起。你们说我接还是不接，要是那个主任来的咋办？

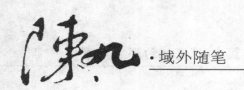

距曼哈顿百公里处的贫穷

　　如果以曼哈顿帝国大厦为轴，以百公里为半径，咱画个圆，就在正东这个切点上，有个叫考沃特的小镇。这里是长岛东部，是国内很多人以为是富人区的长岛东部，我们竟发现了难以置信的贫穷。

　　化名老哈是个白人，步入他家纯属偶然。不久前他因病去世，他太太为料理后事需要帮助，就为这个缘故，我们看到了惊人的一幕。

　　先说房子，若非他太太领路，掏出钥匙开门，我们谁也没敢靠前。这栋国内称为别墅的房子，不大，几乎所有窗户都用胶合板封死了。正常情况下，只有房子无人居住才会这样，因为怕有动物钻进去做窝。明明有人居住却将窗户封死，为什么呢？一问方知，房子太旧，所有窗户都漏风，为节省取暖费，又无钱修缮，所以干脆把窗户封死。

　　我们发现房顶上也钉着两大块胶合板，上面涂着沥青。

没错，一定因为房顶漏雨没钱修，用胶合板一封了事。胶合板战术使这栋房子完全破相，有窗为屋无窗为窟，住屋为人居窟为兽，如非穷到极至，谁会不顾颜面像动物一样生活。

我问老哈太太，老哈生前做什么的？她说她先生做过很多工作，还曾是工会成员，但最近几年找不到事，经济太坏了，家里一贫如洗。就这样一栋破房子还欠着几万美元的按揭。而且，老哈因癌症去世前基本没看过医生，没去过医院，因为他不到六十岁，无法享受社会养老保险，就这样耗死在家里，至今遗体还放在警方的太平间里，无钱下葬。

我们惊厥地走进黑乎乎的房间，一进来就闻到刺鼻的煤油味，看到扔得到处都是的煤油瓶。如非亲眼得见绝不相信，他们照明做饭全靠煤油，根本不用电和天然气，不是管道不通，是用不起。墙上挂着煤油灯，地上摆着煤油炉，四处墙壁被油烟染得漆黑，用手一摸一手黑。我就纳闷儿，他们在哪儿买到煤油，我们当穷学生时也没想到这个主意呀。

家中没一样像样的家具。到处都是捡来的运牛奶的塑料包装箱，所有东西都放在包装箱里，衣服、信件，甚至他们的结婚证书，都在里面。卧室里只有一张单人床。我问怎么睡？她说，她睡床上，老哈睡地上，有时轮换一下。

我们这才明白，老哈生前除了太太什么都没有。他居然还有太太！这让我们惊讶得无法解释，看来人的情感的确并非完全取决于物质。这样的房子这样的生存条件，与

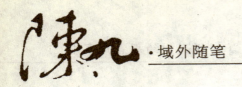

其说是居民不如说是难民，难民是失去尊严被社会遗弃的穷人。

那么，老哈家是不是孤例？开始我们也有这个疑问，如果没什么可比性干脆别说他了。为此我们离开时并未马上就走，而是围着小镇转了几圈。越转心情越沉重，这是个贫穷的小镇，五十笑百，没什么实质差别。所区别的仅仅是几块胶合板而已，那眼神、那表情、那动作，都一样，崩溃式的。幸运各自不同，而不幸全都一样，这句古老名言终于得到了验证。

纽约职场最不能说的七句话

　　纽约有句常话：人人是雇员。即便自我开业者，你也是客户的雇员。而保持良好的雇主雇员关系最重要的就是，不要让雇主认为你不喜欢这份工作，或你没能力做好这份工作，还有就是，你不认为你会从工作中受益。

　　这听上去老生常谈，但有些不该说的话却天天响在耳边，几乎任何一间办公室都能听到。没人认为有什么了不起，可日积月累就可能让你倒霉，使你无意中丧失继续发展的空间。其中以下七句为最常见：

　　"这不是我的工作。"你知道，其实每个老板心中的潜台词都是，我让你做什么你就得做什么。人都这德行，有点权力就不得了。不过与其跟他顶，不如想想为何他把不属于你职责范围的工作交给你？如果你认为做不好，可以婉约地建议，让谁谁谁做可能结果更好。不过你要知道，一般老板能把职责外的工作交给你，大多出于好意，所以不要一上来就生气。

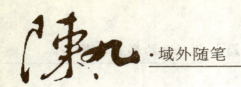

　　"这不是我的问题。"如果你这么说，别人会认为你不在乎这份工作，你老板也会这么看。问题发生时，如果你不想发表建设性意见，不如什么都不说，最好是能主动帮助解决问题。严格说，问题发生人人有份，因为团队彼此都相关。

　　"这不是我的错。"知道此地无银三百两这句话吗？这么说很容易让别人怀疑你。你一定弄明白，谁的错是问题焦点吗？问题焦点是如何解决问题，而不是彼此指责，解决问题比相互指责更经济实惠。

　　"我不能同时做两件事。"你在抱怨工作太多吗？放心，你老板不会为此同情你。相反他会认为，要么你不喜欢这个工作，要么做不来。如果你真觉得工作太多，与其抱怨不如开几句玩笑算了，否则吃力不讨好。

　　"我做这个工作是大材小用。"也许你是对的，但问题是，早干嘛来着，有本事当初你别接受啊，再后悔这也是你的工作。而且这么说很容易得罪周围人，怎么着，就你棒，我们都不如你？何况你老板会因为你抱怨提升你吗？

　　"这工作太容易，是人就能做。"也许你想说你特聪明，可别人很容易理解为你在暗示这项工作太愚蠢。老板最忌讳别人说他的工作愚蠢，不值一提，这对他和他所领导的企业是羞辱性的。记住，再愚蠢的工作也是靠人做的。

　　"这事做不了，谁也做不了。"这样说你从事的工作，首先就在暗示别人你没能力或没效益。与其如此不如想想问题是什么，目标是什么？怎样做才可能达到目的？这恰恰才是老板希望得到的，没一个老板希望工作做不了。

　　最后的劝告是，当疑问产生时，一定记住：沉默是金。

纽约人挑选钻戒有诀窍

鲍尔唐先生是我朋友，他是纽约执照钻石鉴定师，在行内滚了半辈子。当他得知我要了解挑选钻石的要素时，特意把我拉到一旁：九兄，又要结婚？你得先让我看看新嫂子的模样我才告诉你。我说，糟践九兄是吧，要让你嫂子听见非抽你不可，赶紧着，跟我说说，读者都等着呢。鲍尔唐这才打开话匣子，随口道来。

挑选钻戒是令人惬意之事，但也充满挑战。买钻戒既是消费也是生产，具有臭显摆和保值两大功能，麻烦就麻烦在这儿。很多人都知道选钻戒的四大要素：切功、颜色、重量，还有透明度。实际上，这四大要素与钻石外貌并无直接联系，钻石漂亮不漂亮的关键是对光线折射的能力。如果你只要钻石看上去漂亮，情况就简单很多。鲍尔唐先生的建议是：

首先是缩小选择范围，到底你喜欢什么形状的钻石？

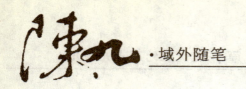

圆的、方的、椭圆、珍珠形、心形、王子形、侯爵形，等等，你到底喜欢哪种？这无所谓对错，完全是个人爱好。

其次，必须明白，钻石评级的四大要素与钻石外貌没必然联系。在颜色和透明度上的少许差别是肉眼分辨不出来的，但在价格上就很不一样。

还有，有些人把重量看得过重，不到需要的重量不看。其实重量并不等于好看，轻一点的钻石有可能看上去更大。比如你买一克拉的钻石，不到一克拉不要。但那枚零点九克拉的看上去比你这颗一克拉的还大，同时可省去一千美元。

最后，要知道，所有钻石商店的柜台设计都刻意让钻石看上去更亮，灯光、镜面角度，均做过手脚。很多人有这种感觉，钻石拿回家看着就不同了，正是这个道理。在商店里挑选钻石，一定要把钻石拿到离柜台几尺远的地方看，而不是在柜台上看，只有在暗处才能显出明亮，就像只有患难才能见真心一样。

我问鲍尔唐，现在有人在网上买钻石，你怎么看？他的答复是，他自己绝不去网上买。钻石买的就是样子，而网上恰恰看不到样子，这不是自己跟自己过不去吗？网上交友可以见光死，买钻石可不行，这是白头偕老的事，风险更大。

你这个鲍尔唐，张口闭口不离交友，你到底是鉴定钻石还是鉴定女人呀？没想到他说，在行里滚，见得多了，有时候连自己都弄不清是在鉴定钻石还是鉴定女人。

你说他，还真实在。

纽约女人化妆的一些秘密

每天读报，无意发现些女人事，比如纽约女人化妆的某些秘密。信手拈来随便聊聊。千万别说我多管闲事，子曰女为悦己者容，孔子管得我也管得。女为悦己者容啥意思？女人化妆的检验官是男的，她们化妆专为让我们检验的。

纽约女人最早用化妆品的年纪是几岁？据统计平均值，她们开始使用化妆品的年纪是十六岁。这个使用是指已成为每天必需之事，非偶然一用。纽约州法律规定女人十六岁为成年，知道成年什么意思？就是可以结婚了。真是巧合，女人结婚不化妆可出不了门子。

那么，到何时为止呢？统计显示，平均来说，纽约女人一般在六十五岁上下开始停止使用化妆品。定义是一样的，就是不再每天常规使用。

还有，一般来说，纽约女人购买化妆品为每年五次，每次开销四十美元。如果照十六岁到六十五岁这个年龄段

计算，一个纽约女人一辈子花在化妆品上的钱约一万三千美元。其中，唇膏为一千六百美元，眼影为两千五百美元，睫毛油为三千五百美元。你看，并不像想象的那么多，有些中国女人比这更奢侈。

此外，对于纽约女性来说，百分之七十的人不化妆不出门，百分之六十八的人认为，化妆使她们更自信，甚至百分之二十的人说，她们从不让先生或男友看到她们不化妆的样子，甚至在床上！"欧麦嘎"，我闹不懂，那味道，动不动就掉渣儿，不影响情绪吗？

还没完呐，纽约女人一般在什么地方化妆呢？三分之一说在通勤火车或乘地铁时，其余的在洗手间。我每天乘通勤火车进出曼哈顿，车上经常看到正在化妆的女人（和男人）。她们旁若无人就像男人在马路上抽烟，先打底油，上底粉，再涂红，然后涂固定粉。这是关键，没这层固定粉就容易散落。接着才是涂眼影，卷睫毛，上口红。很复杂，是系统工程。不过有个问题我至今没弄明白，上班化妆是为有好形象，那下班化妆为什么？不少女人在下班火车上也一丝不苟地化妆，你累不累呀，化给谁？不会是她先生吧。还什么年纪都有，年轻的中年的。

我想起阿尔巴尼亚电影《第八个是铜像》里的一句话：我敢说，再没什么比生活本身更奇怪了。我还想起郭德纲的一句台词：你管得着嘛。前边那句说她，后边这句说我。不搭不配，正合适。

纽约人搞对象流行分账

　　搞对象是土话，书面语言叫约会。这么浪漫的题材，由于经济不景气也开始变味儿了。纽约人搞对象竟开始流行分账，不能什么都指望哥花钱，哥如今就是个传说，您将就着点儿，二一添作五，妹妹也得分摊。

　　如果您来纽约，搞对象，特别是搞上个老外，甭管是男是女，还真得注意如下事项：

　　这一，把男人应该请女人的观念抛开，这个观念到此为止，不属于经济窘迫的当今纽约人。当然，女的也没必要装大个儿的，女方装大个儿今后会劳碌命，一辈子当姐姐，累不累呀，男的也未必欣赏。

　　这二，甭管谁先邀请外出吃饭，永远要假设两人分账，这样能避免尴尬的局面。出门带着现钱，该掏的时候掏出来。记着：宁丢金钱不丢身价，这是搞对象初始阶段的绝对原则。

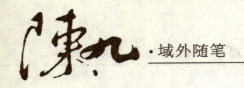

　　这三，当账单来了，邀请方应首先提出分账，口气要自然平静，不要有负罪感，你应认为这是对对方的尊重。

　　这四，分账要平均，十块就每人五块，即便对方吃的比你贵，千万不要过度计较。分账的本质是分享，不是你吃你的我吃我的。这条对一般朋友间的吃饭分账也同样适用。

　　这五，如果一方坚持付全额，你也别跟他玩儿命。你可提出请他饭后喝咖啡或品鸡尾酒，从形式上，而非从金额上找回来。

　　最后，无论对方花多少钱在今日饭局上，如果你提出分账对方未采纳，不要觉得你欠他什么，更不能认为你必须跟他上床。一切取决于自己高兴，切莫与付钱挂钩。如果你请人家，也不要有此种期待，否则闹起误会就全砸了。

　　必须指出，以上规则不光适用于约会，其精神亦用于泛泛的社交往来。总的趋势是，社交中男性的强势地位正渐渐淡化，这是社会分工进化的结果，经济不景气只不过提供一个机会，把这张窗户纸捅破而已。就算今后经济好转了，已经相约成俗的生活方式也很难再变回去。

　　一句话，别再迷恋哥，哥是个传说，"吃完传，师窝说"。

在纽约如何付小费

同胞来美，越来越多。不久前还有个千人团来纽约购物，据说每人平均消费达六千美元。

到纽约旅游的同胞均面临入乡随俗的问题，其中最常见最多发的就是如何付小费？这问题说大不大说小不小，说大，一个小费还能大到哪儿去，老子六千都花了，何惧小费乎？可说小吧，弄不好真丢面子。来的多是腕儿，是腕儿就要面儿，谁也丢不起这人。回去一说，那谁谁谁，在纽约吃饭不付小费，愣让人家服务员追出门来，绝对栽了。

别担心，我告诉你一套付小费的葵花宝典，谁让我疼你呀。你在纽约按这个方法付小费，保证既不吃亏又有面子，甚至还能装几分老纽约呢。

首先，必须建立强烈的概念，在纽约，凡是服务业均需付小费，这是不成文法，是当地习俗。特别在经济不彰

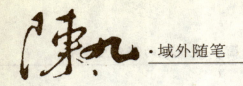

的压力下，从业人员对小费的在意超乎寻常。如果你该付的不付，他真跟你玩儿命。具体说，餐馆、酒店、出租车，还有导游，这几大类，都需付小费。

那付多少呢？咱分门别类地说说。

出租车司机，应付车费的百分之二十。曼哈顿的黄色出租，一般每次二到五美元不等，大概齐就行。司机忙着继续趴活，没工夫跟你多计较。

酒店或机场行李员，就是帮你拉行李的那位，中国叫红帽儿。在这儿你可千万别这么叫人家，人家不高兴。男的一律叫先生，女的一律称女士。对这种服务的小费是，每件行李一到两美元。行李多就少付点儿，少就多付点儿。

酒店房间服务员，就是打扫卫生的那位。一般每天两美元即可。

导游，按其自报价，一般不会乱收费，一大车人，跟着哄就行。

餐馆，不包括快餐店，比如麦当劳、肯德基等，快餐店不必付小费。餐馆是指坐下来，有人给你端茶倒水点菜上菜那种，这是最要付小费的行业。一般付餐费（不含税）的百分之十五到二十。吃得舒服您多给，一般就少给，少也别少过百分之十五。最重要的，一定记住，如果服务不好，甚至吵起来或晾你半天，按咱们中国人的习惯就该掀桌子，千万别介，您压压火，这就是国情不同。怎么办？专业做法是，叫出老板状告服务员，把他如何怠慢你的细节讲清，一定要有细节。另一方面，将最少的小费交给老板本人，把面子给老板，臊着那个服务员。当然，如果老板愣不露面，你又没时间跟他闹，放下小费一走了之，最好别不给就走。

最后提醒一句，付小费时千万别带着优越感。在中国你呲打服务员可能不算什么，曾经有个朋友请我吃饭，因怀疑那条鱼不是刚才给我们看的那条，扯着服务员脖领子非叫老板来，人家小姑娘眼泪唰就下来了，我怎么劝都不行。从此我再也不跟这人来往，咱比人家高多少呀，当年下乡插队，工厂当工人，这都是咱的姐妹兄弟，有什么了不起的，揣几个臭钱你狂什么呀你。

纽约可不兴这个。每个人都有尊严，包括乞丐和妓女。尊重每一个人，特别是尊重所谓比你身份低的人，这是身在他乡保护自己的法宝。当然，如果你能在他乡尊重别人，就应当在故乡也尊重别人，没有谁比中国人、自己的同胞更值得尊重的了。温总理要让每个中国人都活得有尊严，中国人彼此相互尊重才是整个民族建立自尊的最佳途径。

得，说着说着就跑题儿了。

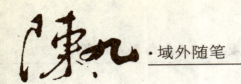

楼顶农业正风行纽约

　　顾名思义，楼顶农业就是在楼顶上种东西，而且必须有经济价值。纽约楼顶农业的产品主要是水果蔬菜，比如草莓、西红柿、生菜、茶草等。可怎么想起楼顶上办农业呢？这是近年来纽约民间提倡"绿色革命"的产物，绿色，还革命，就是要以节能的原则改变以往生活方式，建立生态楼顶是其中一项重要内容。

　　位于纽约红勾地区的林达工具厂老板德马林诺先生是楼顶农业的先行者。他与著名的农业科研机构"嘎亚学院"合作，研制出专门适合楼顶种植的土壤，并率先在自己工厂的楼顶上办起楼顶农业。其资金来源一半自筹，另一半则申请联邦补助，奥巴马政府刺激经济计划中包括对节能产业的支持。他说，万事开头难，作为开拓者，这个项目很难赚钱，但当越来越多的企业及个人参与其中形成产业时，整体成本就会迅速下降。他是这样算账的，一是农业收入，二是节能减支，特别是后者，预计为该厂减少四分之一空调使用的电费和维护费，楼顶植被会像毯子一样包住楼顶，极大减少热能消耗，不光省钱，从宏观角度，还能减少耕地促进环保，其社会效应更不可低估。德马林诺先生说，我们改变的是生活方式，证明给人们我们完全可以换一个更合理的活法，这才是楼顶农业的根本意义。

在德马林诺先生的工厂，职工们午餐已吃上楼顶生产的有机蔬菜。与工厂毗邻的一家餐馆也表示愿意分享这些"楼顶产品"，并以此为招牌，拢住热衷于环保的顾客们的回头率。当然，坦率地说，这项新生事物在纽约尚属初级阶段，据报道，纽约全年由楼顶生产的农产品不足两千卡车。我不明白怎么会统计出两千卡车这个概念？卡车有大有小，这么着，咱就按老式解放牌卡车算，因为这车我熟，每车四吨，两千卡车就是八千吨，再打七折，百分之三十的保险系数，也就是五千来吨，确实不多。俗话说旱瓜水菜，这东西很压分量，五千吨能吃进肚子里一半就不错。尽管如此，东西不在多少，人们正在将节能环保的理念物化，一种新的哲学正渗进平凡的市俗生活，这对未来几十年的社会进程发生怎样的影响，将会促生何种新兴产业，或如何改变现存的产业结构，一叶知秋，不值得我们思索吗？

据了解，除德马林诺先生的工厂外，纽约还有几处颇具影响的楼顶农场，比如位于曼哈顿中城的美国邮政总局大厦，人们常叫它"大邮局"，还有著名的琼氏酒店，以及位于布朗士区的圣塞蒙股票学院，这些建筑的楼顶都在种

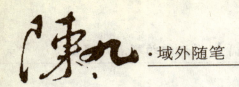
果蔬，他们的产品时不时出现在曼哈顿的农贸市场上。面对那些看去典型白领的年轻人，听他们欢快地向你介绍他们的"楼顶产品"，我突然醒悟，别的不敢说，楼顶农业至少会产生一个新兴行业：都市农民。过去看过一部电影叫《都市里的村庄》，都市里不一定非得有村庄，但为什么不能有农民呢。

温州移民与纽约华人超市

　　谁都知道温州人会做生意。20 世纪 70 年代，很多地区还在如火如荼搞运动时，温州人已开始做生意了。后来改革开放，温州人的生意更是做得呜嚷呜嚷的。如今温州移民居然闯进大纽约，开超市，别具一格，火得厉害。

　　近些年纽约物价涨得邪乎，油价涨什么都涨。美国的超市连锁店因经营费用升高周转不灵，经常有关门大吉的。我住的道格拉斯顿小镇的几家超市，两年间相继换人，走马灯一样开了关关了开，一看就不赚钱。

　　在此形势下，温州移民开的中国超市应运而生。怎么说？温州移民吃苦耐劳勤奋团结，他们人工费用低于老美同行，这是一。第二，他们没有老美超市那么高的投入，比如，经营主要靠低价优质薄利多销，不花太多广告费。一般说，广告费占超市经营费用的四分之一强，仅这一项就省下很多钱。最后一点最重要，他们身后有祖国做依托，

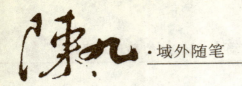

很多产品从中国进口，温州本身就是小商品基地，他们能找到的便宜货源是老美做梦也想不到的，因此老美做不了而温州人就能做，越做越好。

他们先在中国移民聚集地开超市，比如纽约的第二中国城法拉盛，这里中国移民集中，他们的外语水平有限，又吃不惯老美超市的东西，当然希望在中国人自己开的超市购物。每到周末，超市门前人山人海挤都挤不动。收银小姐大都来自温州，秀丽俏美，一口温州话，像说外语，让你死活听不懂。有几家比较著名的，像欧江、大中华、新中国，都是脍炙人口的购物之处，生意非常好。

第一桶金挣到了自然图谋发展，发展来发展去离不开超市。这时的温州老板们把目光放在更大的市场，要和老美的超市一决高下。就这一两年，温州移民开的超市已进入纽约长岛地区，新泽西州爱迪生，普林斯顿地区，还有康州纽海文地区等，这都是典型的上中产阶级居住区，专业人士多，购买力强，对超市的依赖性很大。同时，他们的品位比较高，比如对超市的设计、货物的陈列、品种结构、新鲜度、包装方式等等，都跟在中国城开超市很不相同，这对开超市的温州移民来说是巨大挑战。但温州老板们似乎并不太介意。我跟一位温州老板聊天，他说：我从非洲到西班牙，从西班牙到美国纽约，什么能难倒我们温州人。

这话说得豪情万丈，他们把地球绕了一圈儿，不愧老江湖。但可以想象，前边的路将是十分不平坦的。在美国做生意不是勤劳就能致富，开餐馆或发廊，赚小钱没问题。

一旦与老美面对面竞争，抢地盘，勤劳就不够了。纽约小颈地区最近开了家中国超市，装修快完工了，突遭当地居民联名抗议，说在这儿开超市会造成交通堵塞污染环境，从而降低他们房地产的价值。以前这里是家百货店，跟超市差不多，开了十几年没人吭声，怎么中国超市进来就不行呢？背景很不简单。

可无论如何，温州移民闯进纽约的超市行业是箭在弦上，不得不发。他们抓到了最好的时机和题材，一定会把文章做大。带领华人走入美国主流社会的，未必是那些搞金融做电脑的华人精英，这些人从事的行业也是美国精英云集之地，竞争强机会少，很难产生规模效应。而江湖上的事，气魄往往比知识更重要，不信就等纽约的温州移民们一年年证明给你看吧。

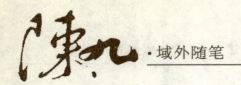

哨尼山滑雪记

　　去年的圣诞节长周末，我带孩子们去哨尼山滑雪，那是纽约周边比较知名的滑雪场之一，开车约两小时可达。本来没想去，都十几年不滑了，怀疑自己这把老骨头还经得起摔打不？去，不去，颠过去倒过来，人真是越老越没用。

　　十几年前单身汉时，第一次进雪场我们只穿着夹外套和单裤，到那里才知道冰天雪地的厉害。你尝过冷到恐惧的滋味吗？就觉得今天恐怕要死在这儿了。人们用疑惑的眼神关注我们，欲言又止。租雪具的小伙子叫宙亦，人很好。他问，你们就这样上去？我们冻得说不出话只是点头。他抱出一堆出租的滑雪服，还未解释怎么穿租金多少，只一扭头，再转身却发现所有滑雪服已全穿在我们身上了。你大概曾为川剧的变脸绝技感叹，那算什么，我们会变身，刹那间变换全身。宙亦先是"天啊天啊"地惊叫，接着笑得前仰后合。原来我们把衣服穿反了，尺寸也不对，看上去像群流浪汉。嗨，那年月的留学生，可不就是流浪汉。

为了省钱，进雪场后我们没参加给初学者开的训练班，而是直插山顶。可上去容易下来难，根本没弄清怎么回事，人已随惯性冲了下去，且越冲越快，只觉得两耳生风飞起来一样，接着我啪地一声扑倒，从半山腰一直滚到底。你相信滚都可以滚累吗？一身大汗。我没立刻爬起来，想躺着休息一会儿。几辆救援雪橇风驰电掣般围上来。有人用手捂我的鼻子，被我一把推开。我正喘不上气你捂我鼻子干嘛。他立刻大叫，他还活着！废话，当然活着。说着我一屁股坐起来，把周围人吓了一跳，哇，这小子还能坐起来。坐起来算什么，老子还能走呢。接着我摇摇晃晃向休息室走去。救援人员追着我问，你确定没事儿吗？确定吗？

年轻，骨头有韧性，怎么摔都不怕。我就这么学会的滑雪。

那毕竟是十几年前的事。好汉不提当年勇，我还能行吗？我想过别去冒这个险，万一摔折了胳膊腿儿怎么办。可看着孩子们渴求的目光，心一下软了。好，爸爸豁出去了，只要你们高兴。我们清早出发，给车加油吃早餐，一路上连吵带闹连说带笑直到中午才到。孩子们一见到白花花的雪场就叫喊着奔过去，我紧追慢赶给他们租好雪具穿好雪鞋冲进滑雪场。刚进去就摔个大屁墩儿，我都忘记怎么滑了。

约一小时后孩子们全不见踪影，他们像小鹿一样飞驰，像小狗一样欢叫，蹿来蹿去忘乎所以。我想，别再给自己

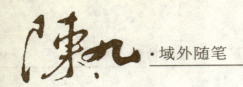

找理由了，既来之则滑之，看当年武功今安在？我迟疑地登上山顶，试图用Ｓ形减速。当年我就是这样，大小Ｓ运用自如潇洒风流。莫扎特不是有首回旋曲吗，我觉得我就是音乐，在起伏回旋。真的，你是没看见，你要看见非爱上我不可，哇塞，这么酷这么帅啊！可此时此刻今非昔比，我想做Ｓ形，但脚使不上劲儿，转过去转不过来，转过来转不过去，啪地摔个大跟斗，连摔五六次才滑到山下，心里备尝失落。我想算了吧，这么大岁数，让孩子们看见多丢脸。我摸摸浑身上下，还算囫囵。不行，上，再来一次，老子不信了。

让我欲罢不能还有个原因，山上那个新鲜空气啊，金不换的新鲜空气啊，人吱溜一下身轻眼亮，像重活一遍似的忘却年龄。我突然大彻大悟，你知道为什么动物比人强壮吗？就是吸收不同的空气，还有大自然的挑战。老虎豹子不管自己几岁，结几次婚有多少孩子，这些毫无意义。对它们来说，大自然的挑战是相同的。年轻怎样年长又怎样，你就得奔跑就得厮杀就得玩命，甭管少年老年抓到猎物才是好年。只有我们人类社会才有年龄枷锁。新鲜空气是自然的呼唤，是最棒的性激素，虽然都摔成这副德行，我想了想还要上去，像吸毒一样渴望青春渴望强壮。

排队等缆车时，有个男子排在前面。他屁股上一大块泥，显然是摔跤摔的。我情不自禁逗他，哥们儿，摔跤了吧？他点点头。你看看你看看，摸摸屁股吧，肯定摔两半儿了。他下意识地摸了摸，没说话。怎么样？是两半儿吧。我突然觉得自己这是怎么了，疯了还是醉了，怎么跟陌生人开这种玩笑，是不是脑子不正常啊。可你知道吗，动物是不分神经病不神经病的，生存还是死亡，莎士比亚的名言是绝对真理，莎士比亚是豹子变的。

我上去摔下来，又上去又摔下来。那天不知怎么回事，无论怎么摔，这把老骨头愣是一架拖不垮打不烂的烽火列车，刀枪不入。我觉得我灵魂出壳了，我是石头变的猴子，没天没地前不见古人后不见来者，是一粒铜豌豆一部变形金刚，怎么说都行，滑翔和跌倒成了生命状态，成了欢悦本身。人真正的兴奋是当你觉得你不是人的时候，我为莎士比亚的名言加一句。我是狗熊变的，但愿是。

本想几小时后一定精疲力竭，多少年没这么剧烈运动过，受得了吗。可几小时后反觉得更得心应手，不仅大小 S 全部寻回，漫说莫扎特，连芭蕾的感觉都找到了。转弯时单脚着力，身体倾斜几乎挨到地。看前边有不太会滑的就故意逼近，当他们怕被撞到惊叫起来时，突然一个摆度梦一样紧贴着疾驰而去，回头再看他们跟跟跄跄砰然倒地，心里一阵亮爽。滑雪板在他们脚上是穿上的，在我脚上是长出来的，那就是我的脚，一双长脚。人们总鄙视轻浮二字，可轻浮却永远陪伴着生活，为什么？适度的轻浮是美好，美好最有生命力。

夕阳，终于染红哨尼山。在深情似海的晚霞中飞驰是令人难忘的，这种飞驰不在车上不在飞机上，不在任何人工器具里，是野飞野驰接着地连着天，如果可能我甚至想脱光了赤身裸体奔驰而下。最后一次从山顶下来，我伸开双臂扑向云峦，把大声的"啊"字一直喊到底。不，不该

叫"啊"字，那不是字，与文明无关，因为回声四起，漫山遍野回荡着这个声音。如果是字，山峦霞海难道也认识这个字吗？

孩子们在山下等我。爸爸，怎么才下来？是，才下来。孩子们，下次你们还带我来好吗？我们，带你？孩子们有些困惑。对，因为我是你们的孩子啊。

哨尼山很小很小，我们的笑声很大很大。

车窗里的哈迪逊河

我住纽约，哈迪逊河就在身边。可每次开车经过她，因两眼多注意前方的路况，很难有机会好好欣赏一下沿河风光。时间一长就习惯了，别人说起哈迪逊河我总是老神在在，嗨，哈迪逊河，去过，太去过了。其实距离最近的真不见得就是最熟悉的，倒可能是最陌生的。直到去年秋，我乘火车到加拿大多伦多看朋友，第一次从火车车窗里看到了哈迪逊河，才发现她有很多奇妙之处我从未领略过。

哈迪逊河的长城

不必班荆道故，莫让引经据典迟暮了轻松自然的好心情。就谈看见和感觉到的，像喝了点儿酒后的那种神侃如何？我发现，中国有长城，哈迪逊河也有。当然中国的是真的，哈迪逊河的肯定是假的。可假不假，白玉为堂金作

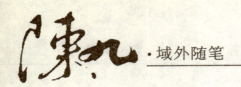
马，假有假的特点。

出了曼哈顿，火车跃出地面，紧贴着哈迪逊河畔一路向北行驶。车厢里空荡荡，我选了个靠哈迪逊河这边有窗能坐能靠能躺的座位坐下。秋晌的阳光透过大玻璃窗，赞美诗般沉浸着我，舒适得透不过气来。眼前的哈迪逊河谷色彩斑斓富丽堂皇，像一群眸凝秋水的姑娘在不远处妩媚地嬉笑。我想起电影《这里的黎明静悄悄》中，那群在树林里一边伐木一边歌唱的女兵。所有女性中，我敢说女兵是最浪漫动人的，眼前哈迪逊河对面的丛林里，是否也隐藏着一群嬉戏欢乐的女兵呢？我这样梦想着。白日梦比黑夜梦更接近真实也更荒唐，越像真的就越荒唐。

猛然间，眼前一亮，应该说是一种震动，对面的哈迪逊河岸像一排伟岸的士兵，更像中国的长城，涌进我的眼帘。岩石激昂挺拔，有上百米高，陡峭得几乎是直上直下，从河水处突然拔起冲天而上。岩石平滑，之间交错的纹络像是人工堆砌起来的巨型石块。在岩石顶端有着高低不平错落有致的曲线，很像城墙上的城垛。"这也太雄伟了，跟城墙似的！"我不禁暗暗惊叹。这的确是一段独特的河岸，它的整齐肃穆让我不得不想到防线和战争等等概念。这种居高临下不可一世的姿态本身就象征着一种古老价值，朋友来了有好酒，豺狼来了有猎枪。当年北美十三州的革命者不知是如何利用这座"长城"和哈迪逊河谷的独特环境，抵抗英国殖民者的围剿。我不敢说这里一定发生过战争，但这段像城墙般的河岸似乎记述着一段铁马金戈的历史，诉说着一部逐鹿中原的传奇。坏了，侃起历史了。

西点河谷

西点就是西点军校的西点，谁都知道这座诞生巴顿和艾森豪威尔将军的著名军校。可为什么叫西点，不叫东南北点呢？告你吧，这个西指的就是哈迪逊河西岸。那点又指什么呢？为什么军校建在这里？说难也难说容易也容易，如果你从哈迪逊河另一侧看看西点军校的位置，答案自然会水落石出。

从曼哈顿北上到西点之前，哈迪逊河谷的宽度是比较整齐的。进入西点后，河面突然开阔起来，像个大肚子。此地的哈迪逊河与其说是河不如说是湖。看过人体解剖图吗？知道胃是什么样吗？哈迪逊河在这儿就有点儿像胃的意思。这里水面平静广阔，给人以深不可测的神秘感，仿佛她的所有智慧和财富都在这里藏龙卧虎。西点军校坐落在西岸一块凹进去的地方，透过车窗可以清晰地看到那些灰色城堡式建筑和隐约的人影。在它前面几英里的水面上有个小岛，像一颗水雷扼守着这块土地。无论懂不懂军事，你一看就能感到，这是个天然良港，是块易守难攻的要塞。原来西点的西是西岸，而点则是要塞。这种自然观测的结果恰恰与历史吻合，此地曾是华盛顿当年的屯兵之处，他率领联军在这里和国王的军队数度交锋。关于那个小岛也有个传说，当时岛上仅有一户人家，女主人每天划船到岸上的教堂祈祷，给华盛顿的军队做饭。后来她被英国人的炮弹炸死，据说岛上现在还有她的墓碑。

列车的速度不很快。由于哈迪逊河在此十分辽阔，让我有足够时间欣赏和琢磨眼前的山水地形。我几次参观过西点军校，听过些她的故事。现在倒好，车窗里的哈迪逊河像一首秘诀，帮我把支离破碎的信号串连起来，感同身受地体会了一下华盛顿当年用兵的心境。你看，如果岛上放几门岸炮，旁边山上再建个瞭望塔，任凭什么舰队也无法通过。时光顷刻倒流，宽阔的河面映出历史的影子。看来历史是景观的情侣，没有历史的景观总显得孤独寂寞。

奥伯尼急转弯

起这个小标题是因为急转弯几个字很酷。好莱坞常用这些字渲染惊心动魄的气氛，而我则取"到此为止""没影儿了"的含意。火车过西点继续沿河北上，到奥伯尼一拐弯，把越来越窄的哈迪逊河匆忙甩到一旁，再也看不到。在我看来，哈迪逊河到这里就结束了，即使她北上还有万种风情，可车窗里毕竟看不到了。

奥伯尼是纽约州的首府，如今人们已不再留意它与哈迪逊河的缠绵。沿河一路走来，我终于清晰地观察到奥伯尼的历史身份，一个当年繁忙的港口城市。哈迪逊河水深谷阔，在高速公路来临之前，奥伯尼主要是依赖哈迪逊河输出输入的。可以这样说，奥伯尼的诞生都是因为哈迪逊河的缘故，这条河当年是这座城市的命脉，是它的母亲河。早期欧洲移民很多是农民，长于耕作。他们为了寻找安身立命之地，从纽约沿哈迪逊河一路北上，在这片肥沃的河谷平原定居下来，形成了这座城市。今天，沿河两岸仍然可以看到很多安静的农庄，居家的小楼房，几座烘干塔和零散的农具，格律诗般挥散着历史的遗韵。时光在此放慢脚步，犹如背井离乡的远行者，一步三顾地徘徊。

列车经过奥伯尼时正值黄昏，那些沿河陈旧的库房和港口设施难免显得有些失落。落日将它们染成红黄色，更凭添几分厚重的沧桑感。我想起一位叫胡适的中国学者，六十多年前曾在奥伯尼登上回纽约的渡轮，并在哈迪逊河谷留下了深情诗篇：

四百里的哈迪逊河
从容地流下纽约湾
恰似我的少年岁月
一去了永不回还

这河上曾有我的诗
我的梦，我的工作，我的爱
毁灭了的似绿水长流
留住了的似青山还在

残阳夕照，逝者如斯。哈迪逊河仍否记得这位旅者和他的诗章？如可能，我倒想步其后尘，也乘船走一趟哈迪逊河，那一定是另番景色。正想着，列车已缓缓涌入无边暮色。来不及挥挥衣袖，哈迪逊河的倩影竟从车窗里一下无影无踪了。

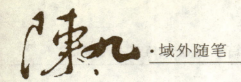
跟美国影星一起结婚

伊桑·霍克（Ethan Hawke）是好莱坞最具潜力的新生代男星之一。他多才多艺唱做俱佳，2002年因电影《训练日》曾获奥斯卡提名。不过这小子最近闹出绯闻，与结婚多年的妻子乌玛·瑟曼离异，正准备迎娶他五岁女儿的保姆为妻。消息传出舆论哗然，人们很难理解为什么这个当红炸子鸡竟看上一位灰姑娘。

我一直觉得娱乐新闻真真假假不能轻信，好莱坞半疯半傻变化莫测，谁知到底是怎么回事。当年新闻信誓旦旦地说，演技派大师达斯丁·霍夫曼车祸身亡，没过几天人家又出现在镁光灯下。记者问，霍夫曼先生，你不是死了吗？他说，我到那边转了一圈又回来，还是这边好玩儿。

不过最近一个偶遇让我坚信，伊桑·霍克迎娶保姆为妻是如假包换的真新闻，严格地说，是我亲眼得见的事实。

几天前我外甥女玲玲来电话，告诉我她要和男友约翰登记结婚，就是先领证后举行仪式，希望我做她的证婚人。她与约翰相爱多年，现在终成正果成立家庭，我深感欣慰，立即满口答应，好，明早九点，我准时到。

纽约的结婚登记处可能不只一家，但最火爆最流行的是位于曼哈顿中央街一号的市政厅结婚办公室，简称"婚办"，这个婚字千万别用错，昏、荤、混、浑都不对，昏天黑地办公室、荤菜办公室、混蛋办公室、浑水摸鱼办公室，失之毫厘差之千里，婚字绝不可乱用。

九点一开门，我们跨入婚办大厅，今天来得早，肯定第一。没想到，什么时候都是山外有山天外有天，居然才排第四，前边已有三对儿了。嘿，你说他们打哪儿冒出来的，别是婚办主任他娘家人吧。正疑惑，眼前一个身影，就是排第三的这对儿小两口儿，吸引了我的目光。这背影熟啊，好像见过。正琢磨，只见这位男士一回头，来个"犀牛望月"，被我逮个正着：伊桑·霍克，没错，这不是伊桑·霍克吗。怕看花眼，我又让玲玲确认一遍，最后正式做出决议，就是他。

伊桑和未婚妻都着便装，男的穿一件军绿全棉衬衣，款式有些像猎装，到处是扣子和兜儿，背后绣着一只白色虎头，颇显雄性气概。他手持墨镜，时而戴上时而摘下，有点心不在焉。女方身材娇小，臀乳周正，虽金发灰眼，但因面部不够丰满，鼻子过细眼距偏窄，凸现凡相。她挺着大肚子，估计在六七月之谱，不时悄声与伊桑交谈，其姿态很像姐姐或妈妈。她的照片我曾在杂志上见过，眼前正是此人。他们像常人一样，耐心排队，回答办事人员的

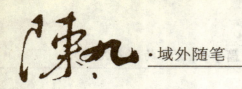
问题，领表填表，毫不招摇。对人们好奇的目光坦然相对，有微笑有装聋作哑，但绝无张狂。

来此地者均为结婚，登记结婚是心情紧张的时刻，浮想联翩，浮想联翩啊。填表、签字，这些严肃的法律程序像坚硬石头，给温柔爱情一记铛铛的扫堂腿。此时此刻，没人众星捧月缠着伊桑他们，没闪光灯，没人要签字，大家就是望着，释出善意的目光，祝福他们。明星娶保姆，毕竟超凡脱俗逆流而上，这不再是娱乐八卦，而是百分百的事实。他们办完登记，接下来是我们，答完话签完字，蓦然回首，好莱坞消失了，那人不在灯火阑珊处，伊桑·霍克和他的新娘不知去向。

恭喜你，伊桑·霍克。我好像更喜欢你了，起码此刻是这样觉得。

纽约的日子怎么过

我一家四口，俩大人俩孩子，住在纽约市皇后区。我们属上班族，是个典型的移民家庭。我每月工资上交，花钱找老板要。我家老板过去还好，一要她就给，可这些年不行了，话多。我想买新式数码相机，老板就没批，嘟嘟囔囔地，尼康怎么这么贵呀，数码相机也要上千？原先我家周末不起火，出去吃。辛苦一周应该享受享受。现在也不灵了，我一说出去吃老板就说，哎呀，做都做了，外面东西不干净呀。嘿，我这暴脾气，还让不让人活了，你存钱干啥，给娘家买房？

就这句，老板哭了，闷闷儿地哭。

那晚，老板让我坐下。他爸，坐下，咱俩说说话儿。我疑惑，咋回事这是，搞得还挺正规？她说，他爸呀，咱家的事儿，也该让你知道了。我一惊，这词儿熟啊，这不是《红灯记》里李奶奶痛说革命家史的话吗：铁梅啊，咱

237

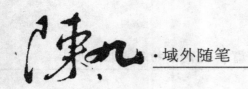

们家的事儿，也该让你知道了。生离死别的词儿她怎么给
用这儿了？坏了，肯定要跟我摊牌！想到此我两腿发软，
忙说，老板啊，这两天我正琢磨给你爹妈在国内买个房，
老人也不容易，儿女大了都飞走了……没等我忽悠完，老
板严肃地说，他爸，别跟我瞎搅和，我还不知道你小子，
给我坐下。说着，她亮出一张家里的每月开支清单：

月收入： 　　　$9000.00（以美元计，下同）

减去如下月支出：（括号内容为本人所加，以便读者）

所得税预扣：$2200.00（美国是先扣税，报税时多退
　　　　　　　　　少补）

医保自付额：$300.00（公司提供医保，本人须付部
　　　　　　　　分费用）

房屋按揭：$2500.00（购房贷款月付）

地产税：　$400.00（拥有房屋须付地产税）

房屋保险：$100.00

水电费：　$400.00

交通费：　$300.00（地铁和通勤火车票）

汽车月付：$350.00（仅一辆汽车的租赁月付款）

汽车保险：$120.00

汽油费：　$240.00

电话费：　$100.00

手机费：　$150.00

电视费：　$100.00（有线电视或卫星电视加上网
　　　　　　　服务）

孩子校车费： $ 240.00（纽约市中学校车需自付费，
　　　　　　　　但可以不乘）
孩子中文课： $ 200.00
支出共计：　 $ 7700.00
余：　　　　 $ 1300.00（这就是全家吃穿用的钱）

　　我一看清单，傻了。怀疑地问，咱家年收入十多万，远远高于纽约市都会区的平均家庭收入七万五千美元，怎么就过这日子？你以为过什么日子，每笔账都有单据，要不要给你看看？老板沉着应对。那也不对呀，以前你怎么没这么卡我？以前，你知道这些年汽油涨了多少，地产税涨多少，医保涨多少，水电费涨多少，交通费涨多少，什么什么都涨，伊拉克战争，阿富汗战争，每年几千亿的开销，还不都靠涨税涨价来，还以前，亏你说得出，再以前花七十五元能买整个曼哈顿呢！老板说的是当年荷兰殖民者初到纽约，那时叫新阿姆斯特丹，仅用七十五块钱从印第安人手中买下整个曼哈顿岛，这当然是气话。她边说边用笔又列出个表。

　　三年前的各项费用一览：
医保自付额： $ 0.00
地产税：　　 $ 200.00
房屋保险：　 $ 50.00
水电费：　　 $ 200.00
交通费：　　 $ 150.00

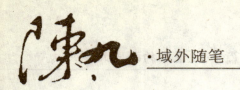
汽车保险：	$ 80.00
汽油费：	$ 120.00
孩子校车费：	$ 0.00
孩子中文课：	$ 100.00
共计：	$ 900.00

　　你看，每月生生比现在少开支一千四百元。有没有这一千四百块能一样吗？我还跟你说，咱得认万幸，幸亏那时买了房，要现在呀，说到这儿，老板狠瞪我一眼。这是因为当年她要买房，我嫌麻烦不想买。老板真不含糊，没再跟我废话，自己就把房子拿下了。我问她干嘛去了，风风火火的？她说买个房。听口气就像买了棵白菜。什么，买房？我刚想发作，这么大事也不跟兄弟商量。后来一想，买都买了，说什么也晚了。就为这，老板刚才瞪我。现在的房价是当年的三倍，我们这栋房子当时买三十万，现在要八九十万，那时若没买，现在绝对买不起。就是说，加上购房因素，纽约现在年收入达二十万以上者，才等于当年七八万的水平。

　　"呜呀呀，这这，这如何是好呀。"我一急把《大登殿》的戏词喊了出来。怎么，您还要开唱？抬，抬，一抬抬。老板给我打起鼓点儿。我俩都爱听戏，平时关上门也好唱两嗓子，我须生她花旦，《四郎探母》里那段《坐宫》的对唱是我俩的绝活儿。我说哪儿还有心唱戏，我都如梦初醒了！你呀，也该识识人间烟火了。老板说，你知道白菜多少钱一磅？鸡蛋多少钱一打儿吗？我摇摇头。来，我挑几样日常东西给你看看，心里有点儿数。说着她随手划拉出个表。

纽约日常用品价格比较：

现在：	三年前：
汽油：$3.50/加仑	汽油：$2.00/加仑
牛奶：$4.50/加仑	牛奶：$2.20/加仑
果汁：$3.50/半加仑	果汁：$2.00/半加仑
鸡蛋：$3.00/打	鸡蛋：$1.00/打
白菜：$0.60/磅	白菜：$0.30/磅
番茄：$1.99/磅	番茄：$0.60/磅
苹果：$1.00/磅	苹果：$0.50/磅
葡萄：$2.50/磅	葡萄：$1.00/磅
猪肉：$3.50/磅	猪肉：$2.50/磅
牛肉：$6.00/磅	牛肉：$3.50/磅
鸡腿：$1.60/磅	鸡腿：$0.90/磅

老板还要往下写，被我叫停。打住打住，这很明显了，居然涨这么多，难怪你手越来越紧，这可怎么办，这可怎么办？什么怎么办，来美二十多年，大风大浪都闯过来了，有什么了不起的。老板坚定地说，计划着花呗，我们比很多家庭强多了，别人能过咱也能过，再怎么也得把两个孩子供出来。他爸，别急，啊。

从那天起我开始带午饭，不买着吃了。老板用围巾缝了个套子，像她的两只手，把饭盒捂起来，到中午也不凉。

　　几个月后我做常规体检，竟发现血脂胆固醇均有下降，令人喜出望外。我把这事说给老板听，她笑笑。问，明天是你生日，想要什么礼物？我忙说，不要，什么都不要。咱攒钱还是给你爹妈在国内买个房，他们年纪大了，现在住的房没电梯，上下楼不方便。老板瞥了我一眼，没吭声。

　　第二天是周末，我睡到日上三竿才起。睁眼只见床头柜上有个纸盒。定睛一看，哇，这不是新式数码相机吗，上千那种。老板，老板，老板那那那……

　　家里没人，老板带孩子上中文课去了。

　　注：本文数据属实，人物情节为虚构。

在纽约一抬头撞见刘欢

　　严格说，撞见刘欢的不是我，是我太太。我写是因为我是她的一半，这可是她自己说的。我问，哪一半呀？有心的一半。她倒不傻，把我有心的一半抢走，自己留下没心没肺的一半。难怪每次她开车出门我都担心，生怕她又把自己丢了。我太太只认一条道，哪去哪回，像属狗的，稍微一绕就懵。她会突然打电话给我，九哥，我这是在哪儿呀？废话，我知道你在哪呀！算了，不说了。

　　既然是一半，她那一半撞见刘欢，我这半肯定也撞见了。时间是 2010 年 2 月 4 日下午 3 时许，地点是纽约长岛大颈镇，距我家所在的道格拉斯顿一站地，就在晌晴白日的大马路上。这里我得先说一句，啥叫撞见，隔着八丈远算吗？不算。撞是很近，撞车撞人，均指咣地嗵雷子了，挨上了。撞见就是目光挨上了，且在十步之内。俗话说三步之内必有芳草。刘欢个儿头比芳草大，又是著名歌唱家，

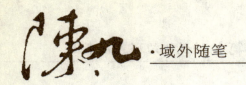

所以应为"十步之内必有歌星"。纽约这地方卧虎藏龙，不
怕你不信。

话说那天我儿子放学回家，他在史代文森读高中，每
天乘通勤火车。原本他应在道格拉斯顿站下车，结果睡过
了头。这些日子他缺觉，前两天跟同学去哨尼山滑雪，每
天闹到半夜不睡，到家就蔫儿了。等这小子一觉醒来，发
现火车已到终点站大颈镇。他只得给他妈打电话，让来接。
他妈一听儿子被甩在大颈镇就慌了，稀里哗啦赶到那里接
上儿子，再往下就犯了老毛病，找不着北了。

她开车围着大颈镇车站这通转呐，左一圈右一圈，一
圈一圈又一圈，越转越慌，越慌越转。老百姓管这叫鬼打
墙，其实很近，她多次都上了回家的路，结果又下去了。
这时，前方的红灯将她截住。要怎么说傻人傻福气，我太
太发现旁边并列着一辆奔驰大越野，连忙按喇叭求助。对
方将车窗摇下，她扯脖子就喊，先生，北方大道怎么走啊？

开大奔的是位中国男人，微胖，长长头发扎在脑后，
身边坐一位年纪轻些的女人，也为华裔，看上去忠厚善良
是典型的贤妻良母。男士操流畅英文回答道，北方大道呀，
前边那个路口往右转，两三分钟就到。这时我太太似有所
悟，觉得眼前这个梳辫子的男人很面熟，你不是那谁吗？
谁呀，人家没吭声。

你不是刘欢吗？
是，我是刘欢。
哎呀妈呀，你真是刘欢哪。

244

对，我真是刘欢。

我们都喜欢听你的歌。

谢谢，谢谢。

这下倒好，她跟刘欢聊上了。别忘了这是红绿灯，后面的车能不急嘛？她一听后面按她喇叭，又紧张起来，只记得刘欢让她右转，想都不想就右转了。人家刘欢是让你在前边的路口右转，到路口了吗你就转？转进去才发现是一个购物中心的停车场，她心里犯嘀咕，刘欢让我转到这儿干嘛？你说这种人类，刘欢什么时候让你转到这儿了，愣赖人家。现在你们该同情我了吧，我容易吗我？

车上的儿子问他妈，他是谁？他呀，中国最棒的歌星，我太太答道。接下来我儿子说了句话绝对经典：妈，你怎么脸红得像少女，你这年纪也会当粉丝吗？听听，你们听听，这小子学了一年中文，别的没学会就学会少女了。不过童言无忌，他道出一个真理：心没有年龄，只有生死，不分老幼，男女皆然。这句话把我太太噎得够呛，臭小子，你妈怎么就不能当粉丝，啊，啊。急了。

接下来的路越走越乱套。本来就迷糊，再让刘欢这么一折腾，整个晕菜。光想着为啥没让刘欢签个字，没跟刘欢握握手，路呢，嘿，说你呢，路呢？我太太又懵了，东一榔头西一棒子不知怎么走。这时就听有人对她呼唤，呼唤，这词儿用得妙。她一抬头，原来是刘欢在停车场的出口等她，对她喊着：你走错了，干脆你跟我的车，我把你带上北方大道。就这么着，刘欢前边开，我太太后边跟，

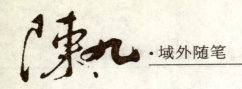

快到北方大道时，刘欢特意将手伸出窗外，让她右转，同时鸣号致意，搞得像北洋舰队，很正规。我太太逢人便说，刘欢这人真不错，歌唱得好，人品更好。

照说人家帮了你太太，我这做先生的理应表示表示，何况我与刘欢，还有影星陈道明，曾上过常德道的同所中学，算校友，请他喝顿酒是起码的。但没地址没电话，还真没地儿找他。我说哥儿几个，替我寻摸寻摸，抓住刘欢，对不起，是找到刘欢有赏，到时候咱一块儿热闹，好好瞻仰瞻仰刘欢老弟的酒量，如何？

为什么我会泪流满面

据说人类的眼泪是定数，流光就没了。原以为自己属流光之辈，每次看电视剧太太都问，侬做啥不哭啦？侬心肠老狠的，侬是黑心肠。你说我招谁惹谁了，一句话没说就落个黑心肠。我只好解释，不是黑心肠，是老了，眼泪流光了。后来她没再怪我，她相信我的眼泪是流光了。可昨晚去纽约林肯中心看总政文工团的"文化中国，四海同春"元宵节演出，却让我着实破了大例。

一步入林肯中心的艾维利费雪厅就感觉异样，这么多中国人，都打哪儿冒出来的。很久以来我觉得自己是异国孤旅，习惯了也麻木了，像动画片《寻找尼莫》中的那条小鱼，茫茫大海中不知归宿，心中充满孤寂、谦恭、无奈等复杂的移民感。当然，并非完全看不到同类，法拉盛马路上尽是中国人，但不一样，马路上的人各有心事，你不知道我，我也不知道你。可此刻在这个大厅里，谁都明白

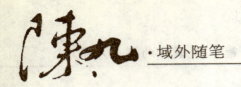

我们为何相聚于此，脸上的微笑就是心照不宣的相通。于是，心热了胆壮了，调门儿也高了，像有半斤酒量喝了二两，底儿算打好了。

果不其然，节目伊始就直冲云霄。第二个节目是湘妹子雷佳的独唱，她开始有些拘谨，刚唱个帽儿就要下台，一看就是装的，被主持人刘小娜请回。再往后可不得了，一首接一首，想下都下不了台。她唱《我的祖国》，"一条大河波浪宽，风吹稻花香两岸，朋友来了有好酒，豺狼来了有猎枪。"台下观众包括我自己，拼命鼓掌，这首歌来得太是时候了，中国人有自己美丽的国土，有自己的核心利益，尊重我们的核心利益咱一块儿喝酒，不尊重的咱也不怕，雷佳替我们道出心声：豺狼来了有猎枪！台上台下顿时拧成一团，搞得小雷佳都郁闷了，她肯定嘀咕，后面还有大哥大大姐大，我把门槛提这么高，不给人家出难题吗？这才第二个节目，就咣地奔向高潮，估计连他们自己都没料到。

我发现个诀窍，以后来美演出的艺术家们，你们选节目时一定要观察中美关系大局，要根据局势选择有含义的曲目。话不直接说，但让人一听就懂，一听就提气，就抖精神。你想啊，我们寄人篱下，有话不方便说，就指着你们来给我们鼓鼓劲儿。只要台上台下一通，你们别想下台，干脆打地铺住台上算了。

还有个节目令我难忘，陈军的二胡独奏，以及他和琵琶演奏家刘珂女士的二重奏。陈军这把二胡，爆发力太强了，他能将充沛饱满的艺术感觉于瞬间抵达完美位置，这绝非易事。一个随时准备进行艺术表达的人，必须始终生活在心中的艺术里，只有内心纯净的人才能做到。艺术这个东西非常美丽也非常残酷，是就是，不是想装也不是。陈军一招一势都展现出一个艺术家的风采，让我叹为观止。不仅如此，他不拘泥于二胡的传统曲目，能将任何他以为美丽的音乐融进手中的胡琴。他与刘珂的二重奏，电影《神话》中的插曲《美丽的神话》，由他自己编曲，真是玲珑剔透，比歌曲本身还具表现力。

演出结束后我驾车回家，突见陈军一人孤独地站在剧场后门的马路边，好像在等回酒店的巴士。我刚想停车向他表示敬意，一辆警车按我喇叭，说此地不能停车。我眼睁睁看着一个艺术家消失在我的视线里。

演出至半，一个重要事件发生了。我太太望着我，愣愣地不说话。我说你看我干嘛，看节目，老夫老妻的，影响多不好。她突然冒出一句：九哥，她一直称我九哥，侬怎么哭了！我，我哭了吗？我这才发现自己已是泪流满面。台上正演着舞蹈《士兵的假日》，看到那些活泼挺拔的士兵，尤其是女兵，想起当年自己领章帽徽的部队生涯，泪水止不住流啊流。太太握住我的手，我哭一下她就为我擦一下眼泪。她也在落泪。她说，节目感人，还有，我怎么觉得回娘家了。九哥，侬想哭就哭吧，会哭的人不老，侬还年轻呢，啊。

接下来的演出完美得天衣无缝。谭晶是我的粉丝，对不起，应该说我是谭晶的粉丝。我喜欢她的《桃花谣》、《一爱到底》、《我的祝福你听到了吗》，好多好多，绝不胡

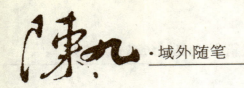

吹。这些歌我全会唱，都是跟谭晶的视频学的。爱是天意，天意，把我交给了你，不求一生惊天动地，只求一爱到底，扫都米扫，米都拉扫，拉拉都来都米。可惜我会的她一首没唱。她在台上一说"接下来呢"，我就拼命喊《一爱到底》，我也顾不得这张老脸了，可惜坐得太远，谭晶听不见，否则她一定疼我，唱我点的歌，我是真粉丝，她听得出来。不过能在现场目睹偶像风采，此心足矣。不不不，此心不足，谭晶，一定要再来，你欠我一首歌。

阎维文让我感动，先不说他唱得好，我给他掐着表，他一人整整唱了三十三分钟。这不是个唱，同志，这是为了满足观众要求和集体荣誉做出的奉献，人没有点精神和胸怀是做不到的，艺术家能把观众和艺术放在第一位，而不是把钞票放在第一位，这种人绝对值得尊敬。我在此给阎维文敬礼，阎兄，你说你今年当兵整四十年，那咱俩是同年兵，都是领章帽徽过来的，咱是战友，请接受我这个异国漂泊的孤独老兵的敬礼，向前向前向前，我们向太阳，向你致敬。

阎维文的歌声更棒。那首《母亲》是他的经典，唱的是母亲，可对于我们这些海外游子来说，想到的是母亲更是祖国。我有种想往台上冲的感觉，想冲上去抱住你们，彻底抹掉演员与观众的界线，你们怎能仅仅是演员，你们分明是我久别重逢的兄弟姐妹，难道你不认识我了吗，我们来自同一个家庭，是吃同一个母亲的奶水长大，我已经等你们很久了，我们怎能再次分离，岂止是四海同春，应该四海同心才对，四海同心！

　　"文化中国，四海同春"元宵节演出终于落幕。回家路上太太还在流泪。她说了句话堪称经典：九哥，我发现，阿拉只有跟祖国在一道，心才会柔软丰富，才永远年轻，侬讲对吗？我哗地把车停在路边，紧紧将她抱在怀里。

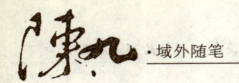

青年奥巴马的纽约岁月

　　纽约乃人才辈出之地。几乎所有美国的杰出政治家，从华盛顿、林肯、罗斯福，到肯尼迪、马丁·路德·金，无论其桑梓何处，都与纽约难分难舍。本届当选总统奥巴马更不例外，他生长在夏威夷，成功在芝加哥，但其人生最重要的大学年代和走向社会的初始时刻，是在纽约度过的。在纽约的五年时光，用他自己的话说，是"铸就灵魂"的岁月，为他日后的政治腾飞打下了坚实基础。

　　1981年，19岁的奥巴马从洛杉矶一所学院转到纽约哥伦比亚大学读二年级。据说刚到纽约的头天晚上十分狼狈，他去找住在曼哈顿西109街的一个朋友，想到他家借宿一晚。没想到这位仁兄整夜未归，奥巴马只好在楼下一条巷子里站了一夜。他说那天太累了，站着就睡着了。一个站着也能睡着的年轻人，究竟有怎样的内心世界，岂不令人浮想联翩。

　　奥巴马终于在纽约安顿下来。他在曼哈顿第一和第二大道之间的东 94 街，一栋老式六层楼里租下房子，并在这里一直居住到离开纽约。大学期间，他的姥姥姥爷始终在各方面支持他，并几次从夏威夷来纽约看望这个外孙。在本次总统选举中，奥巴马的姥姥仙逝于夏威夷，他为此潸然泪下，令人动情。回顾奥巴马的成长过程，处处可见他姥姥姥爷对他的关爱和影响，挥之不去。

　　经过近三年他自己称为"像和尚一样"的学习，奥巴马于 1983 年从哥伦比亚大学毕业，获政治学学士学位。他当时的专业为国际关系，其毕业论文的题目是《论苏联核武系统的解除》。这个题目对今天的人们来说已十分遥远，但当年那个风华正茂的奥巴马的开阔眼界和人道情怀仍可略见一斑。

　　毕业后奥巴马的第一份工作是在商业国际公司，一家当年位于纽约曼哈顿的咨询出版商，充任分析员和执笔人。该公司的主要业务是帮助美国企业拓展海外市场，它在欧洲、亚洲、中南美洲都设有分支。奥巴马在此工作约一年。当他回顾这短短一年的经历时说，在那里，我分析问题的方法和技巧得到极大锻炼。

　　对他影响最大的，并被其称为"奠定人生取向基础"的是他在纽约的第二份工作，在纽约公共利益研究会做社区协调人。在这里，年轻奥巴马的世界观、政治魅力和工作天分，都得到令人难忘的展示。伊琳·赫申诺夫女士，当年的项目主管人回忆说，我告诉他，这个职位年薪仅一万美元。他大笑说，作为人生开始，这足够了。他的笑声

爽朗透亮，至今记忆犹新。

1984年春，奥巴马受委派到纽约哈林区任项目主持人。众所周知，哈林区是非裔美国人的聚集地，被称为"世界黑人首都"，是纽约市最贫穷的住宅区之一。在哈林区的三个来月，奥巴马非常投入地向人们传授如何集会，如何撰写集会宣传品，如何与民选官员对话，如何通过合法游说影响公共政策的制定等方面的技巧。据他当时的同事黛嫣·克拉斯女士说，奥巴马智力惊人精力充沛，他显然不喜欢与所谓的传统精英为伍，而对用群体方式改革政治体系充满兴趣，这对他后来的政治生涯意义深远。他在这里的工作尽管短暂，但他追求事业的严肃认真给每个与其共事的人留下不可磨灭的印象。

据纽约公共利益研究会现任主席爱丽森·克里女士回忆，她曾与奥巴马在改进哈林区地铁站项目上密切合作。1984年5月1日，在奥巴马倡导下，他们搞了"五一"大签名活动。奥巴马拿着签名册一个车站一个车站奔走，呼吁乘客签名，要求政府改善哈林地铁站肮脏昏暗的候车条件。奥巴马亲自制作宣传画，上画一节地铁车厢正沉入水中，题目是："五一五一，拯救正在沉没的地铁系统！"不仅如此，作为主要组织者之一，奥巴马还领导了要求纽约市立大学谴责当年南非政府种族隔离政策的活动并获得成功。他也在要求市立大学对少数族裔低收入学生降低学费的活动中大显身手。爱丽森说，当时社区活动组织者并非奥巴马一人，但他给人们的印象非常独特，谁都不怀疑这个充满理想的小伙子会干出惊天动地的大事。

在纽约公共利益研究会工作的日子里，奥巴马用自己创造性的工作成果赢得了周边人们对他的尊重和依赖。大家都喜欢他。爱丽森·克里女士说，我们那时虽不知他日后能被选为美国总统，但他身上传出的理想、热情、不知疲倦和深刻的人道关怀，时时提醒我们，他一定会书写他生命更加灿烂的篇章。那天，奥巴马突然对我说，他要离开这里去芝加哥发展，我差点儿给他跪下求他别走，因为他对所有社区，不同种族文化的人群，都具魅力。人们爱用左派右派区分政治壁垒，可奥巴马的人格力量超越这种局限，他属于美国，他属于每个美国人。

从纽约出发，青年奥巴马昂首走向芝加哥，开始他独步天下论剑江湖的崭新历程。我们完全有理由相信，纽约是他孕育理想之地，他在这里寻找自己，认识社会，经过迷惘困惑和无数挣扎，完成了对生命意义的最终确认，愣把平淡生活变成一个许诺，一段历史守候，一次石破天惊前的卧薪尝胆。纽约无法忘记奥巴马，在此次总统大选中，本州百分之七十七的选票投给了奥巴马，其比例全美最高，甚至高于他当时居住的伊立诺伊州，因此纽约坚信奥巴马也不会忘记纽约。

二十多年后的今天，在奥巴马成功之际，正是纽约在金融危机的严冬中瑟瑟发抖之时。奥巴马，你此刻不期而至，是历史巧合，还是要两肋插刀呢？

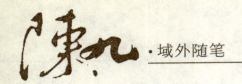

为来美旅游的同胞建言

近年来，越来越多的祖国同胞来美国旅游了。身为一名纽约华人，我深深期待你们的到来。华人在美国是少数民族中的少数民族，是文化中的孤岛，你们的到来会让我们的生活热络起来，感到离祖国更近。

不知你们将带着怎样的期待踏上纽约这块土地？二十年前我来时心情是兴奋的：纽约是美国文明的象征，是世界最大的城市经济体。它神话般繁荣，是能让梦想成真的魔幻之地。可后来随着岁月的洗礼，朦胧渐渐清晰，浮躁渐渐平静，我想起一句话：人所具有我都具有。这话其实反过来说更对，我所具有人也具有。只要是人，无论黑眼睛蓝眼睛，都各有所长。对于种族和文化，只有不同没有优劣。

纽约会怎样不同呢？美国人走出去时都很大大咧咧。可在本土，他们自己的地盘儿上，其面目会有所不同。整体来说，他们对中国人还是有隔阂的，这种成见或许可追溯到清政府腐败无能割地赔款的年代。那时欧洲来美的人称为移民，而从中国来的则是苦力，称为猪仔，其地位仅比黑奴稍好。之所以提这些，因为历史积淀是沉重的，至今尚未彻底改观。在这样的背景下，每个来此旅行的同胞都请多留个心眼儿，注意通过自身的行为方式保护自己。俗话说，在家三辈老，出门三辈小，来纽约旅行也是一样，尽量避免给自己带来麻烦。

首先，所有旅行和相关证件必须齐全并随身携带，莫存侥幸心理，千万别把自身命运寄托在别人慈悲之上。美国人办事认真，这是我们应学习的。"九·一一"事件后，他们更把国土安全看得至高无上，对所有进入者加倍提防。举一小例，我母亲年近八旬来美探亲，入境纽约时，被安检人员如临大敌地隔离起来，非说她携带原子武器。听清了，原子武器。老太太一生逃过难抗过日，经过"反右"和"文革"，从容以对。问，你说我有原子弹，我体重不足百斤，原子弹放何处？最后才弄清，我母亲来美前一个月，在北医三院做全面心脏检查时，注射过一种含微量放射性元素的液体，正是这种液体让安检仪的灯亮了。老太太幸亏带有医生证明，证明做过该种检查，美国人才放行。否则有得搞，情况就会复杂很多。

其次，遵规守矩，千万千万。规矩让人厌烦，人们常有不想守规矩的冲动。可初来乍到人地两生，即便被人称为土老帽儿，照规矩办事还是保护自己的不二法则。过马路等灯，不随地吐痰，不在室内吸烟，不大声喧哗，不随

257

地扔杂物，不说讽刺侮辱别人的话，都要谨小慎微。尤其最后一条，要小心。举一小例，友人在纽约购物时讨价还价未果，随口说了句刚学会的骂人的英语。摊贩不依不饶非叫警察。纽约警察是这样，只要来了，不问青红皂白必按程序走一遍。查证件，做笔录，听取证人意见，最后做出处理意见。好了放行，坏了有可能上法庭。友人事后悔恨不迭，连说吃不消。我说你也是，好话不会，骂人的一学就会，还活学活用。

还有，如果单位旅游，最好别让下级给上级打伞。如果家庭旅游，千万别当街训斥或打孩子。把这两条单列是因为十分敏感。前一条在国内司空见惯，领导雨中下乡，依旧双手紧握老乡的手，"乡亲们都好吧？"老乡不敢答，因看到领导身后还有打伞的人。这在美国很不流行，布什从白宫登直升机也是自己打伞。美国上下级关系更强调职责分工而无需人身依附，"领导下乡"如发生在纽约街头没准会带来麻烦，别人看不惯就容易找你茬儿，务请首长们克制一下。后一条更须小心。带孩子旅游本是好事，如果孩子在纽约街头撒泼耍赖，千万别因面子难堪而大声训斥或推操孩子。毫不客气地告诉你，只要你"打"孩子，肯定有人报警，其后果不堪设想，完全可能进监狱。举一小例，几年前回国，一对父子坐我身旁。当飞机飞出美国领空，父亲一跃而起痛打儿子，边打边哭，且毫无保留向大家披露他的遭遇。就因孩子被娇纵过度，非要买什么父亲没买，在纽约街头大哭大闹。情急之下父亲打了他一下，儿子哭得更凶，终招来警察，将父亲投入拘留所。父亲边打边发誓，再不会带他出国。这是何苦，这是何苦呀。

如果与警察发生交涉，无论你多有理，千万别和警察争执，千万别拿美国警察当中国警察对待。都说民主法制好，民主法制国家的警察绝对不可冒犯，这和你有理没理毫无关系。有理法庭上说去，此刻就得听警察的。举一小例，不久前纽约有个黑人青年被警察误为毒贩，他手无寸铁，只因未按警察指令止步，让四名警察连开五十多枪当场击毙。事后呢？警察无罪。还有，中国旅游者赵女士，入境纽约时因未听懂警察说的英文指示，被误为挑衅一顿暴打，后来也败诉。你想想，如果那么容易判警察有罪，谁敢执法，谁还惧法，法还是法吗？

此外，在大商店购物不应讲价，乘出租车或吃餐馆儿须付百分之十五的小费。这些看似小事，但很能显出生活习惯的差异。还是入乡随俗为好，免得为几个小钱不愉快。马都买了，还在乎鞍吗？特别是餐馆儿小费，是人家生活依靠，我亲眼见过店家追出门讨小费的事，最后还是不得不付，怎尴尬二字了得。

唠唠叨叨像娘家人似地说了许多，真不一定全对，很多你们大概早就知道并已习惯了。我晓得国内变化甚快，正掀起与国际接轨的热潮。国际接轨很大程度是和美国接轨，我在纽约跟他们接了二十多年，还有很多地方接不上。既然文化只有不同没有优劣，接不上就接不上吧，只要了解他们的生活方式，知道如何衣食住行，就能自得其乐，享一片心中的蓝天。来旅游的同胞们，我为你们骄傲。二十多年前我们来美求学，下飞机就打工，哪有闲情逸致观

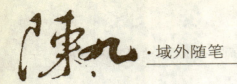

光旅游。现在你们马上要像天女散花一样怀着轻松心境来此旅游，我们是要挣钱，你们是要花钱，精神面貌何等不同！咱们这个古老民族正在发生怎样的巨大变化呀。

伸开双臂期待你们，遥望蓝天祝福祖国，风水终会轮到我们的。

华尔街铜牛人人骑

据说北京电视台一名主持人在她的博客发文，批评中国游客在纽约华尔街随便骑那只作为街头雕塑的铜牛。这件事我最有发言权，因为我的办公室在那只铜牛旁边，天天打此路过，我认为该主持人的指责有失公允，没什么道理。作为电视节目主持人，她不该在关系国人形象的重大命题上信口开河。一切都很明白，在纽约骑铜牛不是大不了的事，铜牛的脖子早被磨得锃光瓦亮，经常被人骑，绝非是中国游客的"专利"。

纽约当局或许有不许攀登街头设施的规定，即使有也从未真正实施过，起码在那只铜牛四周没有任何"不许攀登"的警告。这一切都显而易见。如果该主持人真亲临此地，竟对这一切熟视无睹，愣要不顾事实写这样贬低同胞的文章，恐怕就不仅仅轻佻，更有哗众取宠之嫌。

我的办公室原在水獭街与百老汇街交口处（现仍在附

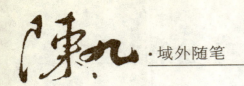

近），从窗户可看到这只多事之秋的铜牛。铜牛身后是邮局，**我常在午饭间去邮局查信买邮票。**这家邮局最特别之处是，在入口处左手墙上镶有一幅巨大的世界地图，所有重要国家都以国旗标之，中国国旗是早年的民国五色旗，这印证着该邮局的建造年代。每次去邮局必从铜牛身边走过，我看到太多游人，哪国都有，攀到铜牛身上照相留念，周围路人包括我自己，对此从未感到不适。如今中国游客入乡随俗也攀上铜牛照相留念，凭什么就该受指责，还是自己同胞的指责。

该主持人说，当她看到同胞骑牛时，"在场的老外无不感叹唏嘘"！请问怎么个唏嘘法儿，都说什么了？按美国人的习惯，如果骑牛行为大逆不道，那何止是唏嘘，他们一定有人站出来提出异议，这才是典型的美国生活方式。该主持人的这段描写，完全是以假装的美国文明人的思维方式批评中国人，实际却暴露了她对骑牛之举完全不具备文化层面上的判断力。她以为她很文明，实际上却完全是中国式的，这也不让那也不许，她可能把纽约当上海或苏州了。

该主持人还说，有个清洁工对她说，"在这里工作快两年了，还是第一次看到有人骑在牛背上。"请问，你忘说这个清洁工是男还是女，能告诉我这个人的性别吗，长什么样，说话何种口音？该地的清洁工就那么几位，我和他们几乎都打过招呼。如果主持人女士能提供更多细节，我愿帮助查证一下，看这个清洁工是否说过这样的话，是不是指责的意思？别说两年，两个月都不可能，每天有大量游客来此参观，常有人爬上铜牛拍照留念，这是我在此工作二十年的见证。我怀疑这位主持人所说的那个幽灵清洁工是否存在，因为这离真实生活差太远。

至于该主持人说，"在这个铜牛前应该立一块禁止攀登的牌子"，就更令人匪夷所思。美国人的事美国人自己会管好，纽约人的事纽约人自己也会管好。他们不会为证明你对同胞的指责是对的就去竖一个牌子。你这句话恰恰佐证了迄今为止在铜牛四周没有"禁止攀登"的牌子，攀登铜牛也不像你所说的不光彩。真正不光彩的并非骑牛的中国游客，而是某些人转换不过来的价值参照系，是该主持人明明对美国社会贫乏了解却要信口开河的大嘴巴。

我并非节目主持人，说不好作为主持人该有怎样的素质。但最基本的，要用严肃负责的态度对待自己所披露的事实，而不能像在父母面前撒娇的小女孩，想说什么说什么，对错无人怪。节目主持人是公众人物，公众人物喜欢炫耀自己的话语权和优势地位，这可以理解，但首先应有对公众的责任感，离开这种"沉重"，公众人物就会轻飘飘失去分量。主动帮助自己同胞提高素质是好事，但无论如何不能到罔顾事实的地步，更不能编出这种"外国人做得，中国人做不得"的国际玩笑拿同胞说事儿，轻佻得令人贻笑大方了。

尊敬的女主持人，下次来纽约时，让我扶你骑上铜牛，潇洒一把。

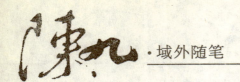

纽约真在闹虫灾吗

今天上班乘地铁时，赫然发现车厢内遍布最新广告：

树木杀手！

除非我们杀死它们，否则亚洲长角天牛将迅速在纽约泛滥，并毁灭我们很多树种。更严重的是，它们将永久改变我们的生态系统！我们需要你的帮助。请致电：1－800－265－0301。

该广告给人的印象是，亚洲长角天牛已瘟疫般入侵纽约，纽约正在闹亚洲长角天牛灾。如果现在不立即采取行动，后果将十分严重。嗨，真是的，亚洲怎么尽出这些劳什子，又是亚洲，哼！

别怪人家出言不逊。在美国，感冒病毒叫亚洲病毒，去年松树闹虫害叫亚洲松蛉，佛罗里达州不久前宣称，该州滩涂的本地蟹正遭亚洲茸脚蟹的猛烈攻击，恐有灭种之虞。何为亚洲茸脚蟹？就是我们常说的阳澄湖大闸蟹，明明把别人的好东西偷去，占便宜卖乖，缺德不缺德呀你。更有甚者，什么亚洲非法移民、亚洲间谍、亚洲老鼠，连当年由殖民者传入中国的结核病毒也被命为亚洲结核，反正只要是负面的都是亚洲的，亚洲几乎成了专用否定词，只要什么他不喜欢，咣，按一个亚洲形容词就完事。你说，这种文化氛围怎能不令人浮想联翩？

连孩子都懂，要想恶心谁必先造舆论，必先做意识形态方面的工作。如果只是偶然提到亚洲，我不会多心，或许还有些惭愧，毕竟我是中国人，当然也是亚洲人。可这么铺天盖地而来的"亚洲现象"不能不令人思索，到底你什么意思，亚洲真这么可怕吗？咱就说长角天牛，小时候在北京街头经常见到，黑地白花，一对长长的犄角。那时常捉来喂鸡，鸡吃了会下双黄蛋，可从未见过成片成片的树木因它而亡呀。同科的昆虫美国很多，它们除外形略异，习性几乎相同，也没听谁说闹瘟疫啊。再说所谓的亚洲间谍，美国抓亚洲间谍多少年了，迄今为止连一个落实的都没有，都是无罪开释政府赔偿。即便如此，抓亚洲间谍的冲动从未消减，宁错杀三千不放走一个，每年都会闹一闹。这不能不让人怀疑，醉翁之意不在酒，根本不是抓什么间谍防什么虫灾，就为贬低亚洲人形象，为其进入主流社会制造障碍。

这样说绝非无凭无据。就拿此时的虫灾广告为例，请问现在什么季节？深秋或初冬，夜里最低温度几近零度，

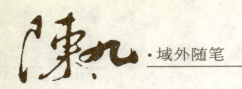

我家都开暖气了。怎么茬儿，闹病虫害，亚洲长角天牛？什么虫子有这么大本事，能在冬天里呜嚷呜嚷地泛滥？哗飞过去一片，哗又飞过去一片。冬天闹虫灾，这不是胡说八道嘛。此刻登这种广告，一看就不是单纯防什么天牛虫害，谁都不是傻子，其中的暗示不言自明。

对这种下三路的招数，我们很难提出质疑。如果你问，为什么冬天登这个广告？他一定告你，预防。最后逼急了，他说我就喜欢冬天登，咋了？你还是无可奈何。其实我们并非不会玩儿这些损招儿，把坏事都冠以美国二字，比如非典，美国非典。爱滋，美国爱滋。连三聚氰氨的配方据说都来自美国，那就叫美国三聚氰氨吧。可我们不这么做，我们亚洲人历尽磨难前仆后继拔地而起，有足够的自信向世界证明我们的优秀伟大。看着这些广告，只觉得像看几个淘气孩子在捣蛋，他的小聪明儿小心眼儿，一目了然，真不信他还能整出什么花头来。

在纽约，下地铁时憋住尿

为什么憋住尿？不憋没办法，因为纽约地铁站里的厕所几乎都上了锁。特别是最近纽约捷运局宣布，再关闭七十八个地铁站厕所，理由竟是为保持清洁。

可能有些国人对此会表示不解，北京地铁里的厕所都开呀，上海地铁里的厕所也开呀，纽约真的会这样？当你对自己的生活有怀疑时，往往会觉得别人过得比你好。其实走出去一看就知道了，各有千秋，这才是世界的最真实面貌。

纽约捷运局的这项决定引发了公众的极大反弹。一位叫尤金的资深律师说，人们要撒尿你能不让撒，此乃人性，关闭厕所太不可思议。家住长岛的铁工荷毕说，这可怎么办，难道让我尿裤子？甚至就连在地铁站工作的摩尼先生都说，如果关闭厕所，急了他就往轨道上撒，那岂不臭气熏天吗？

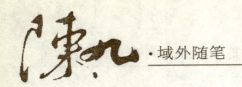

　　当然不都是抱怨，也有对这一决定表示理解的。比如大通银行的研究员普立兹就认为，关闭厕所是无奈之举，你没闻到厕所那个味道，直通天堂，让你忍无可忍。二十七岁的清洁工伯都摩说，每天清理厕所起码要五小时，你没看那些厕所这个脏啊，我都说不出口，可我还是一次次弄干净。他们的话其实不无道理，难怪地铁厕所里都贴着提醒使用者的提示：自带纸张和洗手液，请关好门，先做深呼吸再进入，以防呕吐，别让屁股挨着马桶垫。还有一条最有意思：请想好，你非要用厕所吗？

　　关闭厕所的真正原因其实捷运局没说，那就是安全问题。据说这些年，地铁站的厕所几乎成了毒贩们的办公室。他们不仅在此贩毒，还不时传出打斗甚至凶杀的消息。还有那些无家可归者，以厕为家独霸一方，对来人非骂即打。一句话，厕所简直成了犯罪的天堂，再不关闭，捷运局有多少钱付它的法律诉讼费呢。

　　这让我不由想起有些同胞总爱骂自己人，说中国的厕所太脏太臭，还把厕所问题上纲上线到民族甚至人种的高度。这些人恐怕还太孤陋寡闻，是不是我们也来个国际接轨，把所有肮脏的厕所都关闭？让说这些话的人尿几回裤子就明白了，我们文明中深含的伦理底蕴更接近人性，大可不必为此焦躁不安。一个人不容易看到身上的缺点，更不容易意识到自己创造的奇迹。只有通过比较，才能准确认识自己的价值。我们在不断地进步，耐心些，我们一定会做得比谁都好。

　　别以为纽约捷运局关闭了地铁厕所就可高枕无忧了。

这毕竟不合人性，属逆之者亡失道寡助之举。正像一位资深律师罗深诺所指出的，擅自关闭公共设施有违法之嫌。由此引起的公众行为改变，比如随地便溺，还有健康问题，将导致执法混乱。捷运局是否对由此造成的严重后果做好准备了呢？

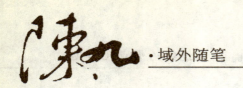

纽约长岛的贵族与暴发户

　　纽约长岛是众所周知的富人区，其实这里只是富人较多，大多数还是中产阶级。富人起码又分两类，老钱和新钱。老钱指靠祖产为生的"贵族"富人，新钱指暴发户，靠股票、房地产，或做生意发家的富人。

　　老钱新钱各有千秋。新钱有冲劲儿，乘长风破万里浪，大有取代之势。比如比尔·盖茨，股票大鳄索罗斯，金融家布隆博格，雅虎的杨致远等，多为电脑、互联网、金融及房地产业的领军者。老钱则主要指百余年前第二次产业革命时期形成的富人，著名的有洛克菲勒家族，摩根家族，杜邦家族，卡内基·梅隆家族等，主要集中在金融、房地产、钢铁、石油、制造业等。这些人老谋深算盘根错结，很大程度上仍左右着美国的政治经济。当然这些是典型家族，非常大的。更多的没这么大名气，一般般，但比起中产阶级还是富有甚多。

在长岛，老钱住在哪儿新钱又住在哪儿呢？长岛原本是老钱的天下，是他们开辟出来的。像道格拉斯顿、大颈镇、曼哈赛、布鲁克维尔，宋美龄生前就住在布鲁克维尔，杭亭顿镇、老西伯利村、格兰湾，再往东有赛格港、南汉普顿等，都是老钱集中地。比如道格拉斯顿镇，这里原属大地主道格拉斯家族，当年政府建长岛铁路求他让地，他的条件是必须建一个叫道格拉斯顿的火车站，这是为何该站与下个车站仅相距不到一英里的原因，两站相望人影可见。

新钱大多也向这些地区聚集，他们往往在老钱旁边建新区。判断老钱新钱并不难，老钱的房子较旧，但风格经典设计独特，很多都被定为地标建筑，不许随意改建。新钱的房子则崭新巨大，但款式较俗。最主要的区别是，老钱的房子占地面积大，过去长岛地广人稀，想占多大占多大，所以老钱住宅很多都为庄园式，一条甬道通向深处，路旁竖一块"私人领地请勿入内"的牌子，丛林中的楼宇隐约可见，有些还有私人池塘、种植园或养马场，其面积一般在五至十英亩之巨，甚至更大。而新钱绝无这么大的地，现在寸土如金，特别富人区的地更是凤毛麟角十分昂贵，捞到一块不容易，所以新钱的地一般仅在半至两英亩之谱，房子高高大大，戳在路边一目了然，充满唯恐别人不知的激情。

在当前美国金融风暴的冲击下，不少新钱的房子开始求售，暴发户往往来得快去得也快，这司空见惯。在目前疲软的市场下，豪宅价格急剧下降，我有个当医生的朋友，

271

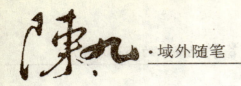

把一栋三百万的新钱豪宅愣砍到二百三十万。可就在他住进半年后，银行对该房重新估价仅为一百九十万。新房价格骤降的原因除供求关系外，占地面积小是致命伤。在长岛，最值钱的是地不是房，要想房地产保值，地越大越好。

老钱售房的情况以往并不多见，如今在金融危机压力下，这块冰山正在坍塌。据金海岸房产公司总裁阿林特·莱维斯先生说，越来越多老钱的后代早淡漠家族荣誉，他们对日益上涨的房产税心灰意冷，决意抛售老宅。比如著名建筑师汤普森·哈斯丁家族，将其价值一千三百万美元的住宅投入市场。美国历史上著名的种马饲养商菲普家族，已将位于老西伯利村的祖业以一千两百万美元卖给律师詹妮弗·洛佩兹女士。美国女歌星艾丽西亚·凯斯刚刚以四千万美元买下哈伯马克家族位于长岛北岸的海滨豪宅。老钱宅第频繁脱手，这在长岛房产史上十分罕见，足以说明美国当前经济的窘况，财富拥有的基本面正发生结构性变化。

老钱新钱周而复始，谁也无法永恒，能够永恒的恐怕都与财富无关。而绵绵不绝的是芸芸众生的世俗生活喜怒哀乐，就像此刻你我的随意说笑一样。

纽约丧葬店卖新鲜面包

　　何谓丧葬店？就是中国人的冥器店、纸花店，专卖给死人送葬或祭奠所用之物。纽约也有丧葬店，卖坟墓上的装饰品，给死人下葬用的天使布娃娃，还有花圈等等，但从未听说丧葬店也卖活人吃的面包。或许由于景气不佳，为图生存，纽约布鲁克林一家丧葬店居然破例卖起新鲜面包，令人刮目。

　　有人问，为什么非卖面包？这跟丧葬天壤之别，根本挨不上嘛。我来解释一下，面包是东欧人、爱尔兰人及意大利人每日消耗最多的食品之一，是他们的天堂，就像老北京人吃炸酱面，一碗在手政通人和，想打人的不打了，想骂街的不骂了，想泡妞儿的，恐怕还得泡，人哪，就这条改不了。也就是说，该丧葬店地处欧洲移民最集中的社区，人多市场大，老板的眼光应该说不错。

　　万事皆有机缘，草桥相会成就了梁祝，《一剪梅》唱红

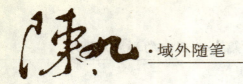

了费玉清，丧葬店卖面包也有原因。是这样，位于布鲁克林本森贺的一家面包房，为招揽顾客，在门前挂了盏光线柔和造型别致的小灯。这天丧葬店老板拉格萨先生打此路过，被这盏灯火吸引踱进面包房。店内散发的面包香气使他沉醉，他突发奇想，为何我不能也销售这种香气袭人的面包呢？这正是导致丧葬店卖面包的启端。

那到底有没有人买呢？对此我开始也怀疑，因为如果北京前门外的冥器店也卖炸酱面，甭管怎么吆喝，恐怕无人上门，起码我不去，嫌晦气，怎么，吃完这碗面我也跟着下葬，接风饺子送行面，把我送下边去？美国人可没这讲究，这就是文化差异，宗教使他们不认为安葬是不吉利的事，纽约有些社区恰恰邻墓而居，相见两不厌。所以"面好不怕丧葬店"，拉格萨先生"此店卖面包"的牌子一挂，立刻就有生意，最多一周能卖出五百条，两美元一条，那就是千八百块钱呀。

事情到此并未结束，还有个情节令人动容。拉格萨先生有个十八岁的女儿安吉拉，性格叛逆，每天到家总是一头扎进自己房间，再不露面，父女俩已好久不说话了。这让拉格萨悲伤，女儿是我的宝贝，是上帝给我的礼物，我怎能失去她。自从卖面包以来，每天清晨六点必须在店前等厂家送货，他起不来时就请女儿安吉拉代劳，一来二去，变成每天都是父女俩一同等货。他这才发现，原来女儿是非常健谈的，风趣的，无比美丽的，充满女人味儿的。他看出安吉拉很喜欢这项工作，就问，爸爸给你开家面包房怎样，你自己经营。真的吗爸爸？真的。

拉格萨很久没看过女儿如此欢畅，他激动得哭起来。

嘿，别以为我在编故事唬你。这家丧葬店名叫格兰蒂丧葬店，位于布鲁克林威廉斯堡的格兰姆大街382号。你去的时候别忘给我带条面包，我可不想白告诉你哟。嗯，算了算了，还是等安吉拉的面包房开张再说吧。

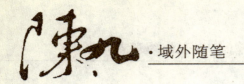

美国的金融风暴和午餐肉

罐头午餐肉对老一辈纽约人来说意义非凡，因为它诞生于20世纪30年代经济大萧条时期的纽约。那时经济衰退，人们买不起肉，于是商家就推出这种用肉和添加物，比如马铃薯、玉米汁、豆类，混合在一起的罐装肉，取名午餐肉。它比牛肉猪肉便宜，且是熟的，打开就可以吃。正是它帮助当年的纽约人渡过经济难关，想起午餐肉就想起大萧条时的颤栗时光。

随着经济的复苏和腾飞，午餐肉渐渐从纽约人的视野中淡出。即便有人食用也只是一种点缀，吃着玩儿，再没把它当回事。曾几何时，美国有些偏激的健康主义者甚至还扬言抵制午餐肉，说午餐肉里含防腐剂。其实任何罐头食品无不含少量防腐剂，把食物做成罐头是便于较长时间储藏，不防腐怎么储藏？

然而，在今天美国经济重陷危机之际，午餐肉，这个曾立下汗马功劳的食品又悄悄重返纽约人的餐桌。那些傲慢的健康主义者此刻变得格外安静，他们静静地一声不响，就当什么也没发生。其实啥绿色啊人权啊，通通取决于人们物质水平的高低。美国人轻狂地把自己吃饱了撑的的价值观强加于发展中国家，以此卖弄自己的优越感。现在，他们自己都快混成发展中国家了，人权口号呢？洗洗睡吧。

今年七十六岁的长岛居民戴维·文斯陆至今还记得当年在马路上排队，领取政府发放午餐肉的情景。那时他不到十岁，跟着父亲在严寒中守候。每户两盒，每盒一磅重。他母亲为了节省，把午餐肉切得很碎，加上很多马铃薯和洋葱，做成浓汤就着玉米饼吃。这情景让我不禁想起童年时光，母亲把肉切得很细，加上一大锅白菜粉条，就着糙米饭吃。美国人并非没过过穷日子，他们本应理解发展中国家目前正经历的发展阵痛是何等不易。可惜的是，人一富了就容易犯神经病，非把自己说成从娘胎生下来就是富人，以显示自己高人一等不同凡响。

据《纽约时报》报道，在过去的二十四周，全美午餐肉的销量陡升了百分之九，这是自当年经济大萧条以来升幅最快的时期，这个数字似乎从侧面印证了美国当前的经济状况。家住纽约长岛史密斯镇的比尔·克鲁说，过去我们吃牛排，现在改吃午餐肉，牛排一磅至少六美元，而午餐肉的价格不到一半，午餐肉就是我们的便宜牛排。美国传记作家卡罗琳·维蒙女士感慨道，午餐肉不只是食品，对美国来说，也是文化的一部分，只不过被渐渐遗忘了，我们遗忘了太多太多东西。

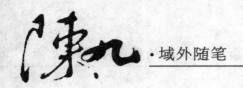

　　到底是传记作家，卡罗琳·维蒙女士说得一点儿不错，美国人的确忘记了很多东西。财富和霸权让人丢弃的何止是历史，更有良知和与人为善。好在风水总是轮流转，没有不衰落的帝国。但愿午餐肉能像一叶知秋那样，让美国人从习惯性意淫中解放出来，脱去超人蜘蛛侠蝙蝠人似的自我伪装，办人事说人话，别再以邻为壑大小通吃，猫一天狗一天地穷折腾，否则谁知下顿午餐还有没有午餐肉吃呢？

拍卖曼哈顿

拍卖曼哈顿？对，如果你有钱，请加入收购行列。

曼哈顿正在易手，著名地标建筑富来特林大厦的钥匙已握在意大利人手中。克莱斯勒塔的所有权即将移交，新主人是阿拉伯联合酋长国的一位王子。位于中央公园附近的繁华大酒店，很快将属于沙特阿拉伯的投资商。毫不夸张地告诉你，这波收购潮正一浪浪前行，几天前《纽约时报》刊登过一张曼哈顿日出的照片，灿烂的朝霞升起在金色的纽约，不知明天太阳再次升起时，曼哈顿到底属于谁？

由于景气不佳，曼哈顿房地产市场的相对价格出现了戏剧性变化。加上油价上涨，很多国外油商赚到钱，再把钱投到曼哈顿房市上，这些综合因素是曼哈顿房产频繁买卖的直接原因。家住纽约布鲁克林的堪培尔先生说，尽管都说什么地球村或经济全球化，但当曼哈顿正在属于外国人，心里还是难以接受，我的天哪，这是真的吗，难道这

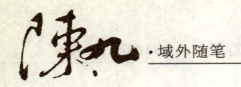

就发生在家门口儿的纽约？

没错，曼哈顿此时像待嫁的女人，媒人踏破门槛，情郎接踵而至，天要下雨娘要嫁人，不随她去又能怎样？据报道，著名的埃斯克斯大酒店，最近易手到科威特投资商手里，通用汽车公司大厦正被瑞士财团收购，以色列商人已为乌尔沃斯大楼，一座当年世界最高的建筑，付下定金。满耳是卖卖卖，满眼是买买买，只杀得天昏地暗风烟滚滚，群龙见首而不见尾也。

也许你问，拍卖曼哈顿是否意味着美国经济正在垮掉？不，不能这么说。一般说，房地产投资有两大特点，一是投资额巨大，二是资金回收期长，这与股票投机不同，不能捞一把就跑。外国资本涌入曼哈顿，说明投资者对美国经济前景还是有信心的，否则怎会把大量金钱扔在这个岛上。

纽约大学城市规划系教授米歇说，人们常把所有权和自尊混在一起，实际这并非一回事。你为何不想想，建筑是搬不走的，它永远在这里，在曼哈顿。正是这股收购风潮拯救了纽约的房产市场，难道你真想看到这些地标建筑一栋栋破产，变得一文不值吗？早在20世纪80年代，我们曾为日本人买下洛克菲勒中心而暴跳如雷，又怎样呢，房子是商品，就是买来卖去的，这有什么奇怪。

纽约房地产协会主席史蒂文也说，我们不必大惊小怪，这种事其实一直就发生着，当年曼哈顿岛不就是早期荷兰移民从印第安人手里买下的。接着是英国人、德国人，一批来了一批走，长江后浪推前浪，我们仍然越来越富有。

　　话虽这么说，曼哈顿是美国经济心脏，如果对它都失去信心，那美国恐怕早就万劫不复了。不可忽视的是，曼哈顿建筑这样大规模易手，历史上十分罕见。其中更重要的原因是，这些名贵建筑的原拥有者往往是华尔街大财团，他们在次贷危机中深受创伤急需现钱周转，因此不得不将老棺材本搭上，以摆脱困境。由此可见，美国目前所面对的经济减缓比人们想象的更加深刻。要想走出阴影重获生机，恐怕是尚需时日的了。

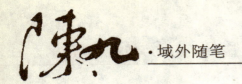

能接吻就接吻，千万别错过

最近看报，才知道些关于接吻的学问。你可别往歪了想，我可不想传授什么葵花宝典之类。科学，科学懂吗，接吻的科学。

据《纽约晨报》近日报道，口腔学专家正积极鼓励人们多接吻。他们甚至建议，甭管什么原因，能接就接，千万别错过。为什么呢？一是接吻能让人的神经系统松弛，心底产生温情，调动人性善良美好的一面，促进身体的新陈代谢。另一个原因是有利于口腔卫生。让我们听听他们到底为何这么说。

据纽约整容牙科中心主任杰弗·伊凡博士说，接吻可以促进唾液的产生，而唾液是洗涤牙齿中微生物的主要物质，也是天然的润滑剂，它可以减少微生物在齿间的留存，并把原有的微生物洗净。

而且，该中心的埃米尔莱利博士说，接吻每十秒钟，可以消耗掉十二个单位的卡洛里。一天三次法式湿吻，可以直接产生每月减肥一磅的杰出效果。同时，接吻至少导致面部约三十块肌肉的蠕动，相当于面部按摩，让人年轻。

有人曾强调接吻会直接传染疾病，这只是一面之词。除了非常严重的病毒传染，比如肝炎病毒，一般来说，接吻可以增强人体的免疫力。一个不常接吻的人往往也是脆弱敏感，弱不禁风的。

以上为专家的看法。其实即便没这些理由，我也喜欢接吻，当然，喜欢归喜欢，能不能接成就看你小子的福气了。当机会来临时，你千万别犹豫，想想上面专家的话，为了你和他人的健康，也得死活叼住！

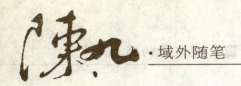

乳房的扩大与缩小

写此题目并非无聊，是希望人们了解，世界是多样的，不是美国人喜欢啥世界都喜欢啥，不是除了 LV 就是 LV。在真实世界里，人们在按自己的文化习惯生活着，只有自己的才是独特的，只有独特的才是主动的，不必呼哧带喘跟在别人后面跑，而且永远追不上，像个跟包儿的。

据报道，当纽约女人仍热衷乳房增大术的时候，在大西洋另一端，英国女人则兴起乳房缩小术。英国不列颠整容协会最近披露的调查表明，目前英国每两件乳房增大术发生时，就有一件乳房缩小术发生。同时，美国整容协会也公布了一项类似的报告，在纽约，乳房缩小术仅为增大术的十二分之一，这个比率比英国的少了近五倍。报道还说，越来越多的英国女人，其中不乏名流显赫之辈，开始相信，过大的乳房破坏了女性整体曲线美，且缺少个性，是贫穷和职场失败者的标志，显示了当事人的智力与品位。

　　尽管英国的报道并未言明，那些实行缩小术者，是将本身自然乳房的尺寸缩小，还是将曾经人工增大的乳房缩回原来尺寸。但从通篇报道的文字上分析，后者似乎更合逻辑，即取出早先植入的义乳，使乳房回归自然。由此不难看出，行为的改变反映了现实生活中人们观念的进化，矫揉造作的装饰之风正在被逐渐扬弃，取而代之的是对自然本性的再次推崇。

　　其实这种自然回归仅是大潮流的一部分。随着人类生存活动与自然界的矛盾日益尖锐，人们越来越意识到尊重自然规律的重要性，地球不属于我们，而我们则属于地球。对自然界的重新认识，必然会影响到审美观，从而对人类行为方式发生反作用，从衣食住行，骑车代步，吃有机食品，到对性特征的再定位。

　　不仅如此，除回归自然的历史潮流外，从社会层面看，女性对自身美丽的评价正由以男性的好恶为主，逐步转移到以自身好恶为主的轨道上来。女性在各种社会活动中越来越特立独行，她们像男性一样建功立业，做同样的工作，拿同样的薪水，受同样的尊重。实际上，在很多领域中，她们做得甚至比男性还好。因此在自我欣赏方面，完全可以摆脱对男性的传统依赖，凸显自身个性，这本是姑奶奶我自己的私事，我乳房小我怕谁啊！

　　即使抛开自然社会因素，就讲实际，很多人不是爱讲实用吗，乳房大有大的好小有小的妙，谁也无法独领风骚，笑一辈子。这种事都是如人饮水冷暖自知，千万别被表面的"虚荣"迷惑。还是那句话，世界是丰富多样各领千秋

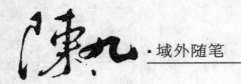

的。每个个体都是独特具体的，每人应有自己的美法儿。坚信这点，你就能获得自尊，展现出由里到外的个人的风采，成为真正的"这一个"。到那时，爱情一定会噼里啪啦往你身上乱撞，让你沉醉得发疯，弄不好会克制不住冲马路上的行人大喊一声：嘿，原来这事儿与乳房大小没啥关系啊，哈哈。

纽约的跳蚤市场逆势火爆

经济不好咋了，不吃不喝不生孩子啦？天有不测人有对策，没钱逛商场纽约人自有一套，开始涌入跳蚤市场。跳蚤市场就是中国人的赶集，比如京东八县是初一初六的集，纽约则是周末的集，小贩们在一片大场子上云集摆摊儿，东西便宜不说，还能将胳膊卷袖子讨价还价，三块，两块怎么样？你以为老美不讲价，呸，计较起来能逼疯你，越发达的国家越计较，钱都是靠计较积累起来的。

据《美国都市报》报道，最近纽约布鲁克林的跳蚤市场异常火爆，原有几处已无法满足需求，开发商正筹划开设更多跳蚤市场，这消息给愁云惨雾的纽约经济带来一丝戏剧性曙光。为什么呢？家住康尼岛的迪格娜女士说，我一进大商场就有犯罪感，如今挣钱不容易，怎能大手大脚。可这里不同，我觉得我不是在购物，而是参加一次节日聚会，只是在休闲中顺便买些什么，不花大钱。

　　跳蚤市场开发商艾立克·丹拜先生非常欣赏这个说法，他说他已决定把摊位租金下降十个百分点，给摊贩更大调价空间，此时只有利用价格优势才能调动百姓的消费需求，和大商场一争高下。艾立克信誓旦旦地说，他准备今夏在布鲁克林的斜坡公园和绿港再开出两家大型跳蚤市场，其中一家以专卖艺术品为主。我要把纽约的跳蚤市场办成看得见摸得着的网上购物空间，不信吗，试试看。

　　不过道高一尺魔高一丈，大商场并非等闲之辈，怎会坐以待毙。他们利用跳蚤市场做市场调查，为其制定价格提供依据。据专门做市场研究的创意公司总裁艾茉莉说，他们已做了大量工作，通过跳蚤市场，了解当前市场形势和消费者购物心态，他们的研究结果将对大商场制定今后的经销策略发生重大影响。看来真是商场如战场，你中有我我中有你，依赖与竞争共存，跟中美关系一样。

　　比较著名的纽约布鲁克林跳蚤市场有：
　　绿港（Greene Fort）
　　丹博（Dumbo）
　　康尼岛（Coney Island）
　　威廉斯堡（Williamsburg）
　　斜坡公园（Park Slope）

　　别以为我写错了，跳蚤市场本身就没名字，只有地点。把上面的地点输入谷歌就能找到所有相关信息。祝你购物愉快哟！

纽约：萧条中诗歌依然火热

　　谁都知道纽约目前经济很坏，但未必了解，与糟糕的经济相反，当下的纽约诗歌界依然非常活跃。我喜欢诗歌，比较注意这方面的消息，最近报端诗歌界的消息十分频繁。为什么呢？

　　如果有人问何处为诗歌之都，我说非纽约莫属。纽约是座丰富的城市，除了金融，一代又一代的诗人漫步它的街头，在此献出自己的新作。最重要的，世界没有哪座城市能像纽约这样拥有多元文化的诗歌群体，欧洲、拉美、亚洲，世界各地的诗人和诗歌都在这里比翼齐飞。正因为如此，才造就了纽约诗歌界的独特现象：无论经济怎样，照样隔窗犹唱。

　　让我来介绍几处纽约最著名的诗歌场所。

　　克尼利亚街咖啡店。具有三十二年历史的这家咖啡店，是目前纽约最活跃的诗歌舞台之一。这里几乎每天都有诗

289

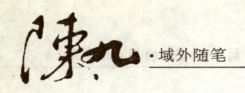
歌活动，来自法国、俄国、乌克兰等许多国家的诗人在此用母语奉上他们的作品。该店主人罗宾赫斯说，我们永远怀着珍惜的心情对待移民文化，不同语言和文化让人感到生动的生活，那是我们的精神源泉。

阿什托诗歌舞台。这个位于纽约布朗士的诗歌舞台创办于 2003 年，目前已是拉美诗人最集中和活跃的所在。很多著名拉美诗人，像雷纳利昂、约翰莫利洛，还有尤里昂诺尔，都从这里走向世界。除每两月举行一次的诗歌朗诵会，阿什托诗歌舞台还与社区学院联合举办诗歌讲习班，为培养新一代诗人不遗余力。

乌特伯格诗歌中心。这家由著名诗人威廉·克罗尼于 1939 年创建的诗歌中心堪称纽约诗歌界的巨人。今天它仍续写着威廉·克罗尼的传奇。下个月，将有几位世界当前最著名的诗人光临此地奉出新作，他们是理查德·维尔伯和纳塔莎·崔斯卫。该中心负责人伯纳德·斯沃兹骄傲地宣称，自 20 世纪 30 年代至今，几乎每位世界顶尖诗人都来此朗诵过诗歌，语言涵盖英、法、俄、中等每个主要语种。

人间四月天。按中国人的习惯，四月是诗歌的季节。其实对纽约来说，四月恰恰也是读诗歌的时刻。来纽约吧，我们一起写诗读诗，性情一把，浪漫一把。

纽约"板儿爷"一千条

北京人管蹬三轮儿的叫板儿爷，纽约也有板儿爷，整整一千条。

说起纽约的板儿爷不禁心头一热。甭管这里的生活如何现代化，什么"爱怕"（Apple）手机，蓝牙技术，最近又冒出一种蓝光磁盘，搞得眼花缭乱。这些鬼迷心窍的千里眼顺风耳再怎么张狂，人们还是有无数朴实无华的本能需求，要用最简单最直接的手段，接着地气连着天庭，让人与人之间温暖互动，纽约曼哈顿的三轮儿车就是典型一例。不仅如此，咱北京有三轮儿，他纽约也有三轮儿，原来纽约北京并没有想象得那么遥远，说到底，人与人的距离原本就没有想象得那么遥远。

走近曼哈顿中城，尤其中央公园一带，你会看到很多花枝招展的三轮儿车和骑在车上的泼辣生动的板儿爷。不过先说明一下，管这些人叫板儿爷并不准确，爷是男的，

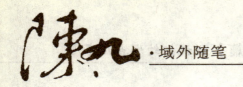
他们却有男有女，可又不好称女的为"板儿奶"，索性一勺烩，统称板儿爷。其实女用男称是尊敬，并不丢份儿。

据纽约交管局披露，到目前为止，全纽约注册三轮儿车整整一千辆。每天创造约三十万美元的产值。别小看这行，主流媒体称其为"产业"，什么买卖上升为产业就游击队变正规军了。他们招摇于主流马路之上，与出租车分庭抗礼，纽约出租车疯狂得有名，但在板儿爷面前也忍让三分，中央公园一带是板儿爷的天下，游客认为他们是露天工作，出租车是室内工作，较起真儿来全向着板儿爷，出租车占不着便宜。何况纽约出租司机不像北京的，很少与乘客交流，并不讨人喜欢。而板儿爷恰恰相反，蹬车的大都是年轻人，其中不乏帅男美女，他们几乎全是兼职，工作之余或学校放假，蹬三轮儿赚几个零花钱。这些人热情洋溢爆发力强，跟游客见面就熟，很容易博得大家的好感。

有个叫汤姆的小伙子，是纽约大学历史系的学生，周末兼差。他的特长是蹬车加导游，用他的历史知识，哪座雕像是什么什么将军，哪棵树是谁种的，三分钟就把游客侃晕。据他自己说，刨去人吃马喂，每天能挣四百块。顺便说一句，纽约板儿爷们蹬的车都是向三轮儿车公司租的，一周租金约两百美元。他们平均每小时的收入约六十元，一般工作长度为每天四到五小时，也就是说，一天挣两三百元的是大多数，像汤姆这样是很个别的。

但不是每个板儿爷都有汤姆的优势，他们入行的理由却也各有千秋。比如青年理查说，过去他每月要花六百元在健身房上，金融危机后，他工作的公司要求每个雇员减薪百分之三十，以免裁员，这样一来他就去不成健身房了。那天他在中央公园散步，突发奇想，当板儿爷是蹬车，去健身房也是蹬车，唯一区别是，一个是你给人家钱，另一个是人家给你钱，干嘛不让人家给我钱呢。于是理查现在每天下班后蹬两小时的三轮儿车，既锻炼身体又能挣几百块钱，何乐而不为。

其实纽约三轮儿车行业已存在近二十年，一直规模不大，这两年却突然火爆起来。据一家三轮儿车出租公司的女老板珠莲说，经济坏反倒成就了这个行业，有些人把当板儿爷作为挣快钱的捷径，而且现金交易，付不了太多税，因此一下就活跃起来。再说三轮儿车比出租车机动灵活，说走就走说停就停，游客有更大的自由欣赏纽约街头风光，所以生意不错。不过，女老板珠莲又说，正因为如此，纽约市政府及立法机构开始关注这个行业。去年有位板儿爷发生严重交通事故，造成三人重伤，政府正抓住该事不放，强迫每位板儿爷必须购买人身保险，还大幅提高了三轮儿车公司每年的注册费，并要求每月必须对车辆进行一次维修，这些都大大提高了成本，让生意越来越难做。比如，我们多次要求增加车辆，但交管局至今没有答复。纽约这么大，一千辆三轮儿车肯定不够，但目前来看，政府对是否扩大三轮儿车产业的规模仍举棋不定。

甭管怎么说，纽约的一千条板儿爷此时正活跃在曼哈顿的大街小巷。不久前我邀几个朋友一同尝试了一把乘三轮儿逛中央公园的滋味。蹬车的板儿爷恰巧是位女青年。细问之下，她居然是正在学习歌剧的在校生。我厚着脸皮问她能不能给我们喊几嗓子，以验明正身。其实是开个玩笑，没想到她哗地一下真唱起来，不是歌剧，而是珍妮·希尔的《让爱永存》。"哦，我的爱呀，飞向天宇永不坠落……"唱得很不错，把我们几个老爷们儿全震住了。下车时我们照价付钱，正犹豫要不要付小费，人家女板儿爷自己先开口了，"小费呢?"噢，对对对，小费小费。我们连忙揣着糊涂装明白，另奉银两若干。

不知北京板儿爷是否也收小费？起码对老外该收，接轨嘛。充其量也吼他两段京韵大鼓西皮二簧，"看天天气真晴朗，哎哎嗨哟"，不就齐了。

补记：收笔之际突闻，纽约市议会近日通过新法，免除三轮儿车限制在一千辆的封顶。看来纽约的板儿爷很快就不是一千条，而是千千条了。

在纽约，不要当众剪指甲抠鼻牛儿

　　恶俗是吧，怎么连抠鼻牛儿都出来了？俗兮雅所倚，雅兮俗所伏，请接着往下看，你会有意外的收获。一般认为，不当众抠鼻牛儿可以理解，为何不能当众剪指甲？勤剪指甲是好习惯，小时候上蓑衣胡同幼儿园时老师就这么教的。当时还有幅宣传画，一个阿姨给小朋友剪指甲，小朋友呈自豪状，旁人做赞赏状。

　　勤剪指甲对保持个人卫生无疑是好习惯，但在纽约人眼里，看这个问题的角度与我们从小受的教育不尽相同。纽约人不着重在脏上，不着重在指甲长了容易藏污纳垢上，因为卫生条件不同，在纽约，指甲长不一定脏。他们看重的是教养，一个男人对自身形象的在意，以及由此折射出的个人社会地位。

　　对，今天就说男人，不谈女人。纽约职业男人，就是国内所说的白领，他们的指甲永远是短捷整齐的。这种短

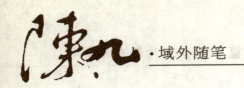

捷整齐是毫不含糊的，一看就是当事人在意、照顾的结果，它是生活方式的象征之一，是自我期许的一个标志。一手整齐利索的指甲就像说话一样向世人陈述着你的为人，你是自尊自爱的，是想步步高升的，你是来自教育良好境况不俗的家庭。

纽约的主流生活永远是按部就班的，像京剧台步一样，一丝不苟，保持指甲整洁就是生活方式的一部分，尤其对职业男人。

那为何不能当众剪指甲呢？是这样，既然保持指甲整洁是一种生活标准，对指甲的维护就不该是漫不经心的。在纽约，你可以看到女人当众修指甲，但绝少看到男人当众剪指甲。男人是神秘的，他让你看到的永远是完美结果，至于他怎样得到，何时得到的，一概无可奉告。神秘是一种能量、一种自信，如果让你看到他剪指甲，神秘就破功了，就像刘谦被揭穿的魔术一样，魅力没了。人家会这么想，闹半天这小子就这么剪指甲，太土鳖了，装什么大尾巴鹰呀。

由此可推知为何不能当众抠鼻牛儿了。只强调一点，在纽约，当众抠鼻牛儿不是可不可以的问题，比这严重百倍。纽约人对当众抠鼻牛儿的解释与我们大相径庭，将其与性相连，你如在女人面前肆无忌惮地抠鼻牛儿，她甚至可能报警，说你调戏她。这是与上床及拉屎撒尿类似的隐私之事，人人都要做，除了上帝谁能不抠鼻牛儿呀，但绝对不能示人，这是在纽约生活的底线之一。

还说我恶俗吗？在所有俗词儿背后，你不觉得有个好大的雅字？

在纽约，有种职业叫诈骗

上次回国探亲，偶然听到友人抱怨被什么人骗了一把，损失了钱财浪费了时间。说完还问我，还是纽约好，人家做正经生意，没人干这事儿吧？我没吭声，脑海里闪过京剧《智取威虎山》中打虎上山一幕的最后一句台词：呼呼呼呼哈哈哈哈哈哈哈！京剧里的笑很夸张，先呼后哈由低到高直至畅怀，感染力极其丰富。笑的含义很多，有一种是无言，人们在无话可说时往往一笑了之，胜过千言万语。

现在我来回答这个问题，用有或没有都不足以表现纽约诈骗业的存在。这样吧，讲个我亲身经历的事情，让你知道在纽约，诈骗是如何精美到职业的程度。

那年冬天，一位朋友海归回国。他是知名雕塑家，回国到一所艺术院校任教。他们夫妻俩把这里的房子车子都卖了，剩下一台史坦威牌儿钢琴尚未卖掉，运到我家让我帮他继续卖。史坦威是世界名牌儿，这台琴虽有七八十年

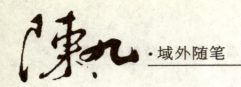

的琴龄，但音色美外形靓，什么都很好，帮他卖掉该不是问题。

问题就出在这台琴上。

我是在"格里格名单"上登的广告，这个网站在美国很流行，无论租房还是买二手货，人家都会告诉你，找"格里格名单"呀！它的名字很好记，听过《格里格小夜曲》吗？"但是爱情不久长，欢乐变成忧愁，那甜蜜的爱情从此就离开我。"歌词我还记得，格里格唱完小夜曲就开了个网站，专卖二手货，这么想就记住了。不料小夜曲的歌词竟一语成谶，让我的欢乐变成忧愁。

不知是不是我叫价太高，两千八百美元，贵吗？我是咨询了一位钢琴家朋友才登这个价钱的。他把头一偏，开玩笑，再怎么也得三千块吧，这是史坦威，闹着玩儿呐。可登出后好几天，仅一人问津，是个音乐学院的女学生，她看了看弹了弹，连价都没还，走了。这对我的信心是巨大打击，让我摸不着底，不知该降价还是再挺挺，挺多久，降多少？怎么一沾钱的事我就犯傻，不是头一回了。

就在"红旗到底能打多久"的敏感时刻，我接到一封电子邮件。一个自称本强森的人说他正在收集史坦威钢琴，我这台的型号尚未见过，想用原价买下，并问我的姓名地址，好寄支票过来。我高兴得大叫，他妈，他妈，我卖出去了！什么就卖出去了？别把你自己卖了就行。太太调侃着听我叙述，然后说：

怎么觉得这事儿好得邪性。

人家收集这种琴，有什么奇怪。

连价都不还，合情理吗？

人家有钱，管他呢。

那就收到支票再说吧。

准时定点，像航班一样，我们如期收到支票。联邦快递色彩斑斓的大信封像句撩人的问候，送到我手里。我拆开信封，一张蓝色支票飘落地下，拣起来一看我不免发懵，支票是一家位于马里兰州的公司开出的，不是两千八百元，是五千元，整整多了两千两百元。怎么回事？我问太太。她把支票翻过来倒过去地看，真的假的，别是画的吧？太太是画家，画了一辈子画，什么都往画上连，属职业病。得了吧你，怎么会是画的？我抢白道，你画一张我看看。对了，赶明儿你改画支票得了。去你的，还不赶紧问问人家怎么回事，别弄错了，咱可不占这便宜。

我立刻给本强森先生写电子邮件，我曾问过他的电话，他没给。本着国与国之间对等的原则，我也没给他我的电话，我们之间交流只能通过电子邮件。本强森先生不久回了信，他优雅的语调与他收集名贵钢琴的嗜好十分贴切。他说，对不起阁下，我的秘书把数字弄错了，给您带来困扰。这样好不好，您把支票存起来，等兑现后我再叫人搬运钢琴。剩下的钱你帮我汇给我前妻，我们离婚多年，她不幸患上乳腺癌，正等待手术治疗，我想尽绵薄之力，不知您愿意帮这个忙吗？

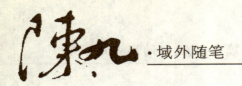

　　感动吧？离婚多年，乳腺癌，绵薄之力，这些字眼深深打动我。如果我有前妻，也从遥远的地方对我说，陈九，我患绝症享日无多，请好好照顾孩子。莫说绵薄之力，立马复婚的心我都有。我连忙回答，是，我愿意。怎么听着像结婚仪式。接着本强森给了我收款人姓名地址，还说除西联公司，不能用其他汇款机构，因为他前妻所在地只有西联。我一看，收款人是詹姆斯，一个男的。再往下看更觉困惑，贝宁共和国，是个非洲国家。记得上中学时某一天，报纸上一行黑体字：贝宁发生政变，总统失踪。我居然跟贝宁都连上了。我立即问本强森怎么回事？他的解释很简单，贝宁是他的祖国，收款人是他前妻的弟弟。

　　人们分析问题有两条线，情理和逻辑。除了那些玩破案的，像福尔摩斯、宋提刑或李昌钰什么的，一般人习惯从情理考虑得多些。本强森的解释尽管情理上无懈可击，贝宁是原配，美国有家室。前妻身染重恙，其弟代理财务。这一切听上去都没问题，可我心里总觉得好像什么地方不对。我征求太太的意见，她把支票举在空中又看了半天说，先存了吧，兑现再讲。

　　如果说能否兑现是支票真假的试金石，那骗术岂不太小儿科了！五天后，像存款收据显示的那样，支票果然兑现。我看到账户上猛涨五千元，一块石头落了地。我立即讲给太太听，她看了看账户信息说，既然如此，就把余额汇过去吧，别让人家久等。我刚要出门，又被太太叫住。你准备汇多少？我说，欠人家两千两百元，当然全汇了。这样吧，先汇两百，如一切顺利，再把剩下的汇过去。我一听也对，行，先汇两百再说。

很简单，两百美元咚地汇走了。我通知了本强森先生，并告诉他取款的暗号。暗号是汇款人设定的，没暗号就取不出钱。没想到本强森立刻回信，他竟然忘记说谢谢我，反以急促地口吻问，为什么只汇两百元？我解释说，是怕你前妻收不到钱误了事。他马上用同样的语气催促我，请立刻把剩下的两千元汇过去，我前妻急等着钱做手术，请展示您的同情心。他这么一说我倒惭愧，本来嘛，这是人家的钱，我凭什么扣下两千元。我想马上出门再汇，只见天色已晚暮云归鸟，西联公司离我家不近，到那里也下班了，即决定，明早头件事，汇上两千元。

第二天一早，清晨如洗，我收拾停当出门汇款。两千元虽比两百元多十倍，但西联的汇款手续同样简便，两分钟就好。回家后我照例把取款暗号传给本强森。刚关上电脑，太太问我，哎，我画室这个月房租付了吗，房东怎么又找我要钱？付了，支票早寄了。那你赶紧上网查查支票号码，看兑现了没？我只好重启电脑，微软视窗的启动速度慢得能逼出人命，左等右等总算连上我们的银行账户。就在这一瞬，咣！时光停滞了。明明昨天已兑现的五千美元，竟从账户上消失，只留下一行似是而非的解释："开具方账户已关闭"。我惊呆了，连声大叫，他妈他妈，钱没了！什么钱没了？太太跑过来扫了一眼电脑立刻说，不好，咱们被骗了。

被骗，怎么骗了？我问。

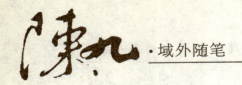
我说不大清。

这是咱们的钱，怎么又没了？

问题就出在这儿。

那刚汇的款怎么办？

赶紧走，看能不能找回来！太太的脸一阵红一阵白。

　　我们重返西联。太太冲上前提出退款。办事小姐面无表情，说她只对汇款人。我前仆后继出面交涉。听完我的诉求，她又在电脑上查来查去说，钱尚未取走，贝宁此时是半夜。不过马上退款不行，要等上级核准。那要多久？四五个小时吧。我心说，这么久，钱早让人取走了。不行，不能等。情急之下我强制自己冷静，用缓和的语气说，小姐，这是一笔货资，但汇错了人。不退也行，能否帮我更改收款人和地址？办事小姐嗯了一下，说可以，不过要付罚金。多少？六十元。我二话没说给了她六十元，接着她帮我做了更改。当然，我用的是太太的名字和我家地址。改完我问，何时能取？立刻。立刻？为防节外生枝，我们跑到另一家西联去取款。当看到二十张百元美钞交到太太手里，我俩不约而同地对视，深深喘了口气。临出门，我想起昨天汇出的两百美元，转身再问，结果钱已被取走了。

　　走在街上，我们彼此无言，川流不息的马路显得格外宁静。我踌躇着说，我，我想买包烟。其实我已戒烟好几年，没想到太太很爽快，去吧，去买。虽说两千元已保住了，可我仍不明白到底发生了什么？我取出烟，发现没火儿。窘迫之际，只见太太拦住个恰巧路过的烟民，把他抽

302

到一半儿的烟递上来。我诚惶诚恐，想感谢太太又不知怎么说，阴错阳差地冒出一句：你，先抽一口？说完自己也笑了。

我们没立刻回家，而是赶到银行问问到底怎么回事。听完我们的陈述，银行先让我们填了张表，说会转到调查部门进行调查。我生气地说，钱都兑现了，你们凭什么说拿走就拿走，拦路抢劫吗？一位副经理的解释让我们目瞪口呆：按规定，本地与外埠支票的兑现时间分别是两个和五个工作日，但只限于正常情况，即存汇双方账户都支持该款项的流动。如果出现意外，银行则需更长时间确认资金流动的最后结果。你的意思是，太太激动起来，即便电脑显示已兑现，你们仍可在无限的时间里拿走这笔钱？不，不是无限。副经理话语彬彬有礼地说，按联邦法，银行应在十天内完成交割，超过十天是银行的责任。既然十天，为什么电脑第五天就显示支票已兑现了？电脑程序是按一般情况设计的，它不可能像人一样具体情况具体分析。副经理听上去柔中带刚。照你这么说，银行对我们损失的两百美元毫无责任了？遗憾的是，副经理说，确实如此，尽管我本人对你深表同情。

还没等银行的调查结果出炉，媒体就纷纷开始报道类似的诈骗案。说有一家地产公司卖地皮，标价六十万美金，买主却寄来百万元的支票，并用几乎同样的理由让地产商在支票兑现后，把余款汇至一南美国家。结果，地产商破了产。报道还转引专家的话说，这是跨国职业诈骗集团所为，他们分工细腻业务精良，对美国银行电脑系统的每个

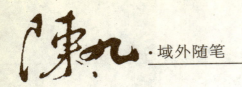

环节异常熟悉，所以能娴熟地利用支票转账中的时间差行骗。美国联邦调查局正对此类案件展开调查，不过根据法律，即使抓到嫌犯，由于资金已在境外，受害人很难得到赔偿，银行也不会对此承担任何经济责任。

窗外，风还在吹，屋檐下的望日莲还在开放。

些许天后的周六，送完孩子打网球，接下来本是购物时间，一周的吃食全靠在此刻备齐。我把太太拉进一家酒馆儿。她有些诧异，你疯了，我不会喝酒，怎么把我带到这鬼地方？可这杯酒咱得喝。我递上酒杯，深红的浆液像一抹流连的云霞。太太嘟囔着，钱都让人骗了，还有心思喝酒。我笑笑说，此时此刻，你说本强森和我们谁更沮丧？太太没吭声，目光却渐渐丰盈起来。咱们尽力了，正因为这样，我们才如此幸运，生活才如此多彩。来，干了这杯，让乌云散尽，待好梦重新开始。太太眨着眼，持杯的手停在空中，想说什么又没说，猛地扬头一饮而尽。

我记得后来又接到过一封本强森的电子邮件，他原先的绅士派头已让彻头彻尾的美国小痞子味儿取代。他问，嘿，爷们儿，你那台史坦威卖了吗？我真想买，真的。我学着他的口吻回答，卖了。下次吧爷们儿。

下次？乖乖，但愿别有下次了，但愿。

我是警察我怕谁

不久前去宾州探望儿子,他在那里参加一个少年写作营。刚停好车就听到一声大喊:陈九,你怎么在这儿!一抬头,原来是刘新平,十多年前的老邻居。那时我们都是单身汉,住在纽约市的科罗那,一个西语移民聚集地。那里租金便宜,当年不少华人艺术家都在那儿住:诗人翟永明、杨炼,画家何多苓、艾轩、何宁,还有雕塑家魏天渝,钢琴家施壮飞,很多。我们大家常聚在一起开派对穷欢乐,借酒撒疯载歌载舞,共度一段漂泊生涯中的美妙时光。

老友重逢格外惊喜,忙询问分手后的经历。新平说他在花旗银行工作,做项目主任。我说我在纽约市政府分管数据,目前正协助市警局更新他们的数据系统。"警察局?"新平叫起来,我恨死他们了!来的路上刚吃张罚单,罚款不说还非给我记点,好说歹求都不行,美国警察真是惨无人道。惨无人道?我不禁莞尔。俗话说,不入虎穴焉得虎

子，听我聊几句和美国警察互动的经历如何？

乍到纽约警局还真有些紧张。这里出出进进尽是人高马大之辈，个个腰间挎着盒子枪。这种枪是特制品，弹夹长装弹多。狭路相逢你比对方多一发子弹就主动。我的使命是帮他们改进数据库系统，以适应政府不断调整的作业规范。我一到他们就张罗为我办工作证。我说急啥，可他们说要马上办，好像不办我就无法工作。工作证上有我的照片，还有警徽标志，虽比不上真正警察的金属警徽，但也看着威风八面。就这个东西让我从另个侧面见识了一把美国警察。

几个月前从弗吉尼亚州度假回来，经过跨越哈迪逊河的瓦利桑诺大桥时，正赶上大堵车。儿子吵着要上厕所，他越叫我越烦，脑子一热，索性从旁边车道绕到前面插队，想尽快下桥。没想到有辆警车正在我试图插队的地方守株待兔，像约会一样等我。警察严肃示意让我停车。我真沮丧到家，恨不得把车倒回去，让一切重来。慌乱中太太提醒，你不在警察局工作吗，给他看看证件。你是说，给他亮证！没错，不亮白不亮，咱又不骗人，怎么处理是他的事。我于是把随身携带的工作证递过去，心怦怦跳，拼命想着该如何回答人家的提问，好像这证件是假的。

让我跌破眼镜的是，那位警察根本没说话。他把工作证还给我，转身跑回拥挤的车道，嘟嘟嘟吹着哨，无比神圣地拦下所有车辆，接着对我大喊，开过来开过来。我不明白怎么回事，没敢动。他跑过来用力敲我的车头，啪啪作响，喊着，先生，跟着我跟着我。太太叫起来，走啊，人家给你开道呢，傻不傻呀你。我这才反应过来，原来他是优先让我下桥。我受宠若惊地开过去，后面有人对警察怒吼，凭什么他先走，这不公平。警察的回答干净利索：闭嘴，他是当班警察。

我是警察？嘿，我是警察了。一路上我把这情景重温一遍又一遍，生怕遗忘，怎么想怎么透着舒坦，都荡气回肠了。打那以后我食髓知味，总把工作证像护身符似地带在身上。有一次我在长岛铁路道格拉斯顿站附近发信，发完后想也没想调头往回开。那条路是双黄线不准调头，更有甚者，一辆警车刚好打此路过，被我挡个正着，嘎地一声来个急刹车，接着警笛就响起来，命我停车。这回我不那么慌了，把车靠在路边。一位胖警察面带怒容走向我，你怎么开车？把驾照和车辆注册卡拿出来！听上去大有赶尽杀绝之势。我递上三张卡，除了他要的两张还有我的工作证，工作证放在最上面。他一愣，表情接着就变了。你小子真够呛，下次注意点儿。我连忙道歉，对不起兄弟，我的错。他挥挥衣袖，未留下一片云彩，撤了。

一次两次算蒙的，如果屡试不爽呢。这次更绝，是在与纽约一水之隔的新泽西州，连纽约之外的警察都护着同行。自被"突击发展"为警察后，不免有优越感。平凡生活中任何一丝特殊都可能让人陶醉。那天去新泽西的纽瓦克机场送朋友，走错了路，找不到高速的入口，却闯进一个安静社区。我急着摆脱困境，当车接近停车标志时，一踩油门就冲了过去。只听呜地一声，一辆警车魔术般跟在身后。我没在意，准备故伎重演，给他亮证。谁知马失前

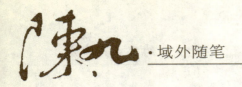
蹄，那天竟忘了把工作证带在身上。这下可急出一身汗，拼命解释我在纽约警局工作，是你的同行云云。人家问：

证件呢？给我看。
忘带了，真的忘了。
对不起，这是罚单。
我还能随便胡说吗？
没说你胡说，有话对法官讲去。

　　他面带嘲讽地把一张黄色罚单交到我手上。交通罚单中，黄色最严厉，我必须出庭接受法官裁决。除了高额罚款，少则三个点，多则五个。问题是，点一多保险公司就涨保费。美国社会是个网，牵一发动全身，活得越小心网就缠得越紧。

　　这下我可傻了。心说活该，你算个鸟警察，顶多是临时工。证又亮不出来，还敢到外州撒野，看你今后还狂不狂！出庭那天，我还是带上工作证，外加我在警局这个项目上得的奖状，充满侥幸诚惶诚恐地走进法庭。排队登记的人们大多是少数族裔，法警对他们十分严厉。有位老兄说西班牙语声音很大，警察警告了他。过一会儿他又大声，警察转身就要铐他，他左求右求才算了事。轮到我，我把罚单连同工作证一块儿递给办登记的女秘书。她看着我的工作证，困惑地问，你是警察？我在纽约警局工作。你跑到这儿干什么？不是你们让来的吗？那你，跟我来一下。

　　她把我带到一位西装革履的绅士面前，匆匆对他说，搞错了，人家也是警察，这是友军误伤。那位先生接过我的证件看了一眼，马上面带微笑走上来，给我一个拥抱，吓我一跳。他边道歉边呼唤着，麦可、麦可，开什么玩笑，瞧你办的这事。一位警察走过来。我一看，正是他给我开的罚单。当他闹清怎么回事后，尴尬地说，这不赖我，谁让你那天不带证件。我赶紧借坡下驴，对对，赖我。你做得对。那位绅士说，法官得签个字才能取消罚单，走，我去把他叫出来。

法庭上，法官正在审案。绅士把我和麦可带到法庭侧面，对法官不断做手势。法官让下边人等着，然后走过来。该死的，没见我忙着审案吗。绅士向他解释发生了什么，法官转身对我说，真对不起，让你还跑一趟。你住哪儿？道格拉斯顿。这么远跑过来，你知道什么什么人，那个乔治棒球队的主投手，就是你们道格拉斯顿人。还有环球制片厂创办人原先也在那儿住。可惜我不懂棒球，既没听说过更记不住这些名字，只顾装腔作势地与他周旋。对对对，一点不错。你对那儿满熟嘛。

走出法庭已是满天星光，我有些月朦胧鸟朦胧的困惑。几天之内从老鹰变菜鸟，再由菜鸟变回老鹰，生活竟像一部峰回路转的轻喜剧。我在路灯下给家人拨电话，想告诉他们罚单的事已搞定，可占线。再拨还占线。嘿，你看看，话到嘴边说不出来的滋味很难过，像烟瘾犯了摸不着烟。我恨不能对着路人大喊一嗓子，二十年后又是条好汉。或者，我胡汉三又回来了。要不干脆咱这么着，我是警察我怕谁呀！

没喊成，电话这时接通了。

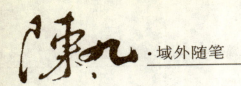

周末骑马遇到会笑的"禅丝"

禅丝是匹牡马，听说七岁。

上周末去宾夕法尼亚州的深山里骑马。管马的是个轻壮山里女人，她剽悍威猛，腰间扎着宽板儿带，令臀部显得格外挺拔，脚下大皮靴咔咔响，手上的对讲机醉鬼般说着胡话，她老远招呼我，嘿，你，这马归你了。我镇静一下走过去，这才看清她那张健朗性感的脸庞，硕大的乳房令我脉搏加快。

我接过"板儿带"递上的缰绳，望着眼前这匹叫禅丝的栗色摩尔根马，心底骤然涌起柔情。我对马深具好感，中学时曾在马场做工，天天与马为伴。当时有匹叫月亮的白马是我的玩伴，我天天喂它，给它洗澡梳毛，临走时含泪向它告别，它居然蹿过围栏要跟我走，把那个豁嘴儿场长吓一跳。从此见到马我就想摸。现在禅丝就在眼前，我上去就抚摸它，我会摸马，要顺毛，摸它自己够不到的地方，比如腮后或脖子，替它挠痒痒。禅丝立即眯上眼，一看就十分受用。

禅丝眯着眼并未合上，实际上它在端详我。当年豁嘴儿场长说过，马这种动物最一见钟情，头一面，喜欢你就喜欢，不喜欢你就不喜欢。我觉得禅丝显然喜欢我，它的尾巴歌唱般摇曳，表情沉迷地像孩子。这并非我自作多情，"板儿带"扶我骑上去的时候，禅丝扭过头看我，好像要跟我说话。我拍拍它脖子，禅丝，就辛苦你了，陪我走一趟。我先说中文，再说英文，怕它听不懂。

马队在森林小径上徐行。路上散落着马粪，两旁青草雾一般浮现，成群的野火鸡，还有松鼠，漫不经心在不远处游荡。"板儿带"特意叮嘱我，别让禅丝吃草，听见没？我环顾前后，不明白她为何只对我说，其他骑手呢？我正疑惑，只见禅丝突然脱队，朝路边一簇青草走去。我连忙拉缰绳，试图阻止它，可它不怕我，还回头对我打吐噜，比我还厉害。我嘴上虽喊，禅丝，快回来，手中的缰绳却松了，眼睁睁看它大嚼起来。我怕"板儿带"发现会骂它，还东张西望为它放哨，禅丝，"板儿带"来了，你快点儿。话音未落，一阵急促的蹄声伴随"板儿带"的吼叫冲过来。禅丝，你给我滚回来！说着她一把抄起禅丝的马缰，粗暴地将它拉回队伍。我一个劲儿胡噜禅丝的脖子，生怕它受惊吓。我说，马不吃草还是马吗？那不成机器了。"板儿带"把马鞭在我眼前一挥，听着先生，照规矩来懂吗？我心说有本事你抽我啊。

嘿，这下你老实了吧，说你呢禅丝。我不停地轻轻拍

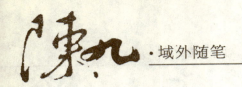

它的圆屁股，想让它尽快平静下来。原来这才是拍马屁的本意，多温馨的词汇，愣让人类用歪了。禅丝好像皮很厚，不把挨骂当回事，它侧过脸对我一扬一扬地点头，眼角的鱼尾纹分明是在向我微笑，我感动得俯身搂它的脖子，禅丝，咱是哥们儿，啊。我们随马队在林间倘佯，阳光被树枝切割成闪亮的鳞甲，使四周凸显宁静。这期间，禅丝又几次想吃草，都被我劝阻了。你得好好跟它说，它能听懂。

林间小径在一条山溪前中断。河水约二十来米宽，清澈见底，蹚过去便是终点，我与禅丝的相伴看来就要结束了。我不禁又去摸它脖子，用手指梳理它飘逸的鬃发。这时，想不到的是，禅丝渡水到一半，突然停在河中间不动了，溪水没过它的膝盖，紧贴着我脚下的马镫。其他人都已过去，他们隔岸观火，对我大声讪笑叫嚷着。我虽看去十分尴尬，上不上下不下，但心中并无一丝慌乱。我相信只有我懂得禅丝的心思，它不希望我离开，想困住我，让我哪儿也去不了。我继续梳理它的头发，轻轻跟它说话，我们就这样一动不动，静听流水的吟唱。

奇怪的是，"板儿带"呢？我向河岸望去，发现她骑在马上，马的前腿在水里后腿在岸上，丝毫没有生气的样子，实际上她在微笑，还不时无奈地摇摇头，耐心等着我和禅丝。斜阳映红她的脸庞，她的嘴唇和双眼异常迷人，我惊讶地望着她，她却侧过头，依然自顾自地微笑着。真不该叫她"板儿带"，这名字不适合她。

离开时，禅丝已恢复原来的表情，它眯着眼像睡着了，对我的道别并未太在意。它的沉默让我不免失落，好像一

夜情，天一亮就被轰出来。倒是"板儿带"，真后悔这样称
呼她，在远处向我挥手，让我的步履顿时踌躇起来。我想
问她名字，可最终没有回头，禅丝也好"板儿带"也罢，
昵称不是更容易记住吗？

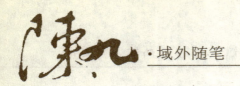

纽约正式向臭虫宣战

历史上纽约宣过战，当时叫新阿姆斯特丹，向印第安人宣战，最后迫使印第安人以七十五个金币售出对曼哈顿的属权。七十五块钱买个岛，便宜吗？还有比这更便宜的，六条战舰由福建北上海宁，愣逼大清帝国签下《南京条约》，几条烂船换一个远东大国的门户，我们当年的命运并不比印第安人强。

斗转星移，纽约最近又宣战了，不过这次的对象有点怪——臭虫。纽约正式向臭虫宣战，市议长柯奎英女士近日宣布，将拨专款，将组建专职管理机构，将制定一系列政策标准，将付诸行动，坚决彻底把臭虫赶出纽约，结束纽约人被臭虫骚扰的生活。她说这话时的语气让我想起《国际歌》，倍儿悲壮。

纽约的臭虫问题听上去很严重。报道说，百分之七的纽约人有被臭虫咬过的经历，这个比例每年以百分之三十的速度增长，照此而言，用不了几年纽约将被臭虫攻陷，成为臭虫之都。当然，报道马上不失时机地说，纽约的臭虫很可能来自亚洲，通过集装箱、行李，和旅游者带入。反正一沾这种事儿肯定是亚洲，不久前纽约曾扑杀天牛，一种长角昆虫，也说来自亚洲。还有流感，叫亚洲流感，肺炎，叫亚洲肺炎，反正你记住了，谁软弱，谁好欺负，所有坏事就都是他干的。这个逻辑咱得记清了，将来哪天用得上。

据说纽约的臭虫已无处不在，旅馆里、餐馆里、家庭、学校，甚至手机里都发现了臭虫卵。我很纳闷儿，臭虫本来就小得看不清，臭虫卵肯定更小，你说他怎么发现的？雷达，必是雷达，F22战机上的雷达号称能看到新疆，何况臭虫乎？反正他那么一说你那么一听，甭琢磨，不是说杀臭虫吗，又不是什么坏事儿，让他说去呗，性情中人，性情中人嘛。

当现代化遇到臭虫时竟显得如此仓皇，底气不足。我看纽约这次的宣战恐怕难有胜算。据说臭虫不吃不喝能活半年以上，适应性极强，繁殖力极强，如果一旦成势，一旦形成种群规模，什么都怕规模，微软就形成视窗规模，苹果就形成触屏规模，一成规模就不好办，它东方不亮西方亮，这你受不了。纽约早就向蟑螂宣过战，向老鼠宣过战，结果如何，没戏，还是到处蟑螂老鼠，像北风那个吹，雪花那个飘一样多。这次又跟臭虫摽上了，最后多半不了了之。关键是，尽管你超级现代化，但对付臭虫还是没什么特效手段。美国太爱宣战了，一会儿一宣，敌人越打越

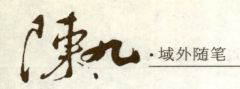

多，连臭虫都加盟了，这问题真得研究研究，臭虫与本·拉登什么关系。

借用一句俗话，臭虫面前人人平等。美国在以往的人权报告上，曾把臭虫作为发展中国家落后的标志来谈论。估计下次人权报告不会提臭虫了，因为臭虫发展了，都会玩儿手机了。

电视剧《手机》引发纽约华人学说河南话

纽约皇后区的法拉盛号称第二中国城，这里的华人以大陆移民为主。走在马路上，北京话、天津话、东北话、上海话，稀里哗啦纠成一团。

最近，法拉盛正流行说河南话。

为啥嘞，咋流行说河南话嘞？你看，说着说着就来了，连我这老北京都不能免俗。为啥？还不是让电视剧《手机》闹的。看祖国的电视剧是华人一乐，大家见面都问：又看什么好电视剧了，给介绍介绍。于是一传十，十传百，《手机》就这么火了，愣在纽约华人社区掀起个小高潮，学说河南话便是证明。

《手机》的故事分两块，一块发生在北京，另一块发生在河南的严家庄，两部分相互穿插。严家庄的严守礼，外号黑砖头，说一口河南话。这个角色演得很成功，把中国农民在改革大潮中的失落与希望表现得淋漓尽致。严守礼

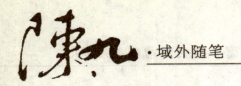

是配角，但架不住演得惟妙惟肖，极受追捧，连他说的河南话都火爆起来。

向我介绍这部电视剧的朋友是北京老乡，那天他突然冒出几句河南腔，咦咦咦，您这可不中。我便用河南话问他，您吃多了，咋说起河南话嘞。他这才如梦初醒，极力向我推荐《手机》。旁边几位也跟着起哄，都说好，而且也用生棱子河南话与我调侃。他们边说边笑，幸福得很，搞得我顿时找不着北。

看过之后才明白他们笑什么。不仅如此，我从前学的河南话，几十年都没说了，也哗地涌上心头，说得那叫一个溜，自己都吃惊。我像着了魔，腰里揣着一副牌，逮谁跟谁来，对老婆说对孩子说，搞得他们一头雾水，都说我囤。

原以为就我人来疯，神神道道用说河南话怀旧。令人意外的是，那天去法拉盛著名老字号"聚丰园"吃饭，竟发现同桌在说，旁桌的也说，认识不认识的都以学说河南话逗趣，弄得满城尽带黄金甲，一片洋泾浜的河南话。还有位老兄肯定是喝高了，模仿《手机》里的严守礼，用河南话朗诵毛主席诗词《沁园春·雪》，"背贵风光，千里冰封，万里薛瓢……须庆日，您知道不，必须天庆，天阴可不中，看不真。"把我们笑得呀，前仰后合，差点没背过气去。

回家路上我边想边笑，笑着笑着不笑了。《手机》固然是一部少有的优秀电视剧，但它真是我们学说河南话的全部理由吗？严守礼不过给我们一个机会，让我们把深藏的，对故乡割不断的思念宣泄出来。这次，碰巧是河南式的。

相信严守礼下部戏也一定不错，但他将说什么方言呢？

在纽约过了二十四个中秋节

　　哪儿的月亮最圆的争论由来已久。如在国内，这个争论怕难有什么结果，就像守在爹娘身边的孩子们，非争爹好还是娘好，爹好娘好反正都在身边，你高兴时他微笑，你痛苦时他叹息，锅里有吃的炕上有盖的，什么好不好，都好。

　　可漂泊在外的人感觉就不同了。比如像我，一别家山万里遥，异国飘零梦未消，当你真正懂得什么是无助时，到底何处月亮最圆，就不是问题而是结论了。金窟银窟比不上家乡的草窟，千好万好比不上爹娘好。

　　又是中秋，这个思乡的节日总会带给海外游子许多感慨。

　　退一步讲，你在国内任何城市里蜗居，中秋节返乡还是很方便的。你可以回到爹娘或妻子孩子身边，与最亲密的人儿同伴一轮明月，爹、娘，我敬您老；老婆呀，苦你

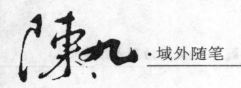

了，来，干了这杯，什么都不说了，都在酒里。皓月当空，浅酒微醺，那种温暖是难以言表的，温暖是一种环境，是把你包起来的感觉。

可在纽约，我在纽约度过二十四个中秋，有快乐和温情，也有小家庭，但没有被包起来的感觉，吃月饼还是高兴的，但心底潜伏的孤寂与寥落，总是如影随形驱之不去。在纽约过中秋，这个节日是靠心里记住的，自己要早早到中文月份牌上寻找，是哪天，星期几？你工作单位的同事没人在意这个时刻，即便你解释给他们听，中秋节，就是美国的感恩节，家庭团聚的时刻。他们会说，是吗？吃那个圆圆的点心吗，不过太甜了，放太多糖了。你说气人吧，谁跟你说放多少糖，这是问题的重点吗？说不通，说不通啊，这时你就明白什么是孤单了。

在这样的环境里，吃再多月饼，喝再多酒，还是找不着北，找不到我们中国人心里家的感觉，团聚的感觉，那种感觉应该是街坊四邻，大爷大娘，七大姑八大姨，红衫绿袄云鬓花黄，像和面一样揉成一团，分不开扯不断。这里的中秋夜静悄悄的，圆月当头，怎么看怎么觉得它比中国的小，距离也远。中国的中秋月是女人的笑脸，抱过来就能亲一口，这里的月亮冷洌怪异，可望不可及。

每次过中秋的程式基本相同。先看好是不是周末，大多数情况都不是，第二天还得上班，所以只能象征性小弄弄。妻子早点下班，买些冷肴，炖个火腿粉丝白菜砂锅，再炒几个热菜。我准备酒，把存放多年的西凤酒打开，接着就等候一家人吃顿饭，分享月饼。就这么简单的仪式往往也难实现。两个上高中的孩子，一个说放学路上吃过饭了，另一个要去同学家做集体作业，美国有种家庭作业是由几人一组共同完成的，一声再见人已跑远。这些孩子缺少中秋节的概念，他们面临考大学的沉重压力，很难责备他们。

此刻，只剩下我们两口子。你看我我看你，来，老婆，先敬你一杯，你辛苦了，当然，我也辛苦了，咱俩都辛苦了。中秋之夜啊，反觉得更孤独了，我们像漂在海上的小船，随波逐流风雨同舟。接下来是给国内的父母打电话，妈妈，您们好吗？吃月饼了吗？身体好吗？天气冷不冷？看见月亮了吗？圆吗？我们啊，我们还好，身体还行，孩子们也好，您们老两口注意身体啊，妈，我，我想你。

每个中秋夜都在安静中悄然度过，除了中国城几家灯火通明的餐馆商铺，马路上没有一丝与往常不同之处。我往往在临睡前独出门外，眺望一下树影支离的明月，轻轻梳理如潮似水的心境。故乡，故乡的人们啊，思念你们是我的信仰我的宗教，是我不能再失去的全部所有，守梦人是孤独的，无梦人是悲惨的，我宁可守梦宁可孤独，无论是今夜月明人尽望，不知秋思落谁家，还是西北望乡何处是，东南见月几回圆，我守望的何止是人们，更是情感文化，是我无法更改的灵魂。

再回到哪儿的月亮最圆的命题上，两个字，未曾张口，泪已千行。

我的，故乡啊。

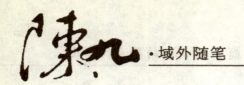

纽约有一支擦玻璃大军

　　纽约高楼林立，快赶上北京上海了。很多高楼都是玻璃围墙，国人称之为光亮建筑。光亮是光亮，朝阳初升或夕阳西下，这些建筑发出刺眼光芒，像什么人拼命大喊大叫，不知是炫耀，还是在呼救。都差不多，过分炫耀离死就不远了。

　　这些玻璃总这么亮吗？有人媚颜说，纽约空气清洁，人家皮鞋不擦的，皮鞋不擦当然玻璃也不擦喽。呸，啐他一脸。曼哈顿每天行驶车辆逾百万，空气再好还能好到哪去。不擦，不擦什么玻璃也干净不了，哪都一样。实际上，曼哈顿有一支一千五百人的擦玻璃大军，那些光亮建筑就靠这些人维持光亮的。

　　据大苹果清窗公司老板安德鲁麦克塔介绍，是这些清窗工，让曼哈顿的建筑森林发出光彩。在高空擦玻璃极具挑战性，也十分刺激。擦玻璃的季节是在四月到十月间，冬天不擦，因为冬天风大寒冷，工人手脚不灵活，所有机器设备也很难达到最佳状态，因此在他们与工会的合同里，有禁止冬季擦窗的规定。对，所有擦窗工都属于工会，在纽约，任何从事危险工作的人都有工会。

一般说，高空擦窗的工作比想象的安全，但这仅仅相对而言。高空擦窗最怕在建筑的角落工作。当绳缆走到边缘，如果工人动作过猛，或风大，都可能将绳缆卡在角落。更主要的，一旦卡住，工人自然要自救，一摇一晃，绳缆弄不好就被锋利的夹角磨断，造成坠落。所以，有经验的擦窗工遇到这种情况，都立刻用步话机要求再放一道绳缆下来，代替原来的。

据说，干这种工作的人大都很年轻，他们喜欢刺激和挑战。一位二十三岁的擦窗工麦克英尼说，他觉得从天空俯瞰曼哈顿的感觉很奇妙，像在飞翔。他说，上去比下来容易，因为上去时边擦边上，顾不得。下来时则像云霄飞车，有重返大气层的感觉。他们这种工作都干不长，一是危险，还容易受伤，比如腰部、肘部，还有膝盖，都容易受伤，每年工伤事故大约在百分之十左右。公司必须为他们购买高额人身保险。纽约市议会为此有专门的规定。

危险，容易受伤，但即便如此，这是不能没人做的工作，否则纽约不知会变成什么样子。重赏之下必有勇夫，尤其在当今美国经济不景气下，什么工作都不愁没人干。报道说，麦克英尼拒绝透露他的工资。但当被问到，他最喜欢这个工作什么时他说：当你经过每个家庭，把窗户擦净，屋里的女主人和孩子向你微笑，那是我最舒心的时刻。哇赛，简直像诗人，怎么搞得感情兮兮的这是。